El Club de la Navidad

Becca Freeman

El Club de la Navidad

Traducción de
Ana Isabel Domínguez Palomo
y Mª del Mar Rodríguez Barrena

SUMA
de letras

Penguin
Random House
Grupo Editorial

Título original: *The Christmas Orphans Club*

Primera edición: noviembre de 2023

© 2023, Becca Freeman
© 2023, Penguin Random House Grupo Editorial, S. A. U.
Travessera de Gràcia, 47-49. 08021 Barcelona
© 2023, Ana Isabel Domínguez Palomo
y Mª del Mar Rodríguez Barrena, por la traducción

Printed in Spain – Impreso en España

ISBN: 978-84-19835-41-3
Depósito legal: B-15684-2023

Compuesto en Mirakel Studio, S. L. U.

Impreso en Black Print CPI Ibérica
Sant Andreu de la Barca (Barcelona)

S L 3 5 4 1 3

*A cualquiera que haya estado solo alguna vez
en Navidad. Te entiendo, te quiero.*

*Y a los Mangy Ravens:
gracias por ofrecerme la clase de
amistad que merece la pena plasmar en libros.*

PRÓLOGO
Hannah

Este año, 24 de diciembre

Era Nochebuena y en Manhattan no se movía ni un alma, ni siquiera los ratones.

Mejor tachamos eso. Manhattan a las seis de la tarde el 24 de diciembre es un estercolero.

Los ratones —bueno, las ratas— retozan entre las montañas de bolsas de basura del día anterior que se amontonan en la acera. Es obsceno, la verdad. Describir la escena como «dinámica» se queda corto.

En cuanto a la gente, Grand Central es un palpitante mar de personas que se apresuran a coger un tren hacia cualquier población del área triestatal de la que procedan. En Citarella, la lujosa tienda gourmet del West Village donde medio kilo de frutas del bosque cuesta diez dólares, ya van por el cuarto altercado verbal del día frente a la vitrina de comida preparada, donde dos mujeres están peleándose por el último envase de patatas gratinadas. Los que han optado por pedir comida a domicilio no lo llevan mucho mejor. La estimación del tiempo de entrega de Han Dynasty ronda las tres horas.

Así que no debería sorprenderme que me haya quedado atrapada en un atasco, avanzando a paso de tortuga por West Side Highway en el asiento trasero de un taxi amarillo. He abandonado la esperanza de poder maquillarme durante el trayecto. Hacerme rabillo con el delineador era apuntar muy alto; me puedo dar con un canto en los dientes si no vomito por el mareo.

—¿Eres de la Gran Manzana? —me pregunta mi taxista sexagenario con un marcado acento neoyorquino.

—No, de Jersey —contesto, intentando encontrar el equilibrio entre la buena educación y dejarle claro que no quiero hablar.

—Pero seguro que tienes familia en la ciudad, ¿no? ¿Tías? ¿Primos? —pregunta—. Seguro que vas a pasar la Nochebuena con ellos.

—No. No tengo familia, estoy sola.

Me mira por el retrovisor y veo compasión en sus ojos azul grisáceos.

Él lo siente por mí, pero yo lo siento por todos los demás con sus Navidades aburridas y convencionales. Hay gente que piensa que es triste estar sin la familia durante estas fiestas, pero la Navidad es mi día favorito del año. Y esta va a ser la mejor de todas. Tiene que serlo después de las catástrofes de los dos últimos años. Lo de esta noche solo es para ir abriendo boca.

Estoy planteándome la idea de corregir las suposiciones del taxista, pero el burrito que he comido se me revuelve en el estómago cuando frena por enésima vez, y decido cerrar los ojos y fingir que duermo. Que piense lo que quiera.

Entro a la carrera en el ático de Theo, sin maquillar y con náuseas, y Finn grita cuando me ve:

—Hannah, ¿eres tú? ¡Ya era hora!

—¡Pues vamos a empezar! —grita Theo—. Si la comida se enfría, va a estar asquerosa.

—¡Qué bufanda más mona! —exclama Priya cuando entro en el comedor, donde tres de mis cuatro personas favoritas están sentadas alrededor de una larga mesa.

—Sé que no la ha elegido ella porque no es neutra ni azul —bromea Finn—. Así que dime, ¿quién te la ha regalado?

—¡Oye! —protesto—. Pero... has acertado. Es un regalo de David —añado mientras acaricio la bufanda roja de cachemira que llevo al cuello.

—¿Un regalo de Navidad? —me pregunta Finn.

—No, los regalos navideños los intercambiaremos mañana por la mañana. Es un regalo «porque sí». La vio en un escaparate y pensó que quedaría bien con mi pelo.

—Creo que le guuustas —canturrea Finn, alargando la palabra como Sandra Bullock en *Miss Agente Especial*—. Te quiere besaaar.

Me arden las mejillas por sus burlas, pero sonrío. David siempre me trae regalitos. Sé que le gusto; que me quiere, vamos. Nunca he dudado de lo que siente por mí, ni siquiera durante nuestros primeros días como pareja. Pero esos pensamientos tan agradables sobre mi novio están teñidos de cierta culpa. Por un instante me planteo soltarlo todo: lo mal que lo hemos pasado, lo que descubrí hace unas semanas. Sin embargo, este momento es sagrado, porque es el aperitivo de la Navidad. Un descanso de la vida real. Nada de trabajo ni de familia, solo nosotros. No quiero estropearlo con mis problemas de pareja.

Después de despojarme de mis capas invernales y de colocar con cuidado la bufanda en el respaldo de la silla para que no arrastre por el suelo, me fijo en la mesa que me he perdido con las prisas. Está repleta de fuentes de plata con hamburguesas envueltas en papel. Hay cuencos de cristal con toda clase de patatas fritas: paja, onduladas, gourmet, a gajos y bolas. Incluso hay un cuenco con aros de cebolla y otro con bastones fritos de batata. Cada comensal tiene cuencos pequeños con lo que parece kétchup, mayonesa y salsa Big Mac.

—Lo siento —me disculpo—. ¿Me he perdido la parte de la noche en la que os pusisteis ciegos con alguna droga?

—Sabes lo que es la fiesta de los siete peces, ¿verdad? —me pregunta Theo—. Bueno, pues nosotros vamos a cambiar el pescado y el marisco. Esta es la fiesta de las siete hamburguesas.

—Vamos a probarlas todas y a elegir la ganadora. Ha hecho hasta tarjetas para puntuarlas —dice Finn, señalando la tarjeta de color crema que hay junto a su plato, donde alguien ha escrito «Batalla navideña de la hamburguesa» con rotulador rojo.

Con esta gente podría divertirme hasta en una habitación vacía; el simple hecho de estar con ellos ya es especial. Pero esto es tan ridículo que me encanta. No puedo evitar reírme al ver el espectáculo.

—A ver, esto es absurdo porque la de Shake Shack va a ganar seguro y, además, ¿qué vas a comer tú? —le pregunto a Priya, que es vegetariana.

—Soy árbitro asistente —contesta con voz alegre—. Pero que sepas que Theo apuesta por la de In-N-Out.

—En Nueva York no hay In-N-Out —le recuerdo. Sin embargo, veo que una de las fuentes está repleta de hamburguesas con el característico papel rojo y blanco—. ¿Cómo es posible?

—Han venido en avión desde California —contesta Finn, que pone los ojos en blanco.

No quiero saber cómo lo ha conseguido Theo ni cuánto le ha costado, pero estoy convencida de que es imposible que ganen, sobre todo si las han recalentado.

—¿Vamos? —dice Theo.

Me siento junto a Finn y sacudo mi servilleta. Todo el mundo empieza a servirse, menos yo, que pulso el disparador de mi cámara mental. Quiero recordarlo todo, grabar esta noche en mi mente como un recuerdo esencial. Porque además de ser la mejor, puede que también sea nuestra última Navidad juntos.

Finn se inclina hacia mí para darme un apretón en la mano, preguntándome en silencio si estoy bien. La verdad es que no estoy nada bien. Estoy destrozada porque se va y se lleva consigo la mitad de mi corazón, como si fuera uno de esos collares que las niñas de cuarto de primaria se intercambian a modo de moneda social. Es doblemente injusto porque acabo de recuperarlo. Un año entero perdido por nuestra discusión. No estoy preparada para lo que venga después. Pero esbozo una sonrisa falsa y le devuelvo la mirada, fingiendo que estoy feliz. Y lo estoy, por él, pero también estoy triste por mí. Triste porque todo se acaba.

Todos los demás tienen algo nuevo en el horizonte: Priya sigue entusiasmada con su nuevo trabajo, Finn se muda a Los Ángeles y Theo vive entre billetes de avión y fiestas. Yo soy la única que pierde algo. En mi día a día habrá un agujero del tamaño de Finn.

—¿Qué pasa? —me pregunta, mirándome de reojo, sin creerse la sonrisa que le he dirigido.

—Nada —digo—. Estoy feliz de estar aquí con vosotros.

Descarto el siguiente pensamiento que me viene a la cabeza: «Es imposible experimentar más felicidad que esta. Estas personas son la única familia que necesito».

1

Hannah

Yo, Hannah Gallagher, soy una especie de experta en listas de reproducción deprimentes.

Ya sé que es un superpoder ridículo. Preferiría poder volar o leer el pensamiento o convertirme en un charco de algún metal como Alex Mack, pero no podemos elegir las cartas que nos tocan. Os lo digo yo.

Añado «Brick» de Ben Folds Five a la lista de reproducción que estoy creando y sigo con «Skinny Love» de Bon Iver. Por si eso no fuera suficiente, añado «Vindicated» de Dashboard Confessional. En mi opinión, el problema de la música actual es que hay demasiadas canciones que tratan sobre una ruptura sentimental o un amor no correspondido y muy pocas sobre lo mal que está el dichoso mundo en el que vivimos.

Me he pasado los últimos cuatro años perfeccionando mi arte, y la lista de reproducción de esta noche va a ser mi obra maestra.

Minimizo una pestaña del navegador para comprobar mis descargas de LimeWire. «¡Joder!». La barra de progreso apenas se ha movido y el ventilador del portátil suena como si estuviera a punto de salir disparado de mi regazo.

Si realmente quisiera «Hide and Seek», podría comprarla. Pero noventa y nueve centavos es mucho dinero por una canción, y todavía estoy enfadada por que siga llevando el bonito tufillo de Marissa Cooper. También debo reconocer que mi lista de reproducción está un poco cargada de tíos, y ¿por qué deberían tener los hombres el monopolio de la angustia?

¡A la mierda! Es Navidad. Me merezco esto, por lo menos.

Me bajo de mi cama en altura y recorro el arduo trayecto —tres pasos— hasta mi mesa, donde mi mochila descansa en el respaldo de la silla. Mi cartera debe de estar en algún lugar del fondo, junto con un semestre de bolígrafos secos y un montón de fichas de español a medio terminar.

«¡Ajá!».

Justo acabo de encontrarla cuando llaman a la puerta.

Qué raro.

No es ninguno de mis amigos, porque aquí no tengo. Y, aunque los tuviera, se habrían ido a casa para las vacaciones y estarían comiendo jamón cocido con sus familias maravillosas e ideales.

Abro la puerta y me encuentro cara a cara con un chico de piel oscura, muy delgado y vestido como si se hubiera escapado de una feria renacentista. Lleva una camisa con chorreras metida por dentro de un pantalón ajustado, tan ajustado que podría ser de chica. El atuendo —y menudo atuendo, en serio— se completa con un pañuelo verde de estampado de cachemira y una capa de terciopelo negro. Estoy segura de que lleva delineador de ojos y, la verdad sea dicha, le queda muy bien.

—¿Quién eres? —No me molesto en ser educada, porque estoy segura de que se ha equivocado de habitación.

—Soy Finn Everett —contesta como si fuera obvio, aunque sé que no lo he visto en la vida. Me acordaría de él.

Para enfatizar sus palabras, se echa la capa por encima de un hombro, dejando a la vista un destello del forro de seda carmesí, y pone una mano en jarras. Me mira como si esperase una respuesta, aunque ha sido él quien ha llamado a mi puerta.

—Muy bien, Finn Everett, ¿qué quieres?

—¿Qué haces en el campus en Navidad? Sabes que no puedes estar aquí, ¿verdad?

Lo conozco desde hace treinta segundos y ya me ha agotado la paciencia. Pero sé cómo librarme de él:

—Soy huérfana.

Me complace ver que se estremece al oír la palabra. Normalmente no me describiría así, pero estoy deseando seguir con mis cosas, y en los últimos años he descubierto que no hay nada mejor para cortar una conversación de raíz que sacar a relucir la palabra que empieza por «hu». Hasta yo salí por patas cuando una trabajadora social cincuentona vestida con una americana marrón horrorosa nos miró a mi hermana y a mí desde el otro lado de su mesa y empezó diciendo: «Ahora que Hannah es huérfana, tendremos que plantearnos lo de su tutela».

Finn Everett me mira de arriba abajo, fijándose en el pantalón de pijama de cuadros, en la sudadera holgada del Boston College y en el pelo sucio, que lleva tres días recogido en un moño despeinado.

—No —dice mientras menea la cabeza como si yo fuera un problema matemático incapaz de resolver—. Eres demasiado guapa para ser huérfana.

—¿Perdona?

—Las mujeres blancas en busca de una adopción se habrían tirado de los pelos por llevarte a su casa si te hubiesen visto en un orfanato. Eres mona. Vistes mal, pero eres mona.

Al ver que no replico, añade:

—¡Eso era un cumplido, por cierto!

Mierda. Pues no es de los que cierran el pico cuando oyen lo de mis padres. Tiene preguntas. No hay nada peor que la gente preguntona. «¿Cómo fue? ¿Al mismo tiempo? ¿Cuántos años tenías? ¿Cómo te sientes al respecto?».

—No soy esa clase de huérfana. No soy una muñeca repollo, o lo que sea que estés pensando. Mis padres murieron cuando tenía quince años.

—Ah, vale. Bueno, que nos vamos de aventura.

Mi cuerpo se relaja al darme cuenta de que ha cambiado de tema.

—¿En serio? —No he salido de mi dormitorio en dos días porque todo el campus está cerrado, incluso los comedores. He estado subsistiendo a base de cajas de cereales Special K con frutos rojos y de burritos de frijoles y queso previamente calentados en la tienda que hay calle abajo. La situación no da para muchas aventuras.

—¿Tienes un plan mejor?

Pues no. Voy a escuchar mi lista de reproducción mientras me como una tarrina entera de helado Ben & Jerry's de leche y galleta, y luego quizá vea *Jungla de cristal*, la película navideña menos ñoña que hay, para poder autoconvencerme de que gozo de espíritu navideño. Pero no quiero decírselo, porque tengo muy claro lo que parece.

Aunque Finn Everett no necesita confirmación. Se abre paso con un codazo y mira a ambos lados de la habitación, amueblados exactamente igual: una cama, una mesa y un armario.

—¿Cuál es tu armario?

Un lado tiene un edredón azul marino genérico. Cada centímetro cuadrado de la pared de bloques de hormigón está cubierto de pósters de grupos: Guster, O.A.R., Weezer, Wilco, The Postal Service. El otro lado está decorado con una colcha de Lilly Pulitzer y un solitario póster de Jessica Simpson pasando la aspiradora en ropa interior. Creo que salta a la vista cuál es mi lado, pero señalo el armario de la derecha de todos modos. Él empieza a revolver las perchas. No sé lo que busca, pero estoy segura de que no lo encontrará. Vivo rotando camisetas de conciertos compradas en las mesas de artículos de promoción del Paradise Rock Club y el Orpheum.

—¿Esto es todo? —Suelta un suspiro tan dramático que tengo que morderme la lengua para no disculparme por mi falta de vestidos de fiesta.

—¿Qué buscabas?

—Algo mejor que... —dice y señala mi pijama con cara de haber olido leche agria— eso.

—¿Y adónde vamos que haya un código de vestimenta tan estricto?

—De entrada tendremos que hacer una parada en boxes. Coge el abrigo. Vámonos. —Chasquea los dedos dos veces para enfatizar sus palabras.

Debo de estar aturdida, porque me descubro cogiendo el abrigo y calzándome un par de botas Ugg manchadas de sal. Supongo que nos vamos de aventura.

Salimos de Welch Hall al frío de la noche. Las copos de nieve bailan con el viento. Lo más sorprendente no es la nieve, sino el silencio. Lo normal es ver a diez mil estudiantes corriendo a un seminario de Perspectivas sobre la Cultura Occidental o a una clase de spinning en el Plex, o por la noche —y a veces también durante el día, la verdad por delante— de camino a alguna fiesta fuera del campus en Cleveland Circle para jugar al *flip cup*. Sin embargo, esta noche estamos solos.

Cruzamos el mal llamado Dustbowl, un lugar que nunca es polvoriento pese al nombre. La mayor parte del año es un patio de césped rodeado de majestuosos edificios de piedra, pero ahora está cubierto por cinco centímetros de nieve endurecida. Cuando visité el campus, era primavera y el césped estaba salpicado de parejas de chicas tomando el sol en toallas de playa mientras varios grupos de chicos jugaban al frisbee a su alrededor. Esa era justo la imagen que yo tenía de lo que debía ser la universidad por los episodios de *Dawson crece*. Esa era la normalidad que ansiaba.

—¿Cómo me has encontrado? —pregunto en voz alta. Tal vez debería haber hecho algunas preguntas más antes de aceptar esta salida. Aunque técnicamente tampoco es que haya aceptado.

—Por la música —responde Finn—. ¡Pero fue el sexto dormitorio al que llamé! Créeme, no ha sido fácil localizarte. Llevo una semana sin hacer prácticamente nada divertido. —Señala su ridículo atuendo—. Empezaba a pensar que era la única persona en el campus.

Cruzamos la plaza O'Neill en dirección al triste árbol de Navidad apagado del centro. ¿Allí vamos? Menuda aventura. Con los estudiantes en casa por vacaciones, el personal de las instalaciones debe de haber decidido que el gasto de mantener el árbol encendido aunque sea Navidad no vale la pena.

—Espera aquí —me dice Finn.

Me deja debajo del árbol y echa a andar hacia la biblioteca, situada en el lado este de la plaza. No estoy lo bastante cerca para ver lo que hace, pero oigo el tintineo de las llaves que saca de debajo de la capa y luego lo veo entrar en el edificio.

Al cabo de unos minutos empiezo a saltar de un pie a otro para mantener el calor mientras espero a que vuelva. Por un segundo me pregunto si me habrán abandonado —otra vez— y si tiene un coche de caballos esperándome al otro lado del edificio.

Le doy cinco minutos más antes de regresar a la calidez de mi dormitorio y poner en cola *Jungla de cristal*. Cuando miro el reloj para empezar a cronometrarlo, el árbol que tengo delante se enciende. Echo la cabeza hacia atrás para contemplar las miles de lucecitas parpadeantes. Siento que sonrío como una idiota. «Vale, Finn Everett, no está mal para empezar».

El viento que azota la plaza me impide oírlo acercarse; pero, cuando miro, lo veo a mi lado con una sonrisa ufana en la cara, observando su obra.

—¿Cómo es que sabes dónde se enciende? —le pregunto.

Se encoge de hombros fingiendo inocencia y pasa de mi pregunta.

—No podemos vivir una aventura sin ambiente, ¿verdad? —Me guiña un ojo—. ¡Sigamos!

—¿Adónde vamos? —pregunto mientras bajamos más escaleras.

—Ya lo verás. Paciencia, cariño —me dice por encima del hombro.

—Hannah —lo corrijo y caigo en la cuenta de que no me ha preguntado cómo me llamo. Al parecer, la identidad del compañero de aventuras era un requisito sin importancia. A estas alturas me siento todavía más tonta recorriendo el campus, seguramente a punto de romperme la crisma en estas escaleras heladas, con el bicho raro disfrazado que me guía, al que le da igual cómo me llame.

Se detiene al bajar el último peldaño y estoy a punto de chocarme contra su espalda.

—Hannah —repite como un loro, como si estuviera probando a pronunciar mi nombre—. Un placer —añade con una pequeña reverencia.

Se me escapa una risilla nerviosa. Nunca me habían hecho una reverencia. Aunque sea un tío raro, también es un encanto. Además, lleva razón, no tenía nada mejor que hacer esta noche.

—¡Bueno, pues vamos, antes de que se me congele el culo!

Estamos en la puerta del comedor Lower Dining Hall, que está cerrado, después de una parada en Robsham Hall para asaltar el armario del departamento de arte dramático y una acalorada negociación sobre mi atuendo para la noche. Finn insistía en un vestido victoriano con corsé, pero he conseguido que aceptara un vestido rojo de estilo años cincuenta con unas enaguas debajo que pican muchísimo. Claro que no hay nada cerrado para nosotros esta noche con el llavero mágico de Finn. Empiezo a preguntarme si no habrá un bedel al que le falta un juego de llaves atado con cinta adhesiva a una silla en algún armario de mantenimiento.

El vestido que he conseguido que Finn aceptara se mueve alrededor de mis rodillas mientras echamos a andar hacia la cafetería del comedor.

—¿Y qué va a tomar la señora esta noche? —me pregunta Finn.

Las opciones son limitadas, ya que el comedor está cerrado. Dado que no hay comida caliente ni ensaladas para servirse, nuestras opciones son patatas fritas, barritas de muesli o cereales.

—La señora quiere los mejores Cheerios con miel y nueces del establecimiento, si es tan amable, señor.

—Seguro que hay algo mejor —replica Finn mientras se agacha detrás del mostrador—. Si pudieras elegir algo de comer, lo que sea, bueno, siempre y cuando esté disponible normalmente en el comedor, ¿qué sería?

Es como si estuviéramos haciendo los preparativos para jugar a las casitas, pero decido seguirle el rollo.

—¿Y? —insiste.

—¡Tortitas!

—Qué aburrido. Inténtalo de nuevo, pero que sea algo mejor.

—¿Tortitas de chocolate?

—Has mejorado, pero no mucho. —Se agacha para abrir un frigorífico de acero inoxidable situado debajo del mostrador y reaparece con un cartón de leche y un taco de mantequilla—. Ahora mismo vuelvo. —Se interna en la cocina, aunque estoy segura de que los estudiantes tienen prohibida la entrada, y vuelve sujetando un cuenco con los ingredientes secos contra el pecho y, en la mano libre, una bolsa de pepitas de chocolate sin abrir—. Sube —me dice, señalando el mostrador vacío—. El tuyo será el trabajo más importante de todos: sostenerme la capa. Protégela con tu vida. —Y añade—: No, en serio, me matan si la ensucio. El próximo semestre haremos *El fantasma de la ópera*. —Se remanga y se pone manos a la obra para medir la leche y cascar los huevos en el bol de los ingredientes secos. Después de mezclarlo todo, echa la bolsa entera de pepitas de chocolate y me guiña un ojo.

—¿Cómo sabías dónde estaban todas esas cosas? —le pregunto. Me sorprende su confianza en la cocina, sobre todo en esta cocina, que parece conocer a la perfección.

Él se acerca a una parrilla para encenderla y pasa la mano por encima para comprobar si se está calentando. Satisfecho, asiente con la cabeza y saca un cazo del cubo de utensilios que hay debajo del mostrador.

—Además de estudiar, trabajo aquí en la cocina.

—Ah, así que por eso tienes todas las llaves.

—No, eso es por mi otro trabajo. También trabajo en la oficina del rector. Soy el chico de los recados. Tengo que hacer muchas entregas, de ahí las llaves.

Dos trabajos. ¡Vaya! El semestre pasado saqué una media de notable y no tengo ningún trabajo. La ventaja de que tus padres hayan muerto, si eres de los que siempre ven el lado positivo (que no es mi caso, la verdad), es que cuentas con el dinero de la venta de la casa de tu infancia para pagar la universidad y puedes graduarte sin pedir préstamos. La desventaja, por supuesto, es que no tienes padres.

—¿Por eso no te has ido a casa a pasar la Navidad? ¿Porque es demasiado caro?

Finn suelta un fuerte suspiro mientras vierte la masa en la plancha con el cazo.

—No exactamente.

Decido callarme. Me he convertido en la persona preguntona que tanto odio. Durante un minuto, miramos en silencio cómo burbujean las tortitas.

—Mi padre es un gilipollas. Dejó de hablarme después de que yo saliera del armario el verano pasado. Casarse con una mujer negra es el único gesto progresista que ha hecho en toda su anodina vida y ya no tiene capacidad para más. Ni siquiera intentó entenderlo. —Lo dice a la carrera, como si no pudiera contenerse.

—Ay, Finn. —Mi respuesta no es muy apropiada, pero no sé cómo consolarlo. A ver, que solo hace una hora que lo conozco...

—No quería cambiar de universidad, así que me busqué unos cuantos trabajos para pagar la matrícula. Pero ahora lo estoy suspendiendo todo porque debo trabajar mucho. Supongo que mi plan tenía sus defectos.

Les da la vuelta a las tortitas. Huelen de maravilla. Algo es algo.

—¿Qué dijo tu madre? —le pregunto.

—No mucho. Y eso me fastidia bastante. No me odia como mi padre, pero no es capaz de plantarle cara. Así que... que les den.

Asiento con ímpetu en silencio. Me parece de mala educación decir «que les den», teniendo en cuenta que no conozco a sus padres. En cambio, me oigo decir:

—Mi madre murió de cáncer en la primavera de mi segundo año de instituto y mi padre murió en un accidente de coche tres meses después. Mi hermana está de vacaciones dando una vuelta al mundo y ni siquiera me ha llamado para felicitarme la Navidad. —No sé por qué le estoy contando esto. Tal vez lo de las confesiones sea contagioso.

—Acabas de conseguir que lo mío parezca ridículo.

—A mí no me parece ridículo. Es una mierda, la verdad.

—Lo tuyo también.

Finn saca dos platos y sirve las tortitas, cinco para cada uno. Se agacha para buscar en el frigorífico, saca un bote de nata montada y me mira con expresión interrogante.

—¡Por supuesto! —Me ofende que tenga que preguntar. No me conoce muy bien. «Todavía», pienso.

De camino al comedor, cogemos los cubiertos y nos llenamos los bolsillos con bolsitas individuales de sirope.

—¿Dónde quieres sentarte? —me pregunta.

Estamos en la entrada del comedor y delante de nosotros se extienden montones de hileras de mesas vacías.

—Allí. —Señalo una mesa redonda con un banco corrido en el rincón del fondo que siempre está ocupada por grupos de amigos que estudian mientras toman café o pasan el rato charlando. Quiero sentir al menos una vez que encajo en algún sitio. Aunque no haya nadie para verlo.

2

Finn

Navidad n.º 6, 2013

Oigo que vibra el móvil, que está en la mesita de noche.

¿Quién llama tan temprano? En realidad, no sé si es temprano, pero me lo parece, y no tengo fuerzas para abrir los ojos y comprobarlo. Espero a que salte el buzón de voz.

Llaman de nuevo y suelto un gemido. Tengo una resaca del copón. Siento la boca como si anoche me hubiera tragado medio desierto del Sáhara.

—¿No deberías contestar? —me pregunta alguien con acento británico pijo que está detrás de mí.

«Mierda». Que anoche me vine acompañado del bar.

Algo que nunca hago.

Rebobino mis recuerdos para ver si encuentro algo sobre el tío que está en mi cama, su nombre o lo que pasó entre nosotros. No. Nada de nada.

Levanto la sábana y compruebo si estoy vestido. Nada de nuevo.

—No te preocupes, fui un perfecto caballero. Solo nos enrollamos un poco —me dice—. Bueno, un poco bastante, la verdad.

El alivio me invade durante unos segundos, pero luego me siento ofendido. Un momento, soy un partidazo. No me llevo a casa a cualquiera. ¿Por qué no ha querido acostarse conmigo? Además, ¿por qué estoy desnudo si solo nos hemos enrollado?

—Te quedaste dormido —lo oigo decir.

Bueno, eso no me deja en muy buen lugar. Pero, si me dormí, ¿por qué se quedó él? Esto empieza a darme grima.

—Encima de mi brazo —añade.

Vale…, pero tampoco es que sea una complicación enorme.

Antes de darme media vuelta para ver al hombre misterioso, le rezo una plegaria al santo patrón de los rollos de una noche: «Por favor, que no sea feo. Por favor, que no sea feo».

Pues no es feo, ni mucho menos. El Hombre Misterioso está tumbado de lado con las manos debajo de la mejilla. Tiene una sonrisa en los labios, como si estuviera pasándoselo en grande. Un mechón de pelo casi negro le cae sobre la frente y levanta una mano para apartárselo del ojo. Cuando lo hace, veo un bíceps bien definido.

Una oleada de calor me invade las entrañas cuando pienso en él aplastándome contra el colchón. ¿Ha ocurrido? ¿O solo quiero que pase?

El siguiente problema es que no sé cómo se llama, y mis dos compañeros de piso se han ido a casa para pasar la Navidad, así que no puedo presentarle a nadie para conseguir así que él diga su nombre. Aunque tal vez sea lo mejor. En teoría, a Evan y a Bryce les parece bien vivir con un gay, pero no sé si les parecería bien encontrarse a un invitado medio desnudo en la cocina.

Me llaman de nuevo.

—Según mi experiencia, cuando una persona llama tres veces seguidas, o está muy enfadada contigo, o ha muerto alguien.

—El Hombre Misterioso se incorpora un poco sobre el codo, interesado en descubrir cuál es la opción correcta.

Me pongo boca arriba y estiro el brazo para coger el móvil de la mesita de noche. Es Hannah. Le dije que estaría en su casa a las diez. Seguro que ya voy tarde.

—Hola —la saludo con voz ronca.

—¿Vienes de camino?

—¿A ti qué te parece?

—Levántate y ven ya. ¡Es Navidad!

Está claro que Hannah no se ha pasado la noche bebiendo vodka con gaseosa en el Toolbox. Parece muy contenta. Voy a necesitar cuatro o cinco litros de café para igualar su nivel de entusiasmo.

—Vale, vale. Ahora me levanto. Dame una hora. —Mentira cochina. He hecho el trayecto montones de veces, cientos quizá. Cuatro manzanas andando hasta el número 6 de la 116. Quince paradas de metro hasta Bleecker Street. Luego cambio a la F en Broadway-Lafayette, dos paradas hasta Essex y por fin un paseo de cuatro minutos hasta el apartamento de Hannah. En un buen día eso son tres cuartos de hora. Cuando todos los trenes circulan cumpliendo los horarios, algo que no ocurrirá el día de Navidad. De manera que solo cuento con un cuarto de hora para ducharme, vestirme y ocuparme del hombre que tengo en la cama.

—Una hora tuya son tres horas para cualquier persona —protesta ella. Me conoce bien.

—Tardaré todavía más si no me dejas para que me duche. Te mandaré un mensaje cuando esté de camino —le digo y corto la llamada.

—¿Era tu madre? —pregunta el Hombre Misterioso, mirándome desde arriba, ya que sigue apoyado en el codo. Me da miedo levantar la cabeza y descubrir la magnitud de mi resaca.

—Mi mejor amiga.

—¡Aaah! —exclama.

Este tío no tiene prisa por irse.

—Seguro que te están esperando en algún lado. Es Navidad, al fin y al cabo.

—Pues no. No tengo planes.

Joder. ¿Cuáles son las probabilidades de encontrar algo así? Bueno, bastante altas, la verdad. Si tienes una familia cariñosa que espera que aparezcas temprano y de buen humor para abrir los regalos, no te vas a emborracharte a un bar gay en Nochebuena. O a lo mejor sí, ¡yo qué sé!

—¿No vas a pasar el día con tu familia? —insisto.

—Están en el extranjero.

—¿Con tus amigos, entonces?

—Están con sus familias. —Tiene un brillo travieso en los ojos que no me gusta. Es un engreído y no sabe captar las indirectas. Dios, solo quiero que se vaya para poder beber agua directamente del grifo del cuarto de baño y meterme en la ducha con el chorro hirviendo.

«No puedes dejarlo solo en Navidad», me dice una voz procedente del fondo de la cabeza. Este es un momento muy inoportuno para descubrir que tengo conciencia. Pero sé que la voz lleva razón. Sé lo difícil que es estar sin familia en Navidad. No me puedo creer que esté a punto de hacer esto…

—Si quieres, puedes venirte con mis amigas y conmigo.

—¡Genial, me encantaría! —Me sonríe con una sonrisa digna de un anuncio de dentífrico. Carillas, está claro—. Ya me invitaste anoche, pero me pareció de mala educación suponer que la invitación seguía en pie dado que no pareces recordar la conversación.

Gimo y me tapo con las sábanas. ¿Es posible morirse de vergüenza? Porque ahora sería el momento. Espero un minuto a que llegue la muerte por si el universo decide hacerme un favor, pero no pasa nada. Así que me incorporo hasta apoyar la espalda en la pared que me sirve de cabecero, dejando que la sábana caiga hasta la cintura.

El desconocido me mira y también se sienta. Desde este nuevo punto de vista, me doy cuenta de que tiene una tableta de chocolate de las buenas. No lo miro tanto como para contarle los abdominales que se le marcan —eso sería de mala educación—, así que es posible que sea la de ocho.

El Hombre Misterioso me tiende la mano derecha por encima de su cuerpo. ¿Va a pasar algo ahora mismo? Hannah tiene claro que voy a tardar más de una hora en llegar. Quizá un polvo matutino me distraiga del dolor de cabeza, que es de campeonato. Siempre y cuando no espere una mamada. Ahora mismo me darían arcadas.

—Me llamo Theo, por cierto. Por si no te acuerdas.

El único contacto que quiere el desconocido (que al parecer se llama Theo) es un apretón de manos. Le tiendo con torpeza la derecha, que descansa entre nuestros cuerpos, para aceptar el apretón.

Después de ducharme, me siento un poco más humano. El riesgo de vomitar ronda el cincuenta por ciento, que tampoco es para tirar cohetes, pero lo puedo solucionar desayunando un sándwich.

—¿Qué va a ser, jefe? —me pregunta Ramón, que levanta la mirada de su sudoku para saludarnos cuando entramos en la tienda de la esquina de mi calle. Por los altavoces suena «Feliz Navidad». Me estremezco por el volumen y estoy a punto de darme media vuelta para salir pitando, pero se impone la necesidad de hidratos de carbono y grasa.

—Sándwich de beicon, huevos y queso.

—¿Y para tu amigo?

—¿Qué quieres? —le pregunto a Theo.

Parece confundido.

—¿No tienen carta?

—No, es una tienda de conveniencia. Tienen sándwich de beicon, huevo y queso; de huevo y queso; y no sé…, lo que vendan en este tipo de establecimientos. —¿Hay algún neoyorquino que no conozca lo que venden en este tipo de tiendecitas? A lo mejor solo está de visita desde Inglaterra.

—Yo quiero lo mismo —anuncia Theo.

Ramón canta al ritmo de la música mientras bate los huevos en un cuenco metálico. Theo lo observa y yo aprovecho para mirarlo a él, que a esas alturas está completamente vestido…, para mi desolación. Me fijo en sus zapatos. Son marrones y están un poco desgastados, pero por la hebilla estoy seguro de que son Gucci y no la imitación de Canal Street que llevo yo. Le recorro el cuerpo con los ojos y me detengo en sus vaqueros. Oscuros, sin desgastar. Y en su cinturón, también marrón. Intento distinguir la marca, pero la hebilla es lisa, sin detalles que delaten al diseñador.

—¿Me estás mirando… el paquete? —susurra Theo con deje coqueto, interrumpiendo mi revisión de su atuendo.

—¡No! Solo estaba… Hum —balbuceo mientras miro el expositor de tabaco que hay detrás del mostrador, que de repente me parece muy interesante. Me salva Ramón, que vuelve con los sándwiches. Los mete en una bolsa de plástico junto con unas cuantas servilletas.

Fuera hay un SUV negro parado en la esquina. Le sugerí viajar en el metro, pero Theo insistió en ir en coche. Después de ver sus zapatos, no me sorprende que se decidiera por uno negro.

—Dame tu teléfono e introduzco la dirección de Hannah.

—Antes tenemos que pasarnos por mi casa para que pueda cambiarme —dice—. No voy a conocer gente nueva con la ropa que me puse ayer.

No tengo energía para discutir.

—Vale.

No presto atención a dónde vamos. En cambio me concentro en mi sándwich, que va mejorando la resaca con cada bocado. Estoy ya arrugando el papel de aluminio y limpiándome las migas del jersey, cuando nos detenemos delante de un edificio de ladrillo de mediana altura en Central Park West.

—¿Quieres subir? —me invita.

Eso es mejor que quedarme aquí sentado con el conductor. Antes de llegar a la puerta del edificio, me vibra el móvil en el bolsillo. Lo saco y veo el nombre de mi hermana en la pantalla.

—Ahora mismo te sigo —le digo a Theo. Me apoyo en la fachada del edificio, pasando de la mirada que me echa el portero—. ¡Mandy! —exclamo con todo el entusiasmo que puedo reunir en plena resaca.

—¡Uf! Ya no soy Mandy. Ahora me llamo Amanda.

La última vez que estuve en casa, Mandy tenía once años. Llevaba ortodoncia con gomillas moradas (siempre moradas, porque ese era su toque personal) y estaba obsesionada con los Jonas Brothers. Con Nick Jonas, para ser exactos. Ahora tiene dieciséis años y se hace llamar Amanda. No tengo ni idea de quién le gusta a estas alturas, pero siempre me felicita religiosamente en Navidad y en mi cumpleaños.

—¡Bueno, feliz Navidad, Amanda!

—Igualmente. ¡Dime qué vas a hacer hoy!

Le encanta que le cuente las aventuras navideñas que planeamos Hannah y yo.

—Este año no hay grandes planes. Veremos películas y luego saldremos a cenar.

No necesito preguntarle qué planes tiene ella. Estoy seguro de que, como siempre, se sentará a comer de punta en blanco a las tres de la tarde. Pavo (nunca jamón) con acompañamiento de verduras, el famoso pan de maíz de mi madre y macarrones con queso.

—Eso pinta mejor que lo nuestro. El tío Owen va a traer a su nueva novia, y mamá dice que es chusma. Verás la que se lía.

—Un momento, ¿el tío Owen y la tía Carolyn se han divorciado?

—Sí, hace un tiempo. Mamá está de parte de la tía Carolyn, así que también la ha invitado. Va a ser superincómodo.

Se me forma un nudo en la garganta al pensar que mi madre, que no me defendió, se haya enfrentado a mi padre para invitar en Navidad a la exmujer de su hermano, con la que ni siquiera tiene lazos de sangre. Es más, me resulta increíble que él se lo haya permitido.

—¿Está mamá por ahí? ¿Puedo hablar con ella? —Mi madre nunca inicia la llamada, pero a veces Amanda le pasa el teléfono e intercambiamos bromas durante unos minutos. Me pregunta por las audiciones y por dónde vivo, pero nunca por mi vida amorosa, y a cambio me pone al corriente de los cotilleos del barrio y, últimamente, de los compromisos y las bodas de mis compañeros de instituto.

—Mamá está abajo. Este año está preparando tres panes de maíz distintos. El año pasado la abuela Everett comentó que estaba seco, así que está en alerta máxima.

—Ah —replico, intentando disimular la desilusión—. Deséale feliz Navidad de mi parte.

—Lo haré. Pero tengo que irme porque me está llamando para poner la mesa. ¡Te quiero, Finny! ¡Adiós!

Y corta sin darme opción a que me despida.

Antes de entrar, respiro hondo e intento olvidarme de la llamada. Agradezco las llamadas de Amanda, de verdad, pero a veces es más fácil fingir que no tengo familia. Sobre todo en días como hoy. Hablar con ella es como rascarse una herida que nunca acaba de cicatrizar.

Un portero vestido con un impecable uniforme gris me abre la puerta, y entro en el vestíbulo del edificio, cuyas paredes están forradas con paneles de madera. El único detalle navideño son las guirnaldas de pino y las lucecitas que rodean las dos imponentes columnas que se levantan frente la puerta. No hay ni una sola bola roja brillante a la vista a modo de decoración. Me estremezco al oír el chirrido de mis botas sobre el suelo de mármol, que interrumpe un silencio por lo demás inmaculado.

En un lateral hay otro portero uniformado, detrás de un mostrador, con un gorro de Papá Noel. Cualquiera pensaría que es el más simpático de los dos, pero el tío tiene una pinta que pone los pelos como escarpias y me mira con el ceño fruncido como si pudiera oler el vodka que emana de mis poros, incluso después de ducharme.

—He venido con..., hum, ¿Theo? —Espero desesperadamente que nos haya visto llegar juntos porque no sé su apellido y no quiero que piense que soy un maleante con olor a vodka que intenta colarse en el edificio.

Señala hacia los ascensores sin mediar palabra.

Por un momento me siento aliviado, hasta que me doy cuenta de que nadie me ha dicho a qué piso voy, ni siquiera a qué planta. Estoy a punto de volverme cuando se abre la puerta del ascensor y aparece un tercer portero —¿o será un ascensorista?— para llevarme hasta Theo. Pulsa el botón del ático y nos quedamos en silencio mientras el ascensor sube.

La puerta del ascensor se abre y salgo al vestíbulo del ático más bonito que he visto en la vida. Las paredes están cubiertas por un papel rojo con cebras que saltan por los aires, un detalle que debería resultar cursi o demasiado chillón, pero que combinado con el clásico suelo blanco y negro le da al espacio un toque moderno y divertido. A un lado, hay una consola negra lacada con un par de lámparas doradas y un enorme ramo de peonías blancas. «¿Es temporada de peonías?».

No estaba preparado para encontrarme con un piso de multimillonario. Primero los abdominales, luego los zapatos, ¿y ahora esto? Mi instinto es salir por patas. Lo mejor es cortar por lo sano antes de acabar poniéndome más en evidencia. Salta a la vista que Theo queda muy lejos de mi alcance.

Sin embargo, soy incapaz de darme media vuelta y pulsar el botón para llamar al ascensor.

—¿Hola? —oigo que dice Theo desde algún lugar del ático.

—¡Hola! Soy yo —contesto y luego añado—: Finn. —Porque apenas conoce el sonido de mi voz y no quiero que me confunda con un ladrón que ha venido a robarle sus obras de arte y sus antigüedades. Me imagino la seguridad de este lugar. Supongo que ya no hay vuelta atrás.

—¡Estoy aquí! —exclama.

El pasillo que tengo delante da a un salón. Me detengo en seco al entrar. La estancia cuenta con una vista impresionante de Central Park gracias a la pared de cristal orientada hacia el parque. Tomo nota mentalmente de comprobar la dirección al salir, porque después tengo que buscarlo en alguna inmobiliaria como Zillow. Otra pared está ocupada por una serie de estanterías flotantes que llegan del suelo al techo, repletas de cachivaches que parecen encajar con el resto del piso. No hay ni un solo libro ni una foto enmarcada que me ofrezcan pistas sobre el hombre que vive aquí.

¿Qué habrá pensado Theo del cuchitril donde yo vivo?

Estoy de pie en el centro de la estancia, boquiabierto por las vistas e intentando recordar si había platos sucios en mi fregadero o en qué estado se encontraba el cuarto de baño, cuando aparece Theo. Se ha cambiado de ropa y lleva unos vaqueros de color oscuro y un jersey verde bosque de aspecto suave. El color resalta sus ojos, que también son verdes. El jersey debe de ser de cachemira. De repente, me entran unas ganas desaconsejables de alargar la mano y tocarlo, pero eso sería un poco raro. Así que me meto las manos en los bolsillos e intento parecer relajado.

—¿Qué tal estoy? —pregunta Theo.

—Bien. Estupendo. Sí —contesto, como si hubiera desayunado sopa de letras y no me hubiera sentado bien—. ¿Puedo usar el cuarto de baño? —Necesito un minuto para recuperar la compostura.

—Segunda puerta a la derecha —contesta mientras señala un pasillo al fondo del salón.

Cuando estoy bastante seguro de que no puede verme, aminoro el paso para poder cotillear. La primera habitación a la izquierda es un despacho con una imponente mesa de caoba en el centro. Me encanta ver las maquetas de aviones que flotan sobre el escritorio, colgadas del techo con hilo de pescar para que parezca que están volando.

La mesa lo confirma; Theo debe de ser importante para permitirse este lugar. Empiezo a temer el momento en que me pregunte a qué me dedico y tenga que confesar que soy un actor en paro con dos trabajos secundarios igual de poco impresionantes. El primero, doblando pantalones en Banana Republic, y el segundo, atendiendo el teléfono en la sede de Actors' Equity. Creí que un trabajo en el sindicato de actores de teatro me daría una oportunidad en las audiciones, pero hasta ahora lo único que he conseguido es un conocimiento enciclopédico de los vericuetos que te garantizan la cobertura sanitaria. Mi única esperanza es que ya habláramos del tema anoche y yo haya tenido el sentido común de borrarlo de la memoria para ahorrarme la vergüenza en el futuro.

Frente al despacho hay un dormitorio de invitados, a juzgar por la decoración tan impersonal. La otra puerta del pasillo es la del cuarto de baño. Entro y la cierro antes de dejarme caer sobre la encimera de mármol.

«Vamos, Finn, contrólate».

Estoy demasiado deshidratado, así que no necesito orinar. Me miro en el espejo: parezco cansado.

Abro el botiquín con la esperanza de encontrar alguna crema mágica para los ojos que me dé un aspecto hidratado, descansado y digno del atractivo y joven ricachón que me espera en la habitación de al lado. Hace poco empecé a usar el contorno de ojos de Mario Badescu y me pregunto qué tipo de crema usa Theo; probablemente La Mer, por el aspecto de este sitio. El botiquín está vacío, salvo por un frasco de ibuprofeno. Me tomo dos con un sorbo de agua del lavabo y decido que ya ha pasado tiempo suficiente. Solo me faltaba que piense que estoy plantando un pino. Tiro de la cisterna y me lavo las manos para seguir fingiendo.

Siento una gran satisfacción conmigo mismo cuando llegamos al edificio donde vive Hannah en Orchard Street a las 12.25, mejorando en cuarenta y cinco minutos las tres horas que ella predijo.

Abro con mi llave, un vestigio de la época en la que vivía con Hannah. Duramos dos meses antes de darnos cuenta de que a veces los mejores amigos son los peores compañeros de piso.

Theo jadea mientras subimos la escalera de linóleo gris hasta el apartamento veintisiete, y me complace tener la prueba de que no es perfecto. Cuando llegamos a la quinta planta, dudo. ¿Llamo a la puerta o uso la llave? Llamar me parece lo más educado, ya que no estoy solo.

Priya abre la puerta con una sudadera rosa con el lema *Acaba con el patriarcado* en letras con brillibrilli.

—¡Oh, eres tú! ¿Por qué no has usado la llave? —Se echa hacia atrás un lustroso mechón de pelo negro y se acerca para besarme en la mejilla—. ¡Feliz Navidad, por cierto!

—¿Quién es? —pregunta Hannah desde la cocina.

—Solo es Finn —responde Priya.

—Siempre es agradable recibir una bienvenida tan calurosa de mis mejores amigas.

—¿Has perdido la llave? —Hannah sale de la cocina, limpiándose las manos en su raído pijama de cuadros, el mismo que llevaba la noche que nos conocimos. El tiempo no le ha hecho ningún favor, pero todos los años se lo pone el día de Navidad insistiendo en que forma parte de la tradición. Mira detrás de mí y se fija en Theo. Esboza una sonrisa falsa que le da aspecto de loca y endereza la espalda como si fuera una marioneta cuyos hilos hubiera tensado el titiritero—. ¡Ah, que vienes acompañado!

—Theo, estas son mis estúpidas amigas Priya y Hannah.

—Encantado de conoceros. Gracias por dejar que me acople a vuestros planes. —Le ofrece a Priya una caja amarilla de Veuve Clicquot que saca de una bolsa de loneta en la que yo ni me había fijado—. He traído esto a modo de disculpa.

—Eres muy amable. —Hannah le quita la caja de champán a Priya para poder inspeccionarla. Estoy seguro de que es la botella más bonita que ha entrado jamás en este apartamento. Normalmente preparamos los mimosas con André, a veces con Cook's, aunque solo para los cumpleaños—. Lo pongo en el frigo para que se enfríe —dice—. Finn, ¿me acompañas a la cocina? Necesito tu ayuda para hacer el chocolate caliente.

Hannah es una cocinera terrible, pero nadie necesita ayuda para preparar chocolate caliente instantáneo de paquete. Debe de estar cabreada. Priya lleva a Theo hasta el salón a través del pasillo que Hannah ha llenado de pósters de grupos pegados a la pared con pasta adhesiva y lo acribilla con preguntas sobre cómo nos hemos conocido y de qué parte de Inglaterra es.

—¿Quién es? —susurra Hannah una vez a solas en su cocina de tamaño Polly Pocket. No lo hace en plan «¡Oooh! ¿Quién es tu nuevo chico?», sino más bien en plan «¿Se puede saber quién es ese tío y qué hace en mi casa?».

—Es muy largo de contar. —Cojo la tetera para llenarla de agua.

—Bueno, pues cuéntamelo. ¡Has traído a alguien a la celebración de Navidad! ¿Estáis saliendo?

—No.

—Vais vestidos con jerséis a juego. Parecéis salidos de un catálogo de J.Crew.

No esperaba esta reacción. Y no vamos a juego, vamos coordinados. Yo de rojo, Theo de verde. Claro que, si la corrijo, la cosa se pondrá peor. Así que, en vez de hacerlo, suelto:

—¡Tú trajiste a Priya el año pasado!

—¡Es mi compañera de piso!

—Bueno, yo también puedo venir acompañado. —Sé que debería haber preguntado, pero le está dando más importancia de la necesaria. Además, me ha bloqueado físicamente el paso, así que mi voz es un susurro alto mientras intento que me deje poner al fuego la tetera amarilla con margaritas, que sin duda es de Priya.

—No se pueden tomar decisiones unilaterales sobre la Navidad. La Navidad es algo de los dos. Lo de Priya lo hablamos el año pasado. —Hannah toma aire y se recompone—. Además, yo no he dicho que no puedas venir acompañado. Solo he preguntado que quién es —añade en tono comedido.

—Ha pasado la noche conmigo después de conocernos

ayer en un bar y hoy no tenía planes, así que lo he invitado. Punto. ¿Estás contenta?

Hannah retrocede como si la hubiera abofeteado.

—Así que ni siquiera lo conoces. ¿Has recogido a un perro abandonado en la calle o qué?

—Sabes que te estamos oyendo, ¿verdad? —dice Priya desde el salón.

Hannah se tapa la boca con las manos e intercambiamos una mirada horrorizada antes de salir corriendo de la cocina, doblando tan rápido la esquina que se resbala con los calcetines sobre el suelo de madera.

—Lo siento mucho —le dice a Theo—. Sinceramente, no he querido insinuar nada con ese comentario. Aquí todos somos un poco perros abandonados. Yo lo soy. Finn lo es. Supongo que Priya no se siente realmente así, pero pasa de casi todas las llamadas de su madre.

—¡Oye, a mí no me metas en esto! —protesta Priya.

—Lo siento muchísimo —repite Hannah.

—Por favor, no hace falta que te disculpes. Entiendo perfectamente que te sorprenda que un desconocido se presente en tu casa sin invitación, sobre todo el día de Navidad. Quizá debería...

—¡No! —gritamos Hannah y yo al mismo tiempo.

—Por favor, no te vayas —añade Hannah.

—Iba a decir que quizá debería darme un paseo por la manzana y dejaros a solas un rato para que habléis.

Esa es su manera de largarse de forma educada. Porque sé que, si sale por la puerta, no va a volver. Y esto se convertirá en una anécdota que les contará a sus amigos ricos entre cócteles y canapés sobre cómo viven los pobres.

«¿Te puedes creer lo maleducados que fueron?», me lo imagino diciendo mientras una chica llamada Mitzi o Bitsy se ríe a carcajadas.

Theo se levanta del sofá beis de Ikea y se me cae el alma

a los pies. Saco las llaves del bolsillo delantero y se las pongo en la mano. Quizá de esa forma tenga garantizado su regreso.

—Llévate mis llaves para que puedas volver a entrar en el edificio. Son las dos plateadas.

—Vale —contesta Theo, que se encoge de hombros.

Se hace un silencio pesado mientras oímos que sus pasos se alejan. Cuando la puerta se cierra, Priya pregunta:

—¿Crees que volverá?

Y Hannah dice al mismo tiempo:

—¿Te has acostado con él?

—No —respondo.

—¿No a qué? —pregunta Hannah.

—A las dos cosas. Seguramente ya esté en un taxi. Darle mis llaves ha sido una tontería. Ahora tendré que dormir aquí hasta que Evan vuelva de Maryland y no me he traído muda. —Entierro la cabeza entre las manos y suelto un largo—: Joooder.

Estoy en la cocina aderezando tres tazas de chocolate caliente con licor de menta. Me duele la cabeza tras el breve respiro del ibuprofeno y la he fastidiado con Theo. Vaya Navidad la de este año. Estoy a punto de llevar las tres tazas al salón cuando oigo una llave en la cerradura.

Salgo corriendo al pasillo para interceptarlo.

—Has vuelto —susurro, con un deje asombrado en la voz. Así debía de sentirse Noodle, el schnauzer de mi infancia, cuando los domingos volvíamos a casa de la iglesia después de convencerse de que lo habían abandonado. A diferencia de Noodle, yo no me he meado en el armario de nadie para expresar mi enfado por las circunstancias.

—Claro que he vuelto. Tengo tus llaves —responde Theo.

—Pero hemos sido muy estúpidos.

—Oye, que tengo experiencia con estúpidos. Como mucho, yo diría que habéis estado en la media de la estupidez.

—¿Te vas otra vez? —le pregunto.

—¿Quieres que me vaya?

—No.

—Pues está decidido. Me quedo —dice Theo.

Los demás pasan la tarde viendo una sesión doble de *Elf* y *Love Actually* mientras yo me paso la tarde preguntándome si Theo se lo estará pasando bien. ¿Se aburre? ¿Se arrepiente de haber vuelto? ¿Se ha dado cuenta de que el marco de la puerta está descascarillado? ¿Le parecen infantiles estas películas?

Sin embargo y aunque me resulte sorprendente, pegado como estoy a su costado con la conveniente excusa del diminuto sofá, siento que su risa reverbera en mi torso cuando Buddy empieza a lanzar bolas de nieve a velocidad supersónica en Central Park. En un momento dado, se acerca para ponerme una mano en la rodilla, y casi me desmayo. Quizá por alivio, aunque lo más probable es que se deba a que se me ha acumulado toda la sangre del cuerpo en la polla.

Más tarde, otro SUV negro que también paga Theo nos deja delante de un restaurante situado entre un TGI Fridays y una tienda de productos gourmet. Un cartel de vinilo pegado a un andamio reza AUTÉNTICOS DIM SUM SALA DE BANQUETES con algunos caracteres chinos debajo.

La semana pasada y mientras esperaba en un pasillo iluminado por fluorescentes mi turno para la audición de un papel anónimo en el coro de *Kinky Boots*, oí que un grupo de chicos se quejaba de la resaca después de una noche loca en China Chalet. Nada más salir, reservé mesa y les dije a Hannah y Priya que el plan era una sorpresa, sobre todo porque desconocía los detalles, ya que me había limitado a pegar la oreja mientras ellos hablaban.

—¿Está abierto? —pregunta Hannah, decepcionada. El distrito financiero, donde reina la tranquilidad fuera del horario laboral, resulta un poco tétrico, como si hubiéramos entrado en la escena inicial de un episodio de *Misterios sin resolver*.

Me sorprendo cuando tiro de la puerta y se abre. Subimos una escalera y llegamos a un comedor lleno de mesas con manteles blancos y servilletas verdes dobladas en forma de abanico. Las servilletas desentonan con la gastada moqueta roja y dorada, que a su vez choca con la guirnalda de luces de neón rosa que rodea la estancia. Hay muy pocas mesas ocupadas.

—¿No es genial? —pregunto con forzada alegría.

—Los judíos siempre celebran la Navidad con comida china —dice Priya mientras el jefe de sala nos conduce a nuestra mesa—. Creo que tienen razón. A nadie le gusta el pavo, pero a todo el mundo le encantan los dim sum. —Anoto mentalmente que debo regalarle algo mejor que los calcetines arcoíris que le he dado hace un rato como agradecimiento por fingir que esto no es un desastre.

Una vez sentados, una camarera se acerca a nuestra mesa con un carrito lleno de cestas de bambú. Saca las vaporeras una a una, las destapa y nos presenta el contenido como si fuera la chica de la *Ruleta de la suerte*. Cuando se va con el carrito, la mesa está llena de vaporeras con panecillos rellenos de carne de cerdo, empanadillas y brochetas de pollo.

La comida nos anima.

—¡Están para morirse! —exclama Hannah mientras mastica un bocado de fideos fríos con sésamo.

Tener a un nuevo integrante en el grupo nos ofrece un tema de conversación obvio, pero Theo es parco en detalles, como si su lujosa vida lo avergonzara. En el transcurso de la cena, nos enteramos de algunos datos biográficos básicos: creció en una casa adosada de Belgravia, pero a los once años dejó Londres para estudiar en un internado de Suiza antes de matricularse en la universidad en París. Tiene un hermano mayor, tanto que ya era un universitario cuando él estaba en primaria. Habla cuatro idiomas con fluidez y unos cuantos más con menos soltura. Lo descubrimos cuando llama a la camarera y le pide más dim sum de gambas hablando en un rápido cantonés. La mujer se ríe al oírlo decir algo y le agita el pelo como si fuera un niño. Cuando vuelve, trae dos vaporeras, aunque solo hemos pedido una. El padre de Theo está pasando las vacaciones esquiando en Gstaad y su madre está en la playa en Tailandia.

—¿Echas de menos tu hogar? —le pregunta Priya.

—La verdad es que no. —Y se apresura a añadir—: ¿Ha sonado muy mal? Supongo que no lo considero mi hogar. No he vivido allí desde que tenía once años. En muchos sentidos, es más fácil estar lejos.

Me identifico al instante con él, porque esas palabras podrían haber salido de mi boca. Aparte de Hannah, nunca he conocido a nadie que no tenga familia. Me sorprendo cuando mis amigos dicen que se van de vacaciones con la familia o que celebran dos fiestas de cumpleaños (una con amigos y otra con la familia), aun siendo ya veinteañeros. Es un recordatorio de que ellos forman parte de un conjunto, mientras que yo soy una pieza solitaria de Lego. A esa gente no la entiendo, pero esto…, esto sí lo entiendo.

Cuando llega la cuenta, Theo se lanza a por ella y saca la tarjeta de crédito pese a nuestras objeciones.

—Vosotros me habéis invitado al desayuno —dice—, así que ahora me toca a mí.

La camarera vuelve con el recibo de la tarjeta de crédito, nos mira y nos pregunta:

—¿Vais atrás?

—¿Atrás? —pregunto intrigado.

—Para bailar —explica la mujer.

—¡Claro que vamos atrás para bailar! —le aseguro antes de que los demás puedan objetar—. ¿Me explicas por dónde tenemos que ir?

La mujer señala una sencilla puerta metálica de vaivén que está justo enfrente de la puerta por la que entramos y que conduce a un pasillo con espejos. Nos adentramos en el interior del edificio, doblamos dos esquinas y bajamos un tramo de escalera que nos lleva a un sótano oscuro de ambiente denso por el humo del tabaco pese a la prohibición de fumar en locales cerrados. El suelo tiembla al ritmo de «I Love It» de Icona Pop. Me sorprende que no se oiga música en el comedor; deben de contar con insonorización industrial. En la pista baila una multitud dispar de gente —desde skaters punks hasta niñas bien de los barrios ricos—, agitando las manos en el aire con temerario abandono. Esta es nuestra gente. Aquí están los demás abandonados, pasando la Navidad de marcha en el China Chalet.

Esa misma noche más tarde o, mejor dicho, a primera hora de la mañana siguiente, Hannah y yo entramos tambaleándonos en su apartamento con las piernas cansadas. Todavía me zumban los oídos por la música. Hemos dejado a Priya allí, comiéndole la boca al DJ, que de vez en cuando se apartaba para cambiar el disco. Theo se fue en otro SUV negro con la promesa de que no tardaremos en repetir la experiencia.

Podría dormir en la habitación de Priya, que no va a usarla hoy. Pero, en cambio, Hannah y yo nos tumbamos de costado en su cama de matrimonio, bajo la atenta mirada de Florence Welch, que nos observa en forma de ilustración desde el póster colgado sobre la cómoda.

—¿Has pasado una buena Navidad? —me pregunta Hannah entre bostezos. Ya está medio dormida pese al espantoso ruido que hace el antiguo radiador de vapor.

—Definitivamente la pongo entre las tres primeras de la clasificación.

—¿Por Theo?

Me alegro de estar de espaldas a la ventana, porque eso impide que la luz de las farolas ilumine la sonrisa tontorrona que esbozo sin querer. De todas formas me tapo la boca con la mano por si acaso.

—¿Te gusta? —insiste al ver que no contesto.

—Puede.

Me da una patada en la espinilla.

—Vale, sí —admito.

—A mí también me gusta —comenta ella—. Para ti, quiero decir. Pero prométeme que, si te enamoras de él, podremos pasar juntos la Navidad todos los años. —Capto cierto atisbo de desesperación en su voz, pero jamás se me ocurriría dejarla sola.

—Por supuesto, lo prometo. —Alargo el dedo meñique y ella lo engancha con el suyo.

3

Hannah

Este año, 14 de noviembre

La luz del sol se cuela por las ventanas del piso de Tribeca. Ya llevo aquí cinco meses, pero no acabo de asimilar que sea mío. Nuestro, en realidad. Todas las mañanas me sorprenden la luz y el espacio cuando salgo del dormitorio, como si todo hubiera sido un bonito sueño.

Me mudé aquí con David, a nuestro primer piso juntos, después de que Priya anunciara que se iba del apartamento de Orchard Street.

«Has vivido en el mismo sitio desde que tenías veintidós años, Hannah. ¿No crees que ya es hora de cambiar? —me dijo—. ¿No te gustaría vivir en un lugar donde haya espacio de sobra? ¿Con armarios en los que quepan más de cinco prendas? ¿Con un salón con ventanas? ¿Con lavavajillas? Y, gracias a este nuevo trabajo, por fin gano lo suficiente para vivir sola».

Pues claro que todo eso estaría fenomenal, pero el apartamento de Orchard Street era mi hogar, sobre todo por la falta de una alternativa mejor.

Además, me encantaba vivir con Priya. Era la experiencia

universitaria de compartir habitación que nunca tuve. Los sábados por la noche nos arreglábamos el pelo oyendo a Lana Del Rey y a Lorde en el cuarto de baño con sus azulejos rosa chicle mientras bebíamos vino blanco barato en tazas. Me había acostumbrado a sus sonidos (el tono de marimba que usaba como alarma y su pódcast favorito, *Call Your Girlfriend*, que escuchaba mientras se preparaba para ir a trabajar) y a sus olores (las caras velas Diptyque, que eran el beneficio que más le gustaba de ser editora de belleza, y las infusiones de rooibos que dejaba a medio beber por todo el apartamento). Después de casi seis años viviendo juntas, Priya estaba totalmente integrada en el entramado de mi día a día.

Cuando ella se mudó, David sugirió que nos fuéramos a vivir juntos. La idea me resultó tan fascinante como aterradora. Aunque me pasaba la mayoría de los fines de semana y cada vez más noches entre semana en su apartamento de Flatiron, vivir juntos me parecía un gran paso. ¿Y si le disgustaba mi apatía por las tareas domésticas básicas o le resultaba molesta cuando nos viéramos a todas horas? Al fin y al cabo, Finn y yo solo conseguimos ser compañeros de piso durante dos meses.

—Ya sé que te huele el aliento fatal por las mañanas y que prefieres el papel higiénico cutre de una capa al bueno, y aun así te quiero —bromeó David—. Quiero conocer todas tus excentricidades, Hannah. Tráelas. —Y así, sin más, su entusiasmo derritió mi resistencia.

En vez de mudarnos a su apartamento, David sugirió que buscáramos algo que fuera «nuestro» en vez de «suyo». Me quedé prendada en cuanto vi este piso, con sus enormes ventanas industriales, sus paredes de ladrillo visto y una cocina de gama alta sacada directamente de un plató de Food Network.

Claro que el hombre con el que iba a vivir era mucho mejor que el piso en sí. Llevábamos saliendo algo más de un año, y sentí que me había salido con la mía cuando accedió tácitamente a seguir juntos al menos durante el año de alquiler.

—¿Qué le pasa a este sitio? —pregunté mientras me asomaba al vestidor del dormitorio principal. Si podíamos permitírnoslo, seguro que había algún problema oculto. ¿Cucarachas? ¿Bailarines de claqué profesionales como vecinos de arriba? ¿Fantasmas?

Resultó que no iba muy desencaminada. Yo no podía permitirme ese piso, pero «nosotros» sí. David me enseñó con una sonrisa de oreja a oreja la hoja de Excel que había hecho para calcular cuánto debíamos pagar cada uno en función de nuestros sueldos. Me dio un vuelco el corazón al ver su entusiasmo de empollón por una hoja de cálculo.

—No me importa —me aseguró—. Por favor, déjame hacer esto por nosotros. Quiero que seamos un equipo.

En vez de responderle, lo arrinconé contra la puerta cerrada de nuestro supuesto dormitorio y le di un beso en los labios.

—¿Eso es un sí? —preguntó cuando nos separamos para tomar aire.

—Ya te digo —contesté.

No estaba acostumbrada a que alguien cuidara de mí. En una ocasión Finn me acusó de ser una autosuficiente pasada de rosca porque no lo avisé de que había sufrido una gripe estomacal hasta dos días después de haberme recuperado. Lo dijo como un insulto, pero yo me lo tomé como un cumplido.

Aunque David llevaba razón: él no tenía por qué sufrir las atrocidades inmobiliarias a las que nos obligaría mi sueldo. No era culpa suya que la industria de la radio pagara una miseria, aunque técnicamente hubiera dado el salto a los pódcast dos años antes. De todas formas, seguía trabajando para una radio pública que padecía de infrafinanciación crónica. Para demostrarlo, tengo un armario lleno de bolsas de loneta que regalamos a todos los que hacen un donativo.

Esta mañana me he acoplado en la isla de la cocina para empezar a revisar la bandeja de entrada del correo electrónico cuando David sale de nuestro dormitorio con unos pantalones de pijama de rayas azules y una camiseta interior blanca con el cuello dado de sí. Tiene el pelo castaño claro despeinado y lleva unas viejas gafas de montura metálica que solo se pone a primera hora de la mañana o a última de la noche.

La versión matinal de David es la que más me gusta. Porque es la versión privada, solo para mí, antes de que se peine con fijador y se ponga las lentillas y el traje para ir a trabajar al bufete. Aunque el traje tampoco le queda mal.

En nuestra primera cita se puso las gafas, algo que luego descubrí que no era habitual y que solo se debía a que se había quedado sin lentillas.

«Tengo que madrugar mucho», me dijo después de dos copas de vino en el Immigrant, el bar en penumbra de Alphabet City que él sugirió. Hasta ese momento pensaba que la cita iba bien, de hecho era la mejor que había tenido nunca, pero parecía que el sentimiento no era mutuo.

Me preparé para el rechazo. Después de solo un mes usando las apps de citas, había aprendido a interpretar las señales. Me reprendí por haberme hecho ilusiones con él. Pero entonces me sorprendió.

«¿Te importa que pida agua? —me preguntó—. Porque me está gustando mucho hablar contigo y no estoy preparado para que termine la noche». En aquel momento me enamoré un poco de él, y la lista de pequeños momentos especiales que ha ido creando no ha hecho más que crecer desde entonces.

—Buenos días —murmura—. ¿A qué viene esa cara de cabreo? Solo son las siete y media. —Se acerca mí arrastrando los pies y me planta un beso en el pelo. Ese gesto tan tierno y reconfortante me provoca mariposas en el estómago y, por unos segundos, me olvido del mensaje de correo electrónico que encabeza mi bandeja de entrada. Me inclino hacia él y noto el calorcillo que irradia, típico de estar recién levantado—. ¿Qué pasa? — me pregunta.

—Mitch —gimo.

—¿Qué ha hecho ahora? —me pregunta él.

—Amenazar con darle carpetazo a todo el proyecto si no conseguimos pronto a los invitados del episodio piloto. —Ha marcado el mensaje con una banderita roja que señala que es urgente, como acostumbra a hacer con todos los que envía. Hasta con los que no tienen importancia.

—¿Cómo se le ocurre hacer eso? No me puedo creer que no valore lo genial que es la idea.

Estoy trabajando en la propuesta de un pódcast de historia de la música llamado *Historia acústica*, que me parece un nombre bastante ingenioso. Sería mi primer proyecto en solitario. Cada episodio contaría la historia de una canción diferente. Algunas de las que fueron número uno en las listas, otras con un significado sentimental para el artista, otras que fueron el único éxito en la carrera musical de quienes las interpretaron. Entrevistaríamos a todos los implicados, desde los cantantes hasta los compositores, productores y músicos de estudio, para que cuenten cómo surgió la canción. Me lo imaginaba como un híbrido entre *Pop-Up Video* y *Behind the Music*, dos programas de televisión clásicos de mi adolescencia.

Mi idea original para el piloto era contar la historia de «Konstantine» de Something Corporate, una canción favorita de los fans que el grupo se negó a tocar en los conciertos durante años. Mientras estaba en el instituto, era la piedra angular de todas las listas de reproducción que creaba.

—La canción dura nueve minutos y treinta segundos —protestó Mitch, mi jefe y encargado de desarrollo de pódcast que la emisora acababa de contratar, sin apartar apenas los ojos del teletipo de noticias de la CNN. Ni siquiera se había molestado en apagar la tele cuando entré en su despacho de paredes de cristal, se limitó a silenciarla.

—¿Y? Eso lo hace más interesante. ¿Cómo es posible que una canción de nueve minutos que solo se publicó en Japón se convirtiera en una de las favoritas de los fans? Esto fue en 2003, cuando internet estaba en pañales. Puedo convertirlo en algo fascinante.

—Para cuatro personas, y tú eres una de ellas. Así que tu público son tres personas. Tráeme algo con atractivo comercial y me lo pensaré.

Mi segunda propuesta fue analizar «Candy», de Mandy Moore. ¿Hay algo más comercial que un éxito pop ligado a la serie número uno de la televisión? ¿Qué niño de los noventa no recuerda aquel escarabajo verde lima que ella conducía en el vídeo?

—¡Sí! —exclamó Mitch—. A mi mujer le encanta la serie *This is Us*. A ver, ¿cómo conseguimos traer a los invitados?

—¡Déjamelo a mí! Tengo un montón de contactos musicales de Z100 —contesté mientras salía de su despacho antes de que pudiera cambiar de opinión.

Una vez obtuve luz verde de Mitch, me puse en contacto con el representante de Mandy Moore. Como no recibí respuesta, lo intenté también con su agente y con su publicista. Sin embargo, después de un mes de silencio y de insistir todas las semanas, debo reconocer que no me van a devolver la llamada. Resulta que Z100 tiene muchos contactos musicales, pero yo no tengo ninguno. Lo que me lleva de nuevo a la casilla de salida.

—¿Te ayudaría un café? —me pregunta David.

Es una pregunta retórica, porque ya ha llenado la jarra de agua para rellenar la cafetera y está sacando mi taza preferida del Boston College del armario. Yo podría prepararme mi propio café, por supuesto. Pero David tiene el sueño ligero y nuestra querida cafetera Capresso, que muele y prepara el café, suena como el motor de un reactor preparándose para despegar. Así que este se ha convertido en nuestro ritual matutino. Después de cinco meses viviendo con él, agradezco las pequeñas rutinas que hemos creado juntos. Dormirme protegida por su cálido abrazo por las noches y preparar la cena juntos mientras hablamos de cómo nos ha ido el día (bueno, a ver, técnicamente él cocina mientras me asigna tareas imposibles de estropear como picar cebollas o pelar zanahorias, pero yo siempre friego los platos) superan con creces las ocasionales discusiones domésticas. Empiezo a acostumbrarme, e incluso a disfrutar, de que alguien cuide de mí.

Mientras se hace el café, se apoya en la encimera y dice:

—Creo que he descubierto qué estaba haciendo mal con la masa de la pizza. —Lleva meses intentando hacer la versión casera de nuestra pizza preferida de jamón curado y rúcula de una pequeña pizzería del West Village—. ¿Qué tal si lo intento de nuevo esta noche y empezamos esa serie de Netflix que nos dijo mi hermano? A lo mejor lo ves como una luz al final del túnel después de tener que aguantar a Mitch todo el día —sugiere.

—Suena genial, pero no puedo. Esta noche he quedado con mis amigos para tomar unas copas.

No necesito especificar a quién me refiero cuando digo mis amigos. Tengo amigos del trabajo (gente con la que me enfrento a la cola de Sweetgreen durante el almuerzo y con la que intercambio cotilleos de oficina) y me encanta quedar en pareja con los amigos de David de la Universidad de Nueva York, pero siempre es un alivio que las esposas o novias no cumplan las promesas de «tenemos que» quedar algún día sin los chicos. Cuando digo «mis amigos» siempre me refiero a Finn, Priya y Theo.

David se lleva bastante bien con ellos, pero no tanto como para formar parte del grupo. Tampoco es que hubiera mucho grupo del que formar parte cuando empezamos a salir. Ese fue el año que Finn y yo pasamos sin hablarnos. Pero, de todas formas, tenemos demasiada historia compartida como para que alguien nuevo consiga ponerse al día. Cuando David se une a nosotros, tenemos que dejar de hablar cada dos por tres y explicarle que Elise es la antigua jefa de Priya, el monstruo que la despidió de Refinery29, o que una vez Finn nos engatusó para jugar al *beer pong* con gin-tonics y que desde entonces no hemos vuelto a tocar la ginebra, o que la madre de Theo actuó en los años ochenta en una película malísima de arte y ensayo, un remake contemporáneo de *Madama Butterfly* llamado *Señora Butterfly*, y que por eso nos da la risa floja cada vez que alguien dice la palabra «mariposa» en cualquier contexto.

—¿Es el cumpleaños de alguien? —pregunta David.

—No, ¿por?

—Ah, es que pensaba que... —Deja la frase en el aire—. No te preocupes por mí. Es que me falta el chute de cafeína. —Me echa un chorrito de leche en el café y lo deja en la encimera delante de mí.

Aunque no tenga importancia, el comentario me irrita. Porque insinúa que necesitamos una razón para reunirnos. Claro que, para ser sincera, hace tiempo que no quedamos los cuatro.

—No pasa nada especial, la verdad. Solo es para ponernos al día.

—Bueno, ¿me apuntas en tu agenda para mañana por la noche? —me pregunta.

—¿Mañana por la noche? Creía que ibas a ir a ver el partido en casa de tu hermano. —Los hermanos de David y algunos de sus amigos de la infancia tienen una liga Fantasy de fútbol americano que se toman demasiado en serio. Se reúnen los jueves para ver el partido que toque y hablar de estrategia. David es el encargado de las estadísticas. Al final de la temporada, el perdedor tiene que cumplir una apuesta ridícula, que fue el motivo por el que David acabó haciendo las pruebas de acceso a la universidad el año pasado. De hecho, disfrutó tanto con el tema que se compró un montón de libros de preparación para los exámenes. Me burlé de él sin piedad cuando se llevó a la cama un libro que afirmaba ser «para principiantes», pero él fue quien se rio el último porque acabó subiendo la nota que sacó el año que le tocó presentarse después de acabar el instituto.

—Puedo saltarme esta semana —me dice—. Prefiero pasar tiempo contigo.

Me apoyo en el reposapiés del taburete y me inclino sobre la isla de la cocina para besarlo en los labios.

—Sí —le digo—. Te apunto directamente con bolígrafo, no con lápiz.

Esa noche soy la primera en llegar a Rolf's. En diciembre hay una cola que da la vuelta a la manzana, pero, a mediados de noviembre, solo estoy yo y un grupo reducido de clientes habituales.

Los clientes habituales de un bar con temática navideña son un grupo peculiar: mujeres sesentonas que parecen sacadas directamente de un sketch de *Saturday Night Live* con vaqueros anchos, pelo cortado a capas y sudaderas con apliques de flores. Hablan largo y tendido de sus maridos mientras beben copas de merlot y comen bolsas de patatas fritas Lay's de tamaño extragrande que no sé por qué les permiten llevar, aunque Rolf's sea un restaurante de comida alemana.

Me hago con un taburete situado en medio de la barra —lo bastante cerca como para pegar la oreja y enterarme de todo, pero lo bastante lejos como para no parecer una cotilla— y pido una sidra de manzana templada. Observo al camarero, un chico de unos veinte años que parece aburrido, mientras me sirve la bebida en una copa del tamaño de mi cabeza.

Las mujeres me recuerdan a mi madre con sus amigas. ¿Cómo sería si siguiera viva? Cuento los años con los dedos para saber cuántos tendría: cincuenta y siete. Quince años desde que murió. Esta Navidad se igualará el número de las que he vivido con ella y sin ella, y la idea me entristece muchísimo. Con el tiempo, echarla de menos se ha suavizado hasta convertirse en un murmullo sordo en la parte posterior del pecho, pero de vez en cuando, como ahora, me inunda a todo volumen.

Me la sigo imaginando tal como era antes de enfermar: sonriendo desde el cartel de la parada de autobús que la proclamaba como la AGENTE PREFERIDA DE LA INMOBILIARIA EDISON. Ella quería que el anuncio dijera «la mejor agente inmobiliaria», lo que técnicamente no era cierto. Sin embargo, sí era la reina indiscutible de los cotilleos de la ciudad, lo que la convertía en la preferida de ciertas personas. El año que le dieron el diagnóstico, se cortó el pelo a lo Rachel, y aunque ya llegaba unos años tarde —Jennifer Aniston ya estaba en su fase de melena planchada—, se sintió orgullosísima del corte. Imagino que a estas alturas habría actualizado su peinado si estuviera viva, pero mi imagen mental de ella está congelada en el tiempo. Una Rachel Greene eterna.

Rolf's también es así, nunca cambia. El interior del establecimiento se pasa todo el año cubierto de falso pino y repleto de adornos navideños y carámbanos de plástico. Rolf's encontró su nicho de mercado y se ha aferrado a él. Lo respeto.

Miro el teléfono para ver si alguien me ha enviado un mensaje y encuentro uno de Finn:

Llego tarde. Tengo noticias!

Para Finn «tener noticias» puede ser cualquier cosa, desde haber visto a Timothée Chalamet en el metro hasta haber conocido al amor de su vida o haber descubierto un sitio donde hacen un burrito de pollo búfalo para morirse. Todo es noticia para él. Pero al ver que Priya y Theo entran en el restaurante, charlando animadamente, abandono las especulaciones.

Una hora después, Finn irrumpe por la puerta en medio de un aluvión de disculpas por su tardanza y echa a andar hacia la mesa a la que nos cambiamos para evitarle a Theo los coqueteos de las mujeres sentadas a la barra.

—¡Lo siento! ¡Perdón! —exclama Finn mientras se quita la bufanda del cuello y la cuelga en el gancho del extremo del banco. Se inclina y saluda a Priya con un par de besos antes de sentarse a mi lado. Una vez sentado busca mi mano sobre el banco para darme un apretón. Siempre respiro mejor cuando estamos los cuatro en el mismo sitio.

—Bueno, ¿tienes noticias? —le pregunta Theo.

—¡Grandes noticias! —Finn nos mira a todos para asegurarse de que le estamos prestando atención—. ¡He conseguido un nuevo trabajo! ¡En Netflix! ¡Trabajando en series para adultos de verdad, joder!

Priya chilla y se levanta de un salto para echarle los brazos al cuello.

—¡Esto hay que celebrarlo con champán! —exclama Theo.

—¡Esto es increíble! ¡Eres increíble! —le digo, incapaz de encontrar otra palabra que no sea «increíble» por culpa de la emoción.

—No es exactamente la faceta de la industria del entretenimiento que me imaginaba, me veía más bien delante de la cámara, pero de todas formas es un paso adelante. Así que algo es algo. —Pese al comentario despectivo, Finn está encantado con nuestra reacción a su noticia.

Lleva tres años y medio trabajando en el departamento de desarrollo de ToonIn, ayudando a seleccionar los programas que se emiten y guiándolos en el proceso de producción. Durante la mayor parte de ese tiempo, ha mantenido una acalorada rivalidad con el doctor Sparky, un perrito de dibujos animados que, por razones que nunca se explican, también es médico. Finn rechazó la propuesta de producir la serie a los seis meses de empezar en el cargo, y *Doctor Sparky* acabó convirtiéndose en el programa número uno de la cadena rival.

Hoy en día, Sparky está omnipresente en vallas publicitarias y mochilas infantiles. Una vez estábamos en la farmacia recogiendo mis anticonceptivos cuando Finn vio un envase de apósitos del doctor Sparky junto a la caja registradora. Salió cabreado y me lo encontré paseando por la acera.

—No tiene sentido —me dijo, furioso—. Sparky no puede hablar. ¿Cómo va a darle un diagnóstico a la gente?

Por desgracia, ninguno de los programas que Finn puso en marcha podía compararse con el éxito de Sparky. Hace tiempo que merecía encontrar este nuevo trabajo. Estoy orgullosa de él. Y aliviada porque ya no volveré a oírlo hablar más de *Doctor Sparky*.

—Ni siquiera sabía que estabas buscando trabajo —le digo.

—No quería decir nada por si salía mal —replica él—. No quería que te preocuparas sin motivo.

—¿Que me preocupara? ¿Por qué iba a preocuparme? Esto es genial. Me alegro mucho por ti.

Empieza a juguetear con un surco de la mesa, evitando el contacto visual.

—Porque el trabajo está en Los Ángeles —le dice a la madera.

Parpadeo con rapidez mientras intento asimilar esta nueva información. Veo que Priya mueve los labios para preguntarle algo a Finn, pero el zumbido de la estática en mi cerebro me impide oírla.

A veces me despierto a las cuatro de la mañana, una vieja costumbre después de haber pasado años trabajando en un programa de radio matinal. Me quedo tumbada en la cama intentando no moverme para no despertar a David y hago listas mentales de todas mis preocupaciones. Me preocupan los plazos que me imponen en el trabajo o una bordería que le solté a David porque estaba muerta de hambre, pero sobre todo me preocupan mis amigos. Me preocupa que Theo se aburra de Nueva York y decida no volver de alguno de sus viajes a París, Bangkok o Sídney, o adondequiera que vaya. Me preocupa que Priya decida irse detrás de cualquier hombre con el que salga; sus relaciones siempre son pasajeras. Lo último que supe es que estaba saliendo con un chef que organizaba cenas pop-up en caravanas Airstream por todo el país. Pero nunca se me ha ocurrido que debía preocuparme por que Finn se fuera.

Y resulta que va a irse.

Una vez pasada la conmoción inicial, me doy cuenta de que también estoy enfadada. Enfadada por que no me lo haya dicho a solas, antes que a Theo y Priya. Su forma de comunicar la noticia me molesta casi tanto como la noticia en sí.

Quizá nuestra amistad no vaya tan bien como pensaba.

Vuelvo a prestarle atención a la conversación y descubro que todo el mundo me está mirando.

—Estás un poco pálida. ¿Te encuentras mal? —me pregunta Priya.

—¡Estoy bien, muy bien! Sorprendida, eso sí. —Me llevo la copa a los labios para ganar tiempo y se me llena la nariz de burbujas de champán. Empiezo a toser, lo que me convierte todavía más en el centro de atención. A estas alturas me miran hasta los comensales de las mesas de alrededor.

Todos me observan en silencio. Necesito una distracción. Un cambio de tema. Necesito que la gente deje de mirarme y me dé un respiro para procesarlo todo. Así que acabo pasándome.

—¡Navidad! —suelto. Mis amigos me miran perplejos como si fuera un robot que ha sufrido un cortocircuito—. Como Finn se muda, esta podría ser nuestra última Navidad juntos. —Y añado—: ¡Debemos conseguir que esta sea la mejor de todas!

—¿Vamos a quedar este año? —pregunta Priya.

Finn murmura algo, sin llegar a comprometerse.

—¡Por supuesto que vamos a quedar este año para celebrar la Navidad! —Finn y yo llevamos celebrando la Navidad juntos diez años, Priya lleva seis y Theo, cinco. ¿Cómo han podido pensar que este año no habría celebración navideña?

—Los dos últimos años fueron un poco… —Priya deja de hablar. No necesita añadir más; nosotros también estuvimos allí.

—¡Pero ahora está todo arreglado! Y este año tenemos que hacerlo… ¡por Finn! —Le paso el brazo por el hombro para demostrar que entre nosotros todo está genial. Tiene que estarlo.

4

Hannah

Cuando me despierto, Priya está trasteando en la cocina. Esperaba que se hubiera ido, pero no ha habido suerte.

Priya lleva viviendo aquí desde que Garrett se mudó en junio. A Garrett, mi compañero de piso después de Finn, le gustaba practicar kickboxing en el salón, que ya está demasiado apretujado solo para sentarse, no digamos para lanzar combinaciones de puñetazo, golpe directo y gancho. También estoy casi segura de que orinaba en botellas de refresco vacías en su dormitorio.

O eso, o estaba deshidratadísimo, porque a veces no salía de su habitación en todo el domingo.

La única parte positiva de tener a Garrett de compañero de piso era que se marchaba por Navidad. De vuelta a su lugar de origen. Nunca he sabido dónde era.

Priya está de pie en la cocina delante de la minúscula encimera, que es un cuadradito, con un pijama térmico de rayas rosas y rojas, y el pelo recogido en un moño alto. La encimera está llena de trozos de verduras y de cáscaras de huevo. Canturrea

«We Are Young», de fun., al ritmo de la canción que sale por los diminutos altavoces de su móvil.

—¡Estoy preparando el desayuno! —anuncia.

Miro por encima de su hombro el cuenco, donde hay una mezcla de huevos y de lo que parecen restos de todas las verduras del frigorífico.

—Gracias —contesto, pese al aspecto raruno del contenido del cuenco.

—Mi madre siempre prepara esto. Lo llama «quiche de sobras». Coge todo lo que queda en el frigorífico, lo mezcla con queso y lo echa encima de una masa de hojaldre. Ahora tiene una pinta asquerosa, pero te prometo que está buenísimo. —Normalmente no me molestaría, pero hoy (en Navidad) mi falta de familia se me hace más evidente. Siento un aguijonazo de envidia por el hecho de que Priya tenga una madre de la que hablar en presente—. La cosa es que me he despertado temprano y se me ha ocurrido preparar un desayuno especial por ser festivo y tal. —Me mira por encima del hombro y hace un mohín tímido—. Además, ¿qué más puedo hacer hoy? Para los no cristianos como yo, la Navidad solo es otro día raro en el que todo está cerrado.

Su gesto amable hace que me sienta como una gilipollas por no haberla invitado a pasar las Navidades con Finn y conmigo.

«Deberíamos invitarla —insistió Finn la semana pasada—. Ha dicho que no tenía planes».

Yo no lo tenía tan claro. De momento, ha sido una compañera de piso estupenda. Muchísimo mejor que Garrett, aunque él puso el listón muy bajo. Sale casi todas las noches: eventos de relaciones públicas entre semana; citas o salidas a bares con amigos el fin de semana. Se llevó a Finn a un par de fiestas de prensa, y él alucinó con los cócteles de autor, los minipasteles de cangrejo y las bolsas de regalo llenas de productos de belleza en formato de viaje y de botellas de agua de marca. No se podía creer que todo fuera gratis.

En cuanto a Priya y a mí, seguramente no conectaríamos si

nos conociéramos en una fiesta —parece demasiado normal, demasiado centrada—, pero tenemos los mismos gustos en cuanto a comida para llevar y programas de televisión, algo que ayuda mucho cuando se trata de compañeros de piso. De todas maneras, tenía la esperanza de encontrarme con un apartamento vacío esta mañana. De que alguno de sus otros amigos la invitara a pasar la Navidad con ellos. Pero parece que no se va a ninguna parte.

Nos comemos la quiche de sobras en el salón, cuya estética es un extraño maridaje de nuestras posesiones. Mi sofá Backsälen junto a su mesita acrílica. Mi póster de la gira de Band of Horses junto al de Priya de *For Like Ever*. Incluso su libro en rústica de *¿Me lo prestas?* parece un poco incómodo en nuestra estantería Billy junto a mi ejemplar de *Los juegos del hambre*. Pero al menos una de las dos tiene gusto para la decoración. Incluso debo admitir que la incorporación de sus posesiones ha hecho que el apartamento parezca más acogedor.

—Siempre me he preguntado —dice ella— qué rollo os traéis Finn y tú.

—Nos conocimos en la universidad, en la Navidad del segundo curso. Hicimos buenas migas enseguida. Es como si fuera mi alma gemela, la persona para mí. —Hago una pausa—. Uf, lo estoy explicando fatal. Qué cursi me ha quedado. —Suelto una carcajada.

Levanta tanto las cejas y tan deprisa que me preocupa que se le salgan de la cara.

—A ver, ¿estás…, no sé, enamorada de él?

—Pues sí, pero no en plan romántico si es a lo que te refieres. Solo somos amigos. Más que amigos, en realidad. Pero no en ese sentido. —La miro con gesto elocuente—. Lo que quiero decir… Es que no sé cómo describirlo. ¿Alguna vez has tenido a alguien así?

Me muero de la vergüenza por la retahíla que he soltado. No se me da bien hablar de mis sentimientos. Es como si, al llevar tantos años reprimiéndolos después de la muerte de mis padres y asegurándoles a los demás que estaba «bien, estupendamente», me faltase el vocabulario para que me entiendan, incluso cuando quiero que lo hagan. Aquí es cuando viene de lujo ese sexto sentido de gemelos no biológicos que comparto con Finn. Me entiende, y yo a él.

—Ben —contesta ella—. Aunque lo nuestro sí que era en ese sentido. Pero sé a lo que te refieres.

—¿Quién es Ben? —pregunto con una mezcla de curiosidad y certeza de que, sea quien sea, su vínculo no podía ser igual al que tenemos Finn y yo.

—Mi novio de la universidad. —Baja la mirada a su plato de quiche, con repentina reserva, aunque ella me ha dicho el nombre sin que se lo preguntase.

—¿Qué pasó? Si quieres hablar del tema, claro.

—*National Geographic*, eso pasó. Consiguió el trabajo de sus sueños como fotógrafo de viajes, así que ahora mismo está en algún lugar de la selva amazónica. Cuesta un pelín mantener una relación con alguien que solo tiene cobertura móvil un diez por ciento del tiempo. Intentamos una relación a larga distancia, pero como si estuviera en Marte. Y supongo que quería más a su trabajo que a mí, porque sigue allí y yo estoy aquí, solterísima y sin haberlo superado.

—Lo siento. —Su confesión sobre Ben me acerca más a ella. Puede que su pérdida no sea igual que la mía, pero demuestra que tampoco es la fachada alegre y risueña que proyecta. Hago ademán de ponerle una mano en una rodilla, pero en el último momento me digo que tal vez no seamos todavía tan amigas, así que cojo el tenedor para llevarme otro trozo de quiche a la boca. Está buena de verdad.

—No es culpa tuya —dice.

—Por cierto, esto… Quería habértelo comentado antes. ¿Quieres pasar el día con Finn y conmigo?

—Ah, no quiero estropearos los planes —responde—. Pensaba ir al cine después. La Navidad ni siquiera es un día festivo para mí. De verdad, no te sientas en la obligación de invitarme porque te he contado el rollo con mi ex.

—No, me encantaría que vinieras —le aseguro, y me sorprendo porque quiero que diga que sí.

A las dos nos reunimos con Finn en pleno Greenwich Village. Priya lleva una sudadera que le he prestado. Verde con un corderito de lanitas por delante que dice «Peluda Navidad» en letra cursiva y con las mangas decoradas con tiras de luces navideñas cruzadas. Me he hecho con toda una colección de prendas festivas a lo largo de los cuatro años de aventuras navideñas con Finn. El plan es sencillo: vamos a recorrer todos los bares de Greenwich Village vestidos los dos con jerséis feísimos. Bueno, ahora somos tres con Priya.

—Guau, hay mucha más gente de la que me esperaba —dice Priya mientras nos sentamos a una mesa alta en Wicked Willy's, un bar de ambientación pirata que tiene como especial de la casa Bud Light de lima a dos dólares. Están muy comprometidos con la temática tropical, incluso en Navidad.

—Los bares universitarios son siempre una apuesta segura —explica Finn—. Te encuentras una mezcla de estudiantes extranjeros, judíos y los que no pueden pagar un billete de avión, pero sí cervezas a dos dólares. Hay un montón de gente que pasa sola la Navidad si sabes dónde buscar.

Priya echa un vistazo a su alrededor para observar a nuestros colegas huérfanos navideños.

—¿Qué hiciste el año pasado en Navidad? —le pregunta Finn.

—Me tomé media gominola de marihuana, fui a ver la nueva de *Alvin y las ardillas* y me comí un cubo de palomitas gigante y una bolsa de regalices de tamaño familiar. ¿Y vosotros dos?

—Madre mía —dice Finn, que me mira un segundo mientras los dos recordamos lo estupendas que fueron las Navidades pasadas (las primeras en Nueva York)—. Pues te va a parecer muy cursi, pero fuimos a Dyker Heights. Ya sabes, el barrio de Brooklyn donde echan el resto con las luces de Navidad...

—Pero de verdad, ¿eh? —lo interrumpo—, es una pasada. Nunca he visto casas adornadas con tantas luces. A ver, que ponen tantas que creo que la factura de la luz les deja la cuenta pelada.

—Así que fuimos a ver las luces —sigue Finn— y después, cuando volvíamos andando a la parada del metro de la calle Ochenta y seis, pasamos por delante de un restaurante italiano. Uno de esos con pinta antigua, donde parece que come la Mafia, y está hasta arriba. Así que decidimos echarle un vistazo. Resulta que era la cena de Navidad de la familia dueña del restaurante, pero nos invitaron a unirnos. Nunca he comido unos raviolis tan buenos. Acabamos sentados a la mesa con Carmela, la tatarabuela. Todos la trataban como si fuera una reina. Nos sentamos con ella y bebimos chupitos de limoncello mientras nos contaba anécdotas de su infancia en Sicilia.

—Finn se obsesionó con ella —añado.

—Era como una versión real de Sophia de *Las chicas de oro*. Que sepas que este año me ha mandado una felicitación navideña.

—Parece divertidísimo —dice Priya—. En serio, gracias por incluirme este año. —Echa un vistazo por el bar, observando la mezcla de veinteañeros que gritan y ríen—. Sigo sin creerme que haya tanta gente. La verdad es que algunos son muy guapos. ¿Ves alguno que te interese?

—Aquí no hay nada para mí —contesta Finn sin molestarse en mirar siquiera—. Salta a la vista que todos son heteros.

—Pues sí —dice ella—. ¿Y tú qué me dices, Hannah? —Los dos me miran.

—No necesito a nadie más. Mucho menos hoy. Solo quiero pasar el día con vosotros.

Acerco mi botella para brindar contra las suyas y bebo un trago.

Cinco horas y cuatro bares después estamos apiñados alrededor de una pegajosa mesa de madera en el Bitter End, un bar grunge y sala de conciertos. Priya y yo dejamos de jugar al «Yo nunca…» cuando un hombre con una camiseta estampada con el logotipo del bar se sube al escenario vacío. Le da dos golpecitos al micrófono, lo que provoca un chirrido que resuena por toda la sala.

—Lo siento —se disculpa—. Solo quería deciros que la sesión de micro abierto comienza dentro de un cuarto de hora y que hay una hoja en la barra para apuntarse.

—Deberíamos apuntar a Finn —le digo a Priya, aprovechando que él ha salido hace un rato para contestar una llamada de su hermana. De todas maneras, ya se había quedado sin dedos y no estaba jugando.

—¡No, eso es una crueldad! Yo me cabrearía si me lo hicieras. —A Priya parece espantarle mi sugerencia.

—Hazme caso, le va a encantar.

Finn sugiere que nos vayamos después de dos primeras actuaciones, que son muy flojas: un universitario borracho destrozando «Summer Girls» de LFO y una mujer cantando a grito pelado una versión cabreadísima de «You Oughta Know».

—Vamos a quedarnos para ver un par más —le digo—. Por favor.

Me mira con cara rara, pero no protesta.

Cuando anuncian su nombre, Finn me fulmina con la mirada.

—Debería habérmelo imaginado. —Pero esboza una sonrisilla traviesa.

—No tienes por qué hacerlo —dice Priya al tiempo que le pone una mano en un hombro—. Le dije a Hannah que era una crueldad. Para que lo sepas, ¡ha sido idea suya!

Ni siquiera ha acabado la frase cuando Finn sube pavoneándose al escenario, con el modo artista activado.

Priya se sube a la silla y silba con dos dedos cuando Finn termina su versión de «Bleeding Love».

—La piel de gallina, Finn, tengo la piel de gallina. —Priya le planta un brazo por delante de la cara cuando regresa a nuestra mesa—. Has estado increíble. No tenía ni idea de que podías hacer eso.

—Ya te dije que canto. La semana pasada, cuando fuimos al lanzamiento de esa bebida energética, estuvimos hablando un buen rato de audiciones.

—Ya, ya —replica Priya—, pero no pensé que fueras bueno. —Se lleva las manos a la boca, porque la lubricación de las cuatro paradas anteriores en nuestro recorrido por los bares le ha soltado la lengua. Se apresura a arreglarlo—: Lo que quiero decir es... ¿por qué no te cogen para ningún papel si cantas tan bien?

Finn no se ofende por su metedura de pata.

—Todo el mundo borda las audiciones. El talento se da por sentado. Pero no tengo contactos ni reputación. Varios directores me han dicho que no doy el perfil para el papel, que a veces es una forma de decir que soy demasiado negro, aunque otras significa que no soy lo bastante negro. O a veces es una tontería. En una ocasión casi me dieron un papel, pero era demasiado alto para el vestuario y no tenían tiempo ni dinero, o ganas, de arreglarlo.

—Vaya mierda, Finn. Es muy injusto —protesta Priya.

—La vida no es justa. —Se encoge de hombros—. ¿Alguien quiere otra? —Levanta su vaso vacío de vodka con gaseosa.

—Yo estoy servida —contesto—. Debo levantarme a primerísima hora para ir a trabajar mañana. —Dado que soy la que menos categoría tiene de los que trabajamos a jornada completa en Z100, no me había hecho ilusiones de contar con toda la semana libre. La emisora cierra el día de Navidad y emite en bucle música y anuncios preprogramados, pero mañana volvemos bien tempranito.

—Hannah Gallagher, estrella emergente de la radio, destinada a eclipsar la carrera artística de su mejor amigo mientras sale disparada hacia el éxito —responde él con la dicción exagerada de un presentador de noticias.

—No sé si puedo decir que mi trabajo de salario mínimo sea un «éxito». Me da que no se referían a eso en la Columbia Británica cuando proclamaban lo de «prende fuego al mundo» —replico, citando el lema jesuita que solían decirnos en la universidad durante las charlas, llenas de topicazos. Pero, en el fondo, estoy contentísima de que el mes pasado me hicieran trabajadora a jornada completa después de haber estado pagando mi deuda durante más de un año como becaria sin remuneración.

Nadie estaba tan sorprendido como yo por lo bien que me había ido profesionalmente después de la universidad. Siempre había pensado que acabaría sirviendo mesas o vendiendo entradas en la taquilla del teatro donde actuara Finn. Solicité el puesto en prácticas solo para echarme unas risas después de una conversación más frustrante de la cuenta con una orientadora del campus. «¿Qué te gusta de verdad?», me preguntó, desesperada. Únicamente se me ocurrieron la música y la tradición de celebrar la Navidad con Finn, y solo una de ellas era rentable. Sin embargo, a Finn le está costando más encontrar su sitio.

—¿Alguien más se muere de hambre? —pregunta Priya.

—Vámonos, anda —sugiere Finn—. Todavía nos da tiempo de llegar al Waverly Diner.

—A eso sí que me apunto —digo. Es uno de los pocos sitios donde se pueden comer tortitas de patata y no patatas fritas, lo que lo convierte en nuestro favorito—. El desayuno como cena es casi una tradición para nosotros —le explico a Priya.

—Venga, los mejores momentos y los peores de tu primera Navidad —dice Finn mientras abre la marcha por Bleecker Street hacia el West Village.

—Mi mejor momento ha sido sin duda tu canción, Finn. Todavía me tiene alucinada. Has puesto a todo el bar de pie. —A Finn se le ilumina la cara por los halagos—. La verdad —sigue Priya—, no tengo ninguna con la que comparar, pero esta Navidad pasa al primer puesto.

Le devuelvo la sonrisa, contenta de que lo entienda.

—¿Quieres repetir el año que viene? —le pregunto.

—Sería un honor.

5

Hannah

Este año, 16 de noviembre

Espérame en el sofá de los novios. Estoy
terminando! 5 min!

Eso es lo que me dice Priya en un mensaje.

No sé muy bien qué es el sofá de los novios, pero me queda claro cuando llego a la oficina de Glossier en Lafayette Street y veo a tres hombres mirando el móvil en un sofá capitoné rosa en la zona de recepción mientras sus novias compran maquillaje en la sala de exposición adyacente, se prueban las sombras minimalistas de la marca y se hacen selfis en los espejos que cuentan con la iluminación perfecta.

Desde que Priya empezó en su nuevo trabajo en abril, no habla de otra cosa. Menciona la marca en cada frase como si estuviera enamorada. «Glossier va a ser la siguiente empresa unicornio». «Glossier me ha dado opción sobre acciones». «Leí en *Into the Gloss* que Priyanka Chopra usa yogur para exfoliar la piel». Es como si le hubieran hecho un lavado de cerebro y la hubieran dejado catatónica.

Claro que es bonito verla entusiasmada con el trabajo después de tres años de desdicha profesional. Antes de esto, iba tirando gracias a lo que ganaba con una serie cada vez más raquítica de trabajos de redactora autónoma. Al final, solo conseguía artículos SEO diseñados para engañar a los lectores a que pincharan en enlaces afiliados. Pero ahora tiene el trabajo de sus sueños como editora para el blog de la marca.

Cuando empezó, hice un pedido online enorme de productos con nombres como «pintura de nube» y «haloscopio», aunque no sabía cómo usarlos. Pero me alegraba de ver a Priya tan contenta y quería apoyarla.

No tengo que esperar mucho antes de que Priya aparezca en la zona de recepción poniéndose un abrigo azul de pelo que parece un teleñeco y con rabillo azul a juego en los ojos.

—¿Lista? —me pregunta.

—¿Me explicas otra vez de qué va la clase? —le digo mientras cruzamos Canal Street en dirección a Tribeca. Desde que empezó con su nuevo trabajo y nos mudamos de Orchard Street, nos vemos menos. Las últimas tres veces que quedamos las dos solas, Priya anuló la cita con un mensaje a las ocho de la tarde diciéndome que estaba liada en el curro. Supuse que habría menos posibilidades de que me dejara colgada si ella hacía los planes, pero ahora me da un poco de cosa no saber en qué me he metido.

Resulta que hacía bien en estar asustada. Supuestamente, es una clase de baile para hacer cardio, pero al final de la sesión de cincuenta y cinco minutos me da la sensación de haber ido a un programa avanzado de adiestramiento de los Navy SEAL con unos manguitos y un biquini de tanga. Tengo la camiseta empapada de sudor y me he tropezado con mis propios pies por lo menos cinco veces. Al final de la clase, Priya me encuentra tirada en las esterillas que hemos desenrollado para la recuperación. No sé si puedo levantarme, y mejor no hablar de secar la esterilla y volver a casa.

—Ha sido genial, ¿a que sí? —me pregunta de nuevo cuando estamos en la calle, delante del estudio—. Imagina el cuerpazo que se te quedaría si lo hicieras tres veces a la semana. —El rabillo azul de Priya sigue intacto, mientras que yo tengo el rímel todo corrido por la cara.

—Pues no voy a descubrirlo, porque no pienso volver. Creo que he cumplido con mi cuota de ejercicio por lo menos hasta el año que viene. —Ojalá no haya empezado una nueva tradición sin darme cuenta. Prefiero las de siempre, como cenar pad thai y rollitos de primavera de nuestro restaurante de comida a domicilio preferido mientras hacemos maratón de *Rockefeller Plaza*. Pero creo que solo hemos podido hacerlo una vez en los cinco meses que han pasado desde que nos mudamos.

—Podríamos haber hecho otra cosa —dice.

—Yo quería pasar tiempo contigo, y tú querías hacer esto —replico.

—En el fondo eres un trozo de pan. —Me da en el hombro con el suyo.

—No se lo digas a nadie —le pido—. No sería bueno para mi reputación en la calle. A ver, ¿te importa si vamos a por un plato enorme de patatas fritas y puede que un Gatorade amarillo si pasamos por alguna tienda de camino?

Se coge de mi brazo y la llevo hacia Terroir, un restaurante del barrio que a David y a mí nos encanta. Me convenzo de que, al ser una clienta habitual, tengo derecho a presentarme con ropa de deporte y el pelo pegado a la cabeza por el sudor.

Una vez que nos sentamos a una mesa con un plato de queso entre las dos y mientras nos preparan las patatas fritas, saco el tema al que llevo dándole vueltas desde el anuncio de Finn a principios de semana.

—Bueno, en cuanto a la Navidad...

—Me preguntaba si ibas a sacar el tema —me interrumpe

Priya—. Hannah, no lo entiendo. Creía que este año ibas a pasar la Navidad con la familia de David. ¿Las cosas no van bien?

—Las cosas con David van genial. Pero no se trata de él, se trata de nosotros cuatro. —Me frustra que todos parezcan capaces de renunciar a nuestra tradición navideña con tanta facilidad.

Me mira con una ceja levantada.

—Todavía no has hablado con David de la Navidad, ¿a que no?

Me bebo medio vaso de agua de un tirón en un intento por esquivar la pregunta. Me conoce demasiado bien.

El año que pasé separada de Finn hizo que Priya y yo estrecháramos lazos todavía más. Antes dividía mis confidencias entre ambos, ya que no quería ser una carga demasiado pesada para ninguno. Pero, cuando mi relación con Finn se desintegró de la noche a la mañana, Priya ascendió al papel de mi única consejera. Ahora me temo que, si le doy la oportunidad, me convencerá de que renuncie a la Navidad, de la misma manera que me convenció de no cortar con David las dos veces que estuve a punto de hacerlo durante los primeros meses de nuestra relación.

«¿No crees que parece demasiado bonito para ser verdad? —le pregunté a Priya después de nuestra cuarta cita—. A ver, en primer lugar, abogado especialista en propiedad intelectual suena falso, ¿verdad? Es justo lo que diría un timador. Y me hace muchas preguntas: de mi trabajo, de todo lo que me gusta, de mi infancia. Es como si intentara averiguar mi contraseña de banca online. ¿Crees que podría ser algún tipo de estafa para robarme la identidad?».

«Hannah —dijo, mirándome como si yo fuera la persona más tonta del mundo, algo que a lo mejor sí era—, creo que lo que intenta es conocerte. Y detesto tener que decírtelo, pero ganas setenta y cinco mil dólares al año y te gastas en el alquiler la mitad de lo que te queda después de impuestos. No creo que tu identidad valga tanto. ¿Y si solo es un buen tío?».

Tenía razón en cuanto a David, pero hay otras cosas que

Priya no puede entender. No del todo. No como Finn. Y me temo que la Navidad sea una de esas cosas.

Después de nuestra primera Navidad, no estaba segura de que Finn y yo volviéramos a vernos, pero se presentó en mi residencia día tras día, siempre con una aventura en mente. Comimos tostadas francesas en Johnny's Luncheonette; pasamos una mañana recorriendo la planta baja del Garment District, donde la ropa se agolpa en un enorme montón y se paga al peso; y una noche fuimos al cine y me obligó a ver *Moulin Rouge*, así que yo lo obligué a ver *Algo en común*.

Entablar amistad con Finn fue como la escena clásica de las comedias románticas en la que los protagonistas se enamoran mientras suena una alegre canción popera de fondo. Sin saberlo, Finn me sacó de mi nube de dolor y de autocompasión. Cuando el resto del alumnado volvió al campus en enero, nuestra amistad ya era sólida.

Y, después de llevar una década pasando la Navidad juntos, tengo la sensación de que le debo una última para conmemorar todo lo que me ha dado. Así que evito la pregunta de Priya sobre lo de decirle a David que no puedo pasar la Navidad con él y con su familia. Seguro que entiende por qué es tan importante.

—Siempre pasamos la Navidad juntos, los cuatro —le digo a Priya—. A ver, ¿ibas a hacer otra cosa?

—Pensaba ir a Bali —contesta ella—. He estado mirando y los billetes están tiradísimos si vuelas el día de Navidad. Glossier cierra la semana entre Navidad y Año Nuevo, y me parece mejor que pasar la semana congelándome en Nueva York.

Es la primera vez que oigo a Priya hablar de Bali en los seis años que hace desde que la conozco. Parece que hubiera lanzado un dardo a un mapa, como si cualquier cosa fuera mejor que pasar la Navidad aquí con nosotros. La idea de que valore tan poco nuestra tradición me escuece.

—Pero ¿por qué irte a Bali sola cuando puedes pasar la Navidad con tus amigos?

—Porque el año pasado fue… horrible. —Priya hace una mueca, como si el recuerdo le doliera físicamente.

—Que sí, pero eso no fue culpa de nadie.

—¿Y la anterior? —pregunta con voz seria, como una profesora que intentase hacerme confesar que mi perro no se ha comido los deberes.

—Lo entiendo, pero en serio, Finn y yo ya estamos bien. Solo fue un bache. Este año será distinto. ¡Te prometo que será muchísimo mejor!

—Hannah, ¿por qué es tan importante para ti?

—¿Por qué no es más importante para ti?

Antes de que pueda contestar, la pantalla de su móvil se enciende con una llamada y se ve una foto de Priya con su madre, con las caras pegadas. Priya tiene la nariz arrugada por la risa.

Mira el móvil y después me mira a mí. La respuesta a mi pregunta está suspendida en el aire, entre nosotras. Ella no necesita la Navidad como yo. Ella tiene una familia de verdad. Nunca lo diría con esas palabras —ni yo tampoco, no en voz alta—, pero es la verdad.

Le da la vuelta al móvil, pasando de la llamada. No sé si porque no quiere hablar con su madre, que la llama casi todas las noches para advertirle de alguna nueva y misteriosa enfermedad basada en los pacientes que ha visto como enfermera, o por respeto hacia mí.

Unto un poco de brie en un trozo de baguette, me lo meto en la boca y mastico despacio mientras busco la manera de hacerle entender a Priya lo que necesito.

—Es la última Navidad de Finn en Nueva York…

—¿Y qué? Puede venir en avión el año que viene si quiere. Se muda a Los Ángeles, no a la Antártida.

—Sí, pero ¿y si hace nuevos amigos? ¿Y si se echa novio? ¿Y si no lo hacemos este año y la tradición muere, y el año que viene pasa de vernos y se queda solo en su triste piso?

—¿Por qué supones que su piso es triste? —pregunta.

—¡No lo sé! Eso no es lo importante. Lo importante es que Finn es mi familia (Theo y tú también lo sois) y que esta es nuestra tradición, y que si va a ser nuestra última Navidad tenemos que hacerlo bien: una última vez mientras estamos todos juntos.

De un tiempo a esta parte me da la sensación de que tenemos muchísimo menos tiempo para los demás. Antes se daba por hecho que los cuatro pasaríamos los fines de semana juntos. No necesitábamos hacer una reserva en un restaurante ni comprar las entradas a un concierto para obligarnos a poner fecha y hora. Si no teníamos planes, los buscábamos. Así fue como acabamos pasando un lluvioso sábado de abril en el Dave & Buster's de Times Square, intentando ganar los boletos necesarios para el premio más caro que, lamentablemente, se trataba de un tostador que sigue en la cocina de Finn. Pero ahora hacen falta treinta mensajes de correo electrónico y una invitación a través del Calendario de Google con un mes de antelación para conseguir una fecha, e incluso así hay un cincuenta por ciento de probabilidades de que al menos una persona no se presente. Creía que la Navidad era nuestra única tradición sagrada, pero ahora eso también está en peligro.

Priya suspira.

—Sé que es importante para ti, así que cuenta conmigo. —Levanta un dedo de forma amenazante—. Nada de dramas este año. Tienes que jurarme que este año va a ser la mejor Navidad de todas. Nada de repetir las dos últimas. Y también tienes que convencer a Theo. De lo contrario, Ubud, allá voy. —Sé por su sonrisa que bromea, así que suspiro, aliviada. Uno menos, me queda otro por convencer.

El sábado toca enfrentarse a Theo. Lo espero a la puerta de Massey Klein, la galería de arte de Forsyth Street donde hemos quedado. Estoy segura de que el personal será capaz de intuir mi pobreza relativa por culpa de mi ropa, de mi corte de pelo o quizá de mi olor, así que estoy tiritando en la acera, escuchando el nuevo disco de Clementine Del mientras espero. Este disco es mucho más profundo que lo que ha sacado antes.

Una llamada entrante de Brooke interrumpe mi lista de reproducción. No tengo fuerzas para lidiar con ella hoy, aunque nunca es el momento adecuado para hablar con mi hermana. Dejo que salte el buzón de voz.

Cuando éramos niñas, adoraba a mi hermana. Por supuesto, los seis años que nos separaban implicaban que yo solo era la molesta hermana menor que la seguía a todas partes. La que nuestra madre insistía en que se llevara a la piscina municipal, donde quedaba con sus amigas de verdad. Pero a mí me encantaban esos días, cuando fingía leer uno de mis libros de misterio de Goosebumps mientras pegaba la oreja para enterarme de todos los cotilleos que Brooke intercambiaba con su trío de amigas. Me monté la fantasía de que, cuando fuéramos mayores, seríamos las mejores amigas, como las hermanas de *Embrujadas*, la serie de televisión preferida de Brooke por aquel entonces.

Brooke y yo estuvimos muy unidas solo durante una semana exacta. La semana posterior a la muerte de nuestro padre.

Cuando mi madre murió, no nos pilló por sorpresa. El cáncer se fue apoderando de su cuerpo poco a poco. Primero los pulmones, después el cerebro y por último todo lo demás. Cuando murió, fue como llegar al destino tras un largo viaje por carretera. Estábamos cansados, de mal humor y hartos de los demás pasajeros del coche. Estábamos tristes, pero también fue un alivio. Después del funeral, Brooke pudo volver a Georgetown y pasar de marcha en Sigma Phi Ep los pocos fines de semana que quedaban del último curso sin remordimientos porque debería estar velando a nuestra madre.

Sin embargo, la muerte de nuestro padre llegó de improviso. Tres meses después de la muerte de nuestra madre, salió una mañana para trabajar y no volvió a casa. Chocó con un árbol mientras regresaba desde el aparcamiento disuasorio de la estación NJ Transit, en el centro de la ciudad. Se quedó dormido al volante, me dijo el agente de policía cuando llamó a nuestra puerta y me confundió con alguien lo bastante mayor a quien darle semejante noticia. En mis momentos de bajón, me preguntaba si había estrellado el coche a propósito. Si no quería vivir en un mundo sin mi madre.

Brooke y yo nos pasamos la semana siguiente al accidente merodeando por la casa donde crecimos, sumidas en una neblina de dolor compartido. Nos rociamos con el Chanel n.º 5 de nuestra madre y nos envolvimos con las desgastadas camisas de franela y las camisetas de grupos vintage que a mi padre le encantaba ponerse los fines de semana. Entre semana llevaba lo que llamaba su «disfraz de oficina» (una colección de chinos y de camisas en tonos pastel) para cobrar su salario como diseñador gráfico en una agencia de publicidad de la ciudad.

—Por desgracia, no se saca mucho dinero dibujando —se lamentaba mientras hacía caricaturas de mi hermana y mías, que estábamos ocupadas con los deberes en la mesa de la cocina—. Así que ya podéis aprender bien las mates.

Eso fue lo más triste de todo: murió volviendo a casa de un trabajo que odiaba.

Brooke y yo estábamos solas en el mundo. Éramos la única familia que teníamos.

Nos turnamos para leer las entradas de un diario que no sabíamos que mi madre tenía, pero que encontramos en el primer cajón de su mesita de noche, junto a un pequeño vibrador rosa, que acabó en la basura entre muchos gritos. Las entradas alternaban entre anécdotas graciosas de nuestra infancia y planes para el futuro que nunca tendría, en los que enumeraba los viajes a destinos exóticos que harían nuestro padre y ella en cuanto me graduase en el instituto. Brasil, las Bermudas, Botsuana, y esos solo eran los destinos que empezaban por B.

Esa unión duró lo que el permiso por fallecimiento de un familiar cercano en su primer trabajo después de graduarse en la universidad, un puesto de analista júnior en Lehman Brothers. Luego siguió con su vida.

La nombraron mi tutora legal. En realidad, no había nadie más. Nuestro padre era hijo único; sus padres ya habían muerto. Nuestra madre casi no se hablaba con su familia. «Fundamentalistas pirados», así los llamaba. Ninguno apareció al final, ni siquiera para su entierro.

El papel de Brooke como mi tutora legal era más cosa nominal que práctica. ¿Qué sabía una chica de veintidós años de cuidar a otra de dieciséis? Si casi no era capaz de cuidarse a sí misma.

En nuestra nueva situación estábamos tan asilvestradas como cabía esperar. Yo sobrevivía a base de pedidos de pizzas y de invitaciones a cenar por lástima en casa de amigos. Brooke vivía en casa e iba a trabajar a la ciudad, pero era habitual que se quedara a dormir en el sofá de algún amigo, cerca de la oficina, y solo volvía cada dos fines de semana para lavar la ropa y asegurarse de que yo no había destrozado la casa. Ni siquiera se nos ocurrió que podía cambiarme de instituto a uno en la ciudad.

Un minuto después me llega la notificación de que tengo un nuevo mensaje en el buzón de voz.

«¡Hola! Soy Brooke. No me contestaste al mensaje de lo de Acción de Gracias, así que quería recordártelo. Los padres de Spencer vienen desde Florida y la familia de su hermano también viene en coche desde Maine este año. Nos encantaría que vinieras. Finn también es bienvenido. O David. O los dos. En fin, llámame y dime si contamos contigo. Tengo que darle el número definitivo de comensales a la empresa de catering el martes».

No me puedo creer que Brooke haya contratado un catering para Acción de Gracias. Bueno, ahora que lo pienso, sí, me lo creo. Su compromiso con la imagen de esposa perfecta de revista que se inventó después de casarse con Spencer merece un Oscar. Le mando un mensaje a toda prisa:

Este año voy a casa de los padres de David.

Me responde con el emoji del pulgar hacia arriba, seguramente tan aliviada por no tener que contar conmigo como yo de no ir. Solo sería una mancha fea de su triste pasado que estropearía la familia perfecta que se ha buscado.

A la una y diez un SUV negro deja a Theo en la acera frente a la galería. Lleva un abrigo de lana gris oscuro y una bufanda Burberry anudada al cuello, impecable como siempre. Esboza una sonrisa cuando me ve apoyada en el aparcamiento para bicis.

—¿Por qué estás esperando fuera?

—Dice que «Solo con cita previa», y yo no tengo cita. ¿Y tú? —Señalo el elegante cartel del escaparate.

—No se refieren a nosotros. Seguro que tienes las pelotas congeladas.

—Theo, no creo que las mujeres tengamos pelotas.

Se echa a reír.

—Pues las tetas. Vamos. —Me conduce a la galería.

Una empleada vestida de negro levanta la mirada del portátil y mira a Theo con una sonrisilla casi imperceptible.

—Avísame si necesitas algo.

—¿Qué buscamos? —susurro mientras me lleva a la primera sala.

—No hace falta que susurres, no es una biblioteca.

—Vale, pues dime —insisto, hablando con voz normal, aunque no me parece bien en un sitio así.

—Busco algo para el dormitorio. —Hace una pausa, como si estuviera sopesando si añadir algo más—. El cuadro que había sobre la cama era de Elliot, pero se lo llevó cuando se fue.

Elliot es el último de la lista de misteriosos amantes de Theo. Durante los cinco años que hace que lo conocemos, hemos oído muchas cosas sobre sus aventuras, pero casi nunca hemos conocido a los hombres en cuestión. Elliot, el tercer violinista de la Filarmónica de Nueva York, era una excepción notable. Theo parecía más serio con él. Duraron siete meses, un récord que yo sepa. Se mudó al ático de Theo en verano, después de dos meses de relación.

Theo nos dijo que Elliot había subarrendado su apartamento porque pensaba pasar el verano fuera de la ciudad. Según Finn, Elliot era un cazafortunas que usaba a Theo para darse a la buena vida. Aunque las opiniones de Finn sobre las parejas de Theo no son de fiar. No soporta a ninguno así en general. Porque no son él, claro.

—¿Por qué no has venido con Finn? —le pregunto—. ¿No crees que a él se le dará mejor esto?

—Sabes que no es verdad. Le gustaría todo porque es caro.

Se me escapa una carcajada. No se equivoca.

—Me alegré mucho cuando me llamaste para quedar —sigue Theo—. Hace un montón que no pasamos tiempo a solas, y he pensado que nos vendría bien hacer algo. —Tampoco se equivoca en esto—. Bueno, ¿querías verme por algún motivo concreto? —pregunta—. Claro, que no necesitas un motivo, me encanta pasar tiempo contigo, siempre. —Me pone una mano en la base de la espalda para llevarme a la siguiente sala, que está llena de cuadros hiperrealistas que parecen fotos si te alejas lo suficiente. Hay uno de un hombre con unas bermudas muy pequeñas estampadas con unas piñas todavía más pequeñas, al que solo se le ven el torso y las piernas. Otro de una niña de espaldas al espectador, con unos vaqueros holgados y una mochila rosa. Ninguno de los sujetos tiene cara, pero se adivinan muchas cosas de ambos solo por el cuerpo y la ropa que llevan.

—Quería hablarte de la Navidad —contesto.

—Ya me daba en la nariz que iba a ser eso. —No me deja entrever su opinión al respecto.

—Creo que deberíamos hacerlo. Darle a Finn una última aventura navideña. ¡Una que rompa récords! —Tengo todo un discurso preparado. Esta mañana estuve practicando delante del espejo del cuarto de baño. Espero a ver qué tal recibe la introducción antes de seguir. Estaba casi segura de que Priya cedería, pero con Theo no lo tengo tan claro. Aunque Finn y yo arreglamos las cosas, Theo ha mantenido las distancias conmigo durante este año pasado, y yo se lo he permitido. Pero, con la que puede ser nuestra última Navidad en el horizonte, necesito que las cosas vuelvan a como eran antes de la gran pelea Hannah-Finn, cuando estábamos en lo mejor. Solo los cuatro.

Se para delante de un cuadro con dos pares de piernas desnudas, una mujer con sandalias y un hombre con zapatillas de deporte, y se lleva una mano a la barbilla mientras la observa. No sé si le interesa el cuadro o si está haciendo tiempo. Por un momento me pregunto si tiene un fetiche con los pies. En mi opinión, el cuadro es raro, claro que yo suspendí la optativa de Historia del Arte en la universidad.

—¿Qué te parece? —me pregunta al cabo de un minuto.

—¿El cuadro o la Navidad? Ya te he dicho lo que pienso de la Navidad, creo que deberíamos hacerlo.

—La verdad, tengo dudas con ambas cosas. Pero creo que este desentona muchísimo con el dormitorio.

Se coloca delante del siguiente cuadro, de un artista distinto. Dos cuerpos flotan en un mar azul pintado con gruesas capas de pintura superpuestas para sugerir el aspecto de las olas. Me pongo a su lado y espero a que elabore un poco más su postura sobre la Navidad. Algo que he aprendido al observar las relaciones de Theo es que suele tener un pie a cada lado de la puerta, siempre prefiere dejar a que lo dejen. Sé que la marcha de Finn tiene que afectarlo más de lo que demuestra.

Después de pasar un minuto en silencio considerando los nadadores, empieza a hablar con la mirada al frente, en el cuadro, sin volverse hacia mí.

—Creo que deberíais pasar las Navidades sin mí. No quiero molestar.

Después de nuestra primera Navidad como cuarteto, no sabíamos si volveríamos a ver a Theo. Aquella primavera lo invitamos varias veces a la hora feliz de Tacombi y a ver la obra de teatro casi en Broadway sobre el asesinato de JonBenét Ramsey en la que actuaba Finn, en el papel de su hermano de nueve años, aunque casi le triplicaba la edad. Era irónico, decía Finn. Pero Theo declinó todas las invitaciones diciendo que lamentaba no vernos, pero que estaba fuera de la ciudad. Cuantos más planes rechazaba, más claro quedaba que su lujoso ático era más un trastero que un hogar.

En su ausencia buscamos en Google cualquier cosa sobre él, pero no encontramos mucho sin un apellido.

Aquel año Finn y yo nos pasamos horas y horas analizando los mensajes de Theo delante de cubos de cerveza de un dólar en Lucky's, el bar de nuestro barrio. ¿El selfi que mandaba Theo descamisado —con el torso moreno y una sonrisilla torcida en los labios— era porque le estaba tirando la caña a Finn o solo porque estaba en una bonita isla caribeña? ¿La foto en la que aparecía comiéndose un pan bao en Pekín junto a un mensaje que decía: «Los dim sum siempre me recuerdan a ti», era un guiño a nuestra cena de Navidad o en realidad estaba aludiendo a la noche que pasaron juntos? Además, sabía que había otros mensajes que Finn no compartía conmigo. A veces dejaba el teléfono desbloqueado en la mesa, entre nosotros, y yo atisbaba largos intercambios de mensajes entre ellos.

En agosto, Finn invitó a Theo a la celebración de su veinticinco cumpleaños en Wilfie & Nell.

«Es la última rama de olivo —me dijo Finn—. Hay un límite de rechazos para toda persona».

Theo contestó que estaría en Mallorca y que le daba pena perdérselo. Pero en la fiesta apareció un camarero con una botella de champán con bengalas, cortesía de Theo. Finn sonrió cuando el camarero dejó la botella delante de él, disfrutando del espectáculo e impresionado por que Theo se hubiera rascado el bolsillo para que fuera Dom Pérignon.

«¿Se ha ganado otra oportunidad?», pregunté mientras le servía una copa a Finn.

«Una sola», contestó, incapaz de ocultar la sonrisa bobalicona que asomó a sus labios.

La siguiente vez que tuvimos noticias de Theo, fue él quien se puso en contacto. El 1 de noviembre, le mandó un mensaje a Finn: «Qué plan hay para Navidad este año? Encantado de organizarlo!». Y después de nuestra segunda Navidad juntos, nuestro cuarteto se cimentó. Theo formaba parte de la tradición navideña como los demás.

—¿Molestar? —repito. Por un segundo se me olvida el silencio sepulcral que reina en ese sitio y mi protesta sale más fuerte de lo necesario o de lo apropiado. La chica de la galería levanta la cabeza del portátil para ver si se ha perdido algo que merezca la pena escuchar. Bajo la voz hasta susurrar, cojo a Theo del brazo y le doy un tirón para que me mire y vea que hablo muy en serio—. Tú nunca molestas. No sería Navidad sin ti. Formas parte del grupo.

—Ah, ¿sí? Pensaba que era un perro abandonado que habíais recogido de la calle. —Esboza una sonrisilla torcida y guasona. Está de broma. Estoy segura de que lo tengo en el bote.

—Da la casualidad de que esas son las personas que mejor me caen.

Me engancho de su brazo y dejo que me lleve al otro lado de la sala, donde nos plantamos delante de otro cuadro del mismo artista, en esta ocasión con cuatro personas nadando. Mientras que los dos nadadores parecían flotar en paz, estos parecen estar pasándoselo en grande, salpicando agua. Me gusta pensar que podríamos ser nosotros cuatro, aunque las «personas» del cuadro solo son gruesos globos abstractos de pintura color carne.

Sin embargo, después de varios minutos de consideración no recibo un «sí». Lo intento de nuevo.

—¿Por qué no quieres venir?

Suspira.

—Las cosas por fin se han arreglado entre Finn y tú. Y sé que la Navidad es muy importante para los dos, así que no quiero alterar la paz. Me preocupa no estar al tanto de todo lo que pasó.

Por lo que sé que Finn le ha contado, tiene razón. Pero no me corresponde a mí hablar. Así que digo:

—Estamos estupendamente. De verdad. Es agua pasada. —Y aunque he soslayado parte de la pregunta, esa es la verdad.

—Me lo dirías si no estuvierais bien, ¿a que sí?

—Es que no hay nada que decir, en serio. —Me encojo de hombros y le enseño las palmas a modo de prueba.

Lo sopesa un minuto mientras contempla el cuadro que tenemos delante.

—En fin, pues entonces solo me queda una pregunta —dice—: ¿Quieres ayuda con la planificación?

Le echo los brazos al cuello y le chillo al oído. El ruido es demasiado para la chica de la galería, que asoma la cabeza por la esquina.

—¿Va todo bien por aquí? —pregunta.

—Nos llevamos este —dice Theo al tiempo que señala los cuatro nadadores.

—Empezaré con el papeleo —responde la chica, que regresa a su mesa y vuelve unos segundos después para pegar un punto rojo en la placa informativa del cuadro. Trato hecho.

6

Finn

Este año, 18 de noviembre

Ojeo mi colección de jerséis, que he sacado de los cajones y amontonado en la cama. Intento decidir cuáles me llevo a Los Ángeles y cuáles dono. Soy incapaz de imaginarme mi vida en Los Ángeles —solo he estado dos veces, una durante un viaje familiar cuando nos montamos en un autobús que hacía la ruta de lo que aseguraban eran las mansiones de los famosos, y otra para mi ronda final de entrevistas con Netflix—, pero estoy segurísimo de que el Finn de Los Ángeles se pondrá más camisetas de manga corta que jerséis de cuello vuelto, así que los jerséis me parecen un buen comienzo para la purga premudanza.

Renuente a tomar decisiones reales, los he organizado por colores y he colocado los montones en el orden del arcoíris. El timbre me salva de mi indecisión.

—¿Sí? —digo por el portero. No espero a nadie y he intentado contener mis compras por internet hasta después de la mudanza. Solo me faltaba tener que empaquetar más cosas para llevarme a Los Ángeles.

—Soy yo —anuncia la voz al otro lado.

Pulso el botón para abrir la puerta del edificio y sonrío mientras abro una rendija la puerta del apartamento para que Theo pueda entrar.

Theo aparece con cafés con hielo.

—¡Qué sorpresa más agradable! —exclamo antes de darle un buen trago a mi café. Infusionado en frío con leche de avena, lo que siempre tomo. Me gusta que Theo conozca mis preferencias, y parece cómodo apareciendo sin avisar.

—Me sentaría, pero parece que los jerséis me han dejado sin sitio bueno donde hacerlo. —Theo señala el caos que nos rodea—. ¿Te vas de vacaciones a esquiar?

—Ojalá. Estoy intentando adelantar con la mudanza.

Se sienta en el hueco que le hago en los pies de la cama.

—Ayer llamé a una empresa de mudanzas para que me hiciera presupuesto. ¿Sabes que se necesitan dos semanas para trasladarlo todo cuando te vas a la otra punta del país? Así que o lo tengo todo listo para el 15 de diciembre o tengo que esperar dos semanas en Los Ángeles en un piso vacío.

—La cosa es fácil —replica él—: mándalo todo con antelación y quédate conmigo. Puedes usar lo que necesites. —Se tumba de espaldas y tira un montón de jerséis rojos al suelo. Espero para ver si los recoge, pero ni se da cuenta. Está ensimismado con el móvil. Típico de Theo, ayuda con las cosas grandes, pero es un desastre con los detalles.

—Gracias, me lo pensaré —le digo y recojo los jerséis rojos.

—¿Qué tienes que pensar? Ya está solucionado. Bueno, ¿nos vamos a comer algo?

Así que por eso ha venido. También es típico de Theo. Cuando está sin pareja, llena sus fines de semana de planes (visitas a museos, compras, cenas, cócteles, ni un solo segundo a solas), y, cuando no tiene planes, los fomenta.

—¡Tengo que hacer las maletas!

—¿No puedes pagar a nadie para que te las haga? ¿No te dan un extra para la mudanza o algo?

—Sí, y va a cubrir el camión, que ya es caro de narices. —Sé que, si se lo permito, se ofrecería a pagar el servicio para que me lo recojan todo, algo que no voy a hacer. Me llevo un jersey rojo al cuerpo para cambiar de tema—. ¿Debería quedármelo?

—¡Te lo tienes que quedar sí o sí! Te lo pusiste la primera Navidad que pasé con vosotros, ¿no?

Tiene razón. Se me había olvidado. Pero me gusta que lo recuerde. Cené cereales durante varias semanas para poder comprarme el jersey, que ahora está totalmente desfasado con los gruesos ochos en el pecho. Muy Billy Crystal en *Cuando Harry encontró a Sally*. Lo doblo y lo pongo en el montón que me quedo.

—¿Qué me dices de este? —Cojo un jersey amarillo limón.

Theo aparta la mirada del móvil.

—Ese color no te va.

Lo compré unos años después de ver a un famoso cantante con un jersey del mismo color, pero Theo tiene razón, yo no lo luzco. Me lo puse una vez para ir a la oficina con vaqueros y me pasé todo el día preocupado por la idea de que la gente creyera que estaba disfrazado de Arthur o algo. Lo pongo en el montón para donar.

A continuación, levanto un jersey verde para que Theo lo inspeccione.

—A ver si me aclaro, ¿estamos haciendo lo de la limpieza de armario de *Sexo en Nueva York*? —Me mira con una sonrisa descarada—. Prométeme que, si lo hacemos, después iremos a comer algo. No soporto ver que desperdicias tus últimos domingos en la ciudad.

Debería seguir recogiéndolo todo. El jersey amarillo es lo único de lo que he conseguido deshacerme, pero tiene razón. Me quedan muy pocos fines de semanas como neoyorquino. La realidad me abruma de repente al darme cuenta de que ya no recibiré las visitas imprevistas de Theo. No estará a veinte minutos en metro; en cambio, estará a seis horas en avión.

Pienso en todas las horas que Hannah y yo nos hemos pasado resacosos en su sofá viendo *realities* malos, entre pedidos a Seamless. En todos los cálidos días tirados en una manta en Washington Square Park, medio leyendo libros y medio observando a los demás y cotilleando. En los interminables fines de semana explorando todas las nuevas tendencias que Nueva York tenía que ofrecer con Priya fingiendo que se documentaba para una columna. Eso también lo voy a perder. La idea hace que se me encoja el estómago.

—Vale —cedo—, pero primero tenemos que deshacernos de algunas de estas cosas. —Le planto el jersey verde en su campo de visión para que la cosa se ponga en marcha.

—No sé qué decirte. Póntelo.

Me quito la camiseta azul marino de cuello panadero y la tiro en la cama. Mientras cojo el jersey verde, lo miro de reojo para ver si me está mirando. Pues no. Sigue ensimismado con el móvil. Tardo lo mío en ponerme el jersey, observando con el rabillo del ojo por si levanta la mirada. No lo hace.

A ver, que no soy un exhibicionista, pero, cuando cumplí los treinta este año, empecé a hacer ejercicio por primera vez desde que me convertí en adulto. Hannah se echó a reír cuando se lo conté.

«Guau, me he perdido muchas cosas. Nosotros no somos de gimnasio», dijo.

La cosa es que históricamente tiene razón. Somos más de ponernos algún *reality* en Bravo con diálogos punzantes. *Mujeres ricas de Beverly Hills* es nuestro deporte preferido. Antes de este año el único ejercicio consciente que hacía era correr mis 1.500 de cumpleaños. Todos los años me levantaba temprano el día de mi cumpleaños y paseaba hasta el río Hudson. Me ponía «My Shot» de la banda sonora de Hamilton a todo trapo y corría 1.500 metros todo lo deprisa que podía para demostrar que no estoy envejeciendo y que todavía soy capaz de correr esa distancia en cinco minutos y medio, el mismo tiempo que necesité para entrar en el equipo de atletismo del instituto.

Este año vomité al terminar. Pero terminé en 5:28, que es lo importante.

Otra diferencia de los 1.500 del cumpleaños de este año es que me puse las zapatillas de deporte y corrí al día siguiente otra vez. Y al siguiente. Y también al siguiente.

Fue horroroso y parecía una tortuga cuando pasé de 1.500 a 3.000, después a 5.000 y luego a 10.000 —en la cabeza oía a mi entrenador de atletismo del instituto gritarme que apretara el paso—, pero también resultó adictivo. Correr es lo único que me desconecta el cerebro y me permite estar en el presente en vez de torturarme por el hecho de que mi vida a los treinta no se parezca en nada a lo que me imaginé y que no me he acostado con nadie —ni siquiera he besado a nadie— desde que corté con Jeremy en primavera. Empiezo a temer que no voy a besar a nadie más en la vida. De un tiempo a esta parte, conformarme con un «me gusta» en vez de un «lo quiero» no parece tan mala idea.

Ahora, tres meses y medio después de empezar con mi rutina de ejercicio, también empiezo a ver cambios físicos. Nunca me convertiré en un modelo cachas de Instagram, soy demasiado delgado, pero la barriguita que había echado a eso de los veintiocho ha desaparecido y, si me coloco en la posición adecuada por la mañana, antes de desayunar, hasta puede que tenga el asomo de unos abdominales. Me pregunto si Theo también se dará cuenta.

Me aferro a la fantasía de que levantará la cabeza y será mi Rachael Leigh Cook en la escena de la escalera en *Alguien como tú*. Después del invierno de Raj, de seis semanas de Alex y del espantoso verano de Elliot, se dará cuenta de que soy yo. De que siempre he sido yo. Por eso sus relaciones con los demás nunca han funcionado, porque no eran yo. Me estremezco por dentro al pensar en lo ridícula que es esa esperanza. La vida no es una comedia romántica. Miro el móvil de Theo por encima de su hombro y veo que está en Grindr. Es como un puñetazo.

—¡Tachán! —anuncio una vez que me pongo el jersey verde.

—No. —Theo casi ni levanta la mirada.

Pues muy bien. Me quito el jersey verde y lo tiro junto con el amarillo. A continuación, me pongo uno negro y azul.

—¿Y este? —pregunto.

—Pareces un David Rose de imitación.

Pagué un dineral por este jersey. Dejo caer los hombros mientras observo el montón que tengo delante y me pregunto si algún jersey cumplirá los exigentes requisitos de Theo.

—¿Estás bien? —me pregunta.

—Sí.

—Pues no lo parece. Estás haciendo un puchero.

—¡Qué voy a estar haciendo un puchero! —le suelto casi a voz en grito.

Theo se incorpora y deja el móvil en la cama, a su lado. En la pantalla se ve una larga conversación con uno que no soy yo.

—Lo siento. Creía que estábamos haciendo lo de probarse cosas a lo *Sexo en Nueva York*. Yo estaba siendo Samantha. Creí que querías deshacerte de cosas, ¿no era eso?

Pues claro que era eso. Pero luego me ha dado por pensar que podría ser otra cosa. Me siento como un idiota por permitirme creerlo, y no es la primera vez. Como me hago el despistado, se agacha para entrar en mi campo de visión y me obliga a mirarlo a los ojos. Extiende una mano y entrelaza los dedos con los míos.

—Sabes que creo que estás estupendo con cualquier cosa, ¿verdad? Solo estaba bromeando. Por favor, no te enfades conmigo.

Y allá que se enciende de nuevo la dichosa llamita de la esperanza.

Dos horas más tarde, después de pasarnos por Housing Works para donar un montón de jerséis, nos dirigimos a pie hacia el SoHo. Me envuelvo mejor en el abrigo contra el viento helado. Theo se da cuenta y me pega a su costado, quizá para darme calor o quizá porque sabe que aún estoy un poco enfadado por lo de antes.

Disfruto de la sensación tan perfecta que experimento al acurrucarme a su lado, pero sé que no significa nada. Theo siempre ha sido un amigo afectuoso (y no solo conmigo), pero, después de la noche que nos conocimos, las cosas han sido puramente platónicas.

«¿No se supone que los ingleses sois unos reprimidos?», le pregunté una noche entre pelis durante un maratón de Lindsay Lohan en su ático. Estaba tumbado con la cabeza en el regazo de Priya, casi ronroneando mientras ella le acariciaba el pelo durante toda la peli de *Chicas malas*. De vez en cuando volvía la cabeza para mirarla y decirle que estaba enamorado de ella.

«Menos mal que no me crio ningún inglés», contestó.

Por aquel entonces ya conocía toda la historia de su institutriz, Lourdes, una alegre española ya mayor que, según mi interpretación, era una mezcla entre niñera y abuela de alquiler. Una vez entré en su ático y me lo encontré tirado en el sofá cotilleando con ella en un español acelerado a través de FaceTime y nos presentó.

Cuando Theo era pequeño, Lourdes vivía con su familia casi todo el año, pero volvía a casa para pasar los veranos en Marbella. En vez de tomarse un descanso, se llevaba a Theo con ella, y él se pasaba el día en el agua y comía su tortilla casera junto con sus nietos de verdad. Según nos contó, sus padres lo dieron todo con su hermano mayor, Colin. Sin embargo, cuando él nació, apenas estaban en casa, básicamente porque no soportaban pasar tiempo bajo el mismo techo. A estas alturas todavía habla más con Lourdes que con cualquier miembro de su familia.

Nos sentamos a la barra del Dutch y pedimos una ronda de Bloody Marys y una docena de ostras al camarero que lleva bigote y delantal vaquero.

—¿Cómo crees que se tomó Hannah tu noticia? —me pregunta Theo.

—A ver, se quedó rarilla, pero supongo que fue todo lo bien que cabría esperar, ¿no?

El fin de semana pasado se lo conté a Theo y él me estuvo escuchando mientras yo decidía cómo contárselo a Hannah. En público, decidí. Así habría menos probabilidades de que gritase o llorara, aunque ambas cosas eran igual de posibles. Tras su fachada de dura, Hannah es un trozo de pan. Pero sería menos probable que se pusiera sentimental en público. Theo había asimilado la noticia de mi mudanza sin pestañear. Tanto fue así que me descubrí deseando que él se hubiera puesto un pelín más sentimental.

—¿Has hablado con ella desde entonces? —me pregunta.

—No. He querido darle tiempo para asimilarlo. ¿Por qué? ¿Crees que debería llamarla?

—Ni siquiera puedo fingir que comprendo la complicada relación que tenéis. Pero me alegro de que os habléis de nuevo. Y ahora declaro obligatorio el cambio de tema. ¿Cuándo te vas para Acción de Gracias?

—El miércoles por la tarde —gimo. Me ha costado mucho aceptar ese viaje, enfrentarme a la idea de volver a ese sitio, pero tenía que hacerlo. Para mí es importante intentarlo. Sobre todo ahora—. Estoy negociando con Amanda, pero es duro. Intento convencerla de que se quede un par de noches en vez de ir el mismo día en coche. Hasta me he ofrecido a pasarme por la licorería para comprarle lo que quiera antes de que vuelva al campus, pero tiene un carnet falso. No deberíamos habérselo conseguido. Creo que voy a ofrecerle dinero directamente.

—Te lo dije en serio —señala Theo—: si quieres compañía, cuenta conmigo.

—No. Alguien debería pasárselo bien. Y ya tienes comprado el billete a California.

—Los billetes se pueden cambiar. No me importa.

—Sería incapaz de pedírtelo.

—No vas a pedírmelo, me estoy ofreciendo.

—Me lo pensaré —le digo. Agradezco su generosidad, de verdad. Pero no puedo pedirle que me mantenga cuerdo en casa de mis padres. Otra vez no.

Nos interrumpe la vibración de mi móvil, que está entre los dos, en la barra. El nombre de Hannah aparece en la pantalla.

—¿Crees que sabe que estábamos hablando de ella?

Theo se echa a reír.

Deslizo el dedo para aceptar la llamada y Theo se inclina para oír mejor.

—Hola —digo.

—¡Hola! ¡Tengo buenas noticias!

—¿De verdad?

Al menos, no llama para gritarme. Todavía no había descartado que, después de tener más tiempo para asimilarlo, acabara cabreándose por no haberle contado que estaba respondiendo ofertas de trabajo fuera de Nueva York. Antes de que dejara su trabajo en Z100, pasamos meses confabulando por las noches, acurrucados en el sofá de Orchad Street con copas de tinto y cuencos de palomitas ejecutando nuestra mejor cura a lo Olivia Pope. El problema: el callejón sin salida que era la carrera de Hannah en la emisora de radio, porque todos sus compañeros eran trabajadores fijos y no había sitio para ascender. Llenamos un cuaderno entero con los pros y los contras antes de que por fin decidiera dejarlo.

Pensé en contárselo cuando respondí a esta oferta, pero supuse que no tenía oportunidades. Mi currículo no es precisamente brillante. Y me preocupaba la posibilidad de acabar echándome atrás si hablaba del tema con ella.

—¡Vamos a celebrar la Navidad! —La voz de Hannah destila orgullo. Me tenía un poco preocupado que no fuera capaz de convencerlos a todos después de los dos últimos años (en parte por mi culpa en ambas ocasiones), pero me alegro de que lo haya conseguido. Será el final perfecto para mi vida en Nueva York. Una última Navidad.

En cuanto se da cuenta de que no va a haber escándalo, Theo saca su móvil y se mete en Instagram.

—¡Es genial, Han! Significa mucho para mí que los hayas convencido a todos. Estoy emocionadísimo. ¡Una última vez que rompa récords!

—Eso mismo le dije a Theo. Hablando de Theo, ¿te has enterado de que ha cortado con Elliot?

—Hum —contesto, muy comedido con lo que digo porque tengo a Theo a veinte centímetros.

Lo peor de Elliot es que nos parecemos. Es alto y medio negro, y es como una versión de mí si me hicieran un cambio radical para una peli. Más brillante, más guapo, mejor vestido. Pero el parecido de nuestras facciones me molesta. Y luego está la mayor diferencia de todas: Elliot tiene éxito. De hecho, ha conseguido su sueño de tocar en una orquesta profesional. Puede que eso fuera lo que atrajo a Theo. Le gustan los hombres de éxito. Y yo estoy cubierto del polvillo del fracaso. Me he pasado los últimos tres años languideciendo en el purgatorio de los dibujos animados educativos después de haber fallado durante cuatro años en todas las audiciones a las que me presenté. Lo entiendo, eso no le va.

—Se me ha ocurrido que, ahora que está sin pareja, deberías decírselo a Theo —sigue Hannah.

—¿Decirle a Theo qué?

El aludido se endereza al oír su nombre.

—Ya sabes... —Estoy seguro de que no es una conversación que me interese mantener con Theo pegando la oreja. Levanto un dedo para indicarle que necesito un minuto y señalo la ventana que está al otro lado de donde nos sentamos.

—Espera un segundo —le digo a Hannah mientras sujeto el móvil entre el hombro y la cara para poder ponerme el abrigo.

—Ay, mierda, ¿está ahí?

—Hum.

—Dios, lo siento.

Abro la puerta lateral y salgo a Spring Street.

—Tranquila, ya estoy fuera. ¿Qué decías? —Empiezo a andar para no perder el calor mientras esquivo a grupos de turistas cargados con bolsas.

—Vi a Theo ayer y me contó que Elliot se ha mudado. Por fin estáis los dos sin pareja al mismo tiempo y he pensado que puede ser el momento oportuno para decirle lo que sientes.

Esto ya lo he vivido antes.

—Perdona si no confío demasiado en tus consejos sobre mi vida amorosa.

—¿Te refieres a lo de Raj? —pregunta—. No sabía lo suyo. ¡Esto es distinto!

—Sí, es distinto porque me voy. Así que no tiene sentido. Se acabó.

—El sentido es que lo quieres y que deberías decírselo.

—Si nunca se lo digo, no tendrá que destrozarme el corazón en mil pedazos y dejar de hablarme porque he conseguido que mantener una amistad entre nosotros resulte incomodísimo. Solo intento no quemar todos mis puentes mientras me voy.

—Contrapunto: si no se lo dices, puede que te pases toda la vida preguntándote qué habría pasado si lo hubieras hecho.

—No hace falta que se lo diga. Sé lo que va a contestar.

Lo miro a través de la ventana empañada. El camarero está inclinado hacia él, con un brazo en la barra, riéndose de algo que ha dicho Theo. Hace amigos allá donde va. Consigue que la gente se sienta especial. Es su superpoder. Sé que no debo sacar ninguna conclusión por eso. Pienso en esta mañana y en los jerséis. No le intereso. Ha tenido oportunidades de sobra para dar el paso y no lo ha hecho. Solo me considera un amigo, y tengo que aceptarlo.

—¿Me prometes que al menos te lo pensarás? —me pregunta Hannah.

—Vale —contesto—. Pero tengo que dejarte.

Después de colgar, sigo dando vueltas de un lado para otro con el móvil pegado a la oreja para darme algo de tiempo antes de entrar de nuevo. Miro a Theo a través de la ventana y me recuerdo lo que sé que es verdad: «No siente eso por ti. Solo sois amigos», y lo repito una y otra vez.

7

Hannah

Navidad n.º 7, 2014

El ascensor sube directamente al ático de Theo.

¡Joder!

Creía que eso solo pasaba en las películas. Me vuelvo hacia Priya y veo que ella tiene la misma expresión asombrada.

Hemos oído a Finn contar su visita a casa de Theo hasta la saciedad durante el último año, y el ático se vuelve más bonito cada vez que lo cuenta. Supuse que exageraba, pero ahora soy consciente de que le debo una disculpa.

Priya y yo nos quedamos plantadas delante del ascensor, mirando embobadas el enorme árbol de Navidad que ocupa casi todo el vestíbulo. Parece sacado del escaparate de unos grandes almacenes. El árbol está decorado con tiras de luces de colores y salpicado de graciosos adornos de color caramelo. Un paquete de mantequilla, un globo aerostático, un patín de ruedas rosa con purpurina. Y montoncitos de espumillón plateado en tiras, el que mi madre se negaba a poner porque luego aparecían trozos por todos lados.

Finn rodea el árbol derrapando sobre el suelo, con los ojos

como platos, y casi tira un adorno con forma de perrito caliente con el codo. Me agarra del brazo.

—¡No vais a adivinar quién está aquí!

—Pues dínoslo —replico.

—Habría sido mucho mejor que lo adivinarais. Pero, atención: ¡es Clementine Del! —Empieza a dar botes sobre las puntas de los pies a la espera de nuestra reacción.

—¿La cantante? —pregunta Priya, desconcertada.

—¡Sí, la cantante! ¡En el salón! Es incluso más guapa de cerca. ¡Theo la conoce! —exclama entusiasmado. Solo un famoso de verdad podría eclipsar la emoción que sentía Finn por ver a Theo de nuevo. Menos mal que nos hemos saltado la parte de adivinar quién más hay en el ático, de lo contrario nos habríamos quedado en el vestíbulo toda la noche. Su música es un poco tontorrona para mi gusto (en su último videoclip, llevaba un vestido de tul rosa y estaba en una réplica a tamaño real de la casa Dreamhouse de Barbie, y todo sin ironías), pero de todas maneras me impresiona que esté aquí.

Finn nos acompaña por el pasillo hasta el salón, donde, tal cual nos ha asegurado, Theo y Clementine Del están bebiendo sendos cócteles sentados en un sofá de terciopelo azul cobalto mientras Nat King Cole canta desde un reproductor de música situado en un rincón. Clementine, vestida con unos pantalones *palazzo* de lunares en blanco y negro y un jersey corto amarillo, parece muy cómoda. Sus altísimos zapatos dorados de plataforma están tirados debajo de la mesa de centro, y lleva el pelo rubio platino recogido en un moño informal que se ha sujetado con un bolígrafo. Cuando entramos, una carcajada ronca brota de su garganta como si Theo le hubiera contado un chiste malísimo. Lo coge de un brazo mientras se dobla de la risa.

Theo se levanta del sofá cuando nos ve, y de alguna manera parece tan emocionado de hablar con nosotros como de hacerlo con una estrella del pop.

—¡Habéis llegado! —Nos saluda con dos besos en las mejillas mientras Finn se sienta en un sillón enfrente del sofá.

Pese a alguna que otra foto que me ha compartido Finn, mi recuerdo de Theo se ha difuminado a lo largo del último año, o tal vez la cámara no captara su marcada estructura ósea. También lleva el pelo más largo y las puntas se le rizan alrededor de las orejas como a uno de los hermanos Stark de *Juego de tronos*. Le sienta bien. Me sorprende darme cuenta de que su belleza está a la altura de la de la mujer sentada en el sofá, que, si no me equivoco, es la embajadora de varias marcas de maquillaje y de moda.

—Antes de nada van los cócteles —dice Theo—. ¡Clem ha preparado margaritas!

—¡No son muy festivos, pero es lo único que sé hacer! A menos que queráis un chupito de whisky, porque eso también lo sé preparar. Me he pasado demasiado tiempo en la carretera con los chicos. Eso es lo único que bebe mi grupo. —Su voz me suena por sus canciones. Su último sencillo, «Queen of Hearts», está por todas partes, en todos los taxis, en todas las tiendas de Duane Reade y en cualquier cafetería de la ciudad en lo que parece un bucle constante.

Theo sirve dos margaritas de una jarra de cristal que hay en el aparador.

—Muy bien, las presentaciones —anuncia.

Antes de que pueda empezar siquiera, Clementine me mira fijamente.

—Oye, te conozco.

—¿A mí? —Me señalo con un dedo y después miro por encima del hombro para comprobar si hay otro famoso a mi espalda. Tal y como va la noche, no me sorprendería.

—¿La... conoces? —pregunta Finn, con voz asombrada.

—Sí, me trajiste una infusión, ¿no? —pregunta Clementine, que no capta la incredulidad de Finn.

Técnicamente tiene razón. Le llevé una taza de manzanilla cuando fue a la emisora de radio el año pasado para una entrevista con Elvis Duran, el presentador de nuestro programa matinal. A lo largo de los últimos tres años, les he llevado todo tipo de bebidas a todo tipo de famosos en la emisora: una Coca-Cola light a Katy Perry; un Red Bull a Snoop Dogg; un frapuccino mocha venti para Ed Sheeran. La mayoría no se molesta en dar las gracias, y se pueden contar con los dedos de una mano los que me preguntan cómo me llamo. Desde luego que no esperaba que Clementine Del me recordase un año después. Me tiene en el bote desde ya.

—Esto…, sí. En Z100, ¿verdad?

—¡Lo sabía! Nunca olvido una cara. Los nombres ya son otra cosa, eso sí. ¿Me recuerdas el tuyo? —Clementine se levanta del sofá y me tiende la mano para darme un apretón.

—Hannah.

—Encantada de conocerte. De nuevo, claro. —Pone los ojos en blanco por ser tan olvidadiza—. Todos me llaman Clem.

—Clem —repito como un loro mientras le estrecho la mano.

—Y esta es Priya —tercia Theo mientras le echa un brazo por encima del hombro a una Priya que tiene la boca abierta mientras intenta asimilar el extraño rumbo que ha tomado la noche.

—Encantada de conocerte —replica Clementine. Se deja caer de nuevo en el sofá, con una pierna doblada debajo del cuerpo.

—Bueno —dice Finn—, ibas a contarme cómo os conocisteis justo antes de que llegaran.

—Ah, sí —susurra Theo. Se sienta en el sofá junto a Clementine y se miran como si estuvieran manteniendo una discusión en silencio para decidir si nos lo cuentan o no.

—¡Estuvimos saliendo! —exclama Clementine. Se inclina hacia Theo y le da un golpecito juguetón con el hombro.

Seguramente se esperaba una carcajada, pero su anuncio cae como una bomba. El salón se queda petrificado en silencio.

Esto debería haber salido en la prensa rosa. No puedes pasar por caja en un supermercado sin que Clementine te mire desde la brillante portada de una revista bajo un titular sobre su escandaloso viaje a El Cabo o si se ha peleado de nuevo con la princesa Beatriz. Así que debió de ser hace tiempo, antes de que conociéramos a Theo, porque de lo contrario Finn lo habría visto en los blogs de cotilleos.

—¿Cuándo fue? —pregunto mientras me imagino a un Theo adolescente con la chaqueta del instituto, las mejillas llenas de espinillas, saliendo con una Clementine Del antes de su paso por Hollywood. La visualizo como una friki del departamento de arte dramático. A lo mejor sabía que Theo era gay desde el principio y fue su tapadera hasta que estuvo preparado para salir del armario.

—El verano pasado —contesta Clementine—. Bueno, no este verano, sino el del año pasado.

¿Eso quería decir que Theo estuvo saliendo con Clementine Del justo antes de liarse con Finn? Eso era muy... reciente.

—Nos conocimos en Ascot —sigue Clementine—. Yo estaba allí con una antigua compañera de clase, Peach. Se llama Penelope. Lo de «Peach» es un apodo. ¡Peach y Clementine! ¡Un melocotón y una mandarina! Antes intentábamos hacernos pasar por gemelas, aunque no nos parecemos en nada. Eso sí, Clementine es mi nombre real.

Se da cuenta de que Finn y yo nos estamos mirando.

—¡Lo siento! Os estoy aburriendo —dice—. Siempre me pasa. ¡Demasiados detalles! En resumen, nos conocimos en una soporífera, por no mencionar inhumana, carrera de caballos a la que nos obligaron a asistir a los dos. ¡Conocer a Theo fue lo único que se salva de aquel día!

Theo retoma la historia donde ella la deja.

—Clem tenía un parón en la gira y su mánager la mandó para que le dorara la píldora a un ejecutivo discográfico. Pero resultó que el ejecutivo en cuestión era el padre de mi amigo Ollie, que se había pillado una buena cogorza la noche anterior y tenía una resaca del quince, así que mandó a Ol en su lugar, y yo me apunté. Creíamos que sería un puntazo. Ya sabéis: ponernos

guapos, emborracharnos con Pimms, hacer algunas apuestas. Así que fuimos. Imaginaos nuestra sorpresa cuando Clem y Peach aparecen en nuestro palco. No fue un mal día, la verdad —sigue—. Gané cinco mil libras. Pero Clem fue el verdadero premio.
—Theo y Clementine se miran con una sonrisa almibarada.

—Le dije que no saldría con él a menos que donara sus ganancias. No soportaba la idea de que alguien se lucrara con la crueldad animal —dice Clementine—. Aunque si llego a saber lo forrado que está, ¡lo habría obligado a donar el triple!

Theo suelta una sonora carcajada, y me da la impresión de que han ido puliendo las frases de su historia a medida que la iban contando para cautivar a la audiencia en elegantes cócteles. Intento esbozar una sonrisa neutra y pensar una pregunta educada que hacerles. Pero todas las preguntas que se me ocurren son de lo más maleducadas: «Perdona, pero ¿también sales con mujeres?», «¿¡Has salido con ella!?», «¿Cómo es Theo en la cama?», «¿Cómo es Clementine Del en la cama?».

—Después de Ascot, nos escapamos a Capri unas semanas. Clem nunca había estado. Tampoco es que viera demasiado de la isla…

—¡Y eso que es pequeña! —Ella le apoya una mano en un brazo para enfatizar sus palabras—. Nos quedamos casi todo el tiempo en la habitación, ya me entendéis…

«Lo entendemos. No parasteis».

—Pero, después de Capri, me tocaba irme a Hong Kong para continuar con la gira y Theo iba a pasar el verano en California.

Theo recoge el testigo de la historia.

—Dejémoslo en que las cosas no funcionaron. Casi nunca estábamos en el mismo continente, no digamos ya en la misma ciudad.

—Es la única persona que conozco que viaja más que yo.

—Cortamos dos meses después, pero es la única ex con la que he conseguido mantener una amistad.

«¡Qué suerte la nuestra!». Me recuerdo no poner los ojos en blanco.

—Nos vemos cada vez que coincidimos en el mismo sitio, algo que sucede con menos frecuencia de lo que creeríais —dice Clementine.

Theo y Clementine se sonríen con expresión cómplice. Madre mía, ¿se lo van a montar esta noche? O tal vez ya lo hayan hecho antes de que llegáramos. Tengo sentimientos encontrados al respecto. Había metido a Theo en una casilla concreta y, para ser sincera, supuse que solo era cuestión de tiempo antes de que Finn y él se liaran. Ese era el motivo de que accediera a celebrar la Navidad en casa de Theo después de llevar un año sin verlo: que Finn pudiera comprobar si de verdad había algo entre ellos ahora que Theo ha vuelto a Nueva York. Pero hay nuevas variables sobre la mesa. Miro a Finn para comprobar cómo se lo está tomando y veo que se bebe medio margarita de un solo trago.

—¡Por desgracia, es el chico que se me escapó! —bromea Clementine.

Finn se atraganta con la bebida y empieza a toser.

—Lo siento, se me ha ido por donde no era —dice.

Clementine ni se inmuta y mira con una sonrisa angelical a Theo antes de entrelazar sus manos en el sofá, entre ellos. Theo no da señales de incomodidad.

—En fin —le dice él, embobado—, ahora estoy aquí.

—¡Y yo me voy la semana que viene! —replica ella con un mohín exagerado, siguiendo con su espectáculo a dos.

—Clem está otra vez de gira —nos explica Theo, aunque yo lo sé muy bien. La emisora de radio ha estado poniendo anuncios del Jingle Ball, en el que Clementine fue cabeza de cartel, cada cuarto de hora a lo largo de las últimas seis semanas y mi trabajo es tenerlos preparados para que salten en el momento adecuado—. Supuse que Clem encajaría bien en el grupo. También la han abandonado.

—A ver, ¡yo no lo diría así! —protesta, ofendida por la

elección de palabras de Theo—. Pero mi madre se ha vuelto a casar y va a pasar las fiestas con la familia de su flamante marido. Es todo demasiado nuevo y raro. No me pareció que les hiciera falta tener a la famosa de la tele pidiendo el postre. Pero ya está bien de hablar de nosotros. Seguro que os estamos aburriendo. ¡Quiero saberlo todo de vosotros! Theo me ha hablado maravillas de sus amigos de Nueva York.

Seguro que nos ha confundido con otros. Nos vimos una vez. ¿Cómo vamos a merecernos que hable siquiera de nosotros? Mi lista de preguntas maleducadas crece a pasos agigantados.

—¿Pasamos al comedor? —pregunta Theo, que capta el cambio en la conversación.

Nos levantamos sin hablar. Miro a Finn, que está echando un vistazo a su alrededor como si buscara una salida de emergencia.

Carraspeo.

—Voy al baño para lavarme las manos antes de comer. Ya sabéis, la mugre del metro. Finn, ¿te quieres lavar las manos también?

—¡Pues sí! Las tengo sucísimas, la verdad —dice.

—Igual que yo —tercia Priya, que no quiere quedarse atrás.

Somos las personas menos sutiles del planeta. Theo levanta las cejas, pero no intenta detenernos.

En el pasillo de camino al baño, me paro delante de una foto de Theo con Phillip Benson, el excéntrico multimillonario dueño de Infinite Airlines. No habría tomado a Theo por uno de sus millones de fieles seguidores. A lo mejor le van los famosos.

Una vez dentro del enorme aseo de mármol, Priya se sienta en la encimera del lavabo mientras Finn empieza a pasear de un lado para otro repitiendo sin parar los cinco pasos que separan el inodoro de la pared más alejada. Cierro la puerta detrás de mí y me siento en el inodoro tapado. ¿Quién tiene un aseo lo bastante grande como para poder pasearse dentro? Claro que el asombro que genera el ático se queda en segundo plano comparado con el de la presencia de la estrella del pop que hay en el salón.

—¿Eso quiere decir que Theo es bi? —le pregunta Priya a Finn.

—Podría ser pan —sugiero.

Finn, que ha estado muy callado, parece a punto de vomitar.

—¿Estás bien? —le pregunto—. No sabías nada de esto, ¿verdad?

—Pues claro que no lo sabía. —Finn se para y se apoya en la pared más alejada—. Se despertó desnudo en mi cama. Siento que no se me ocurriera preguntarle sus preferencias sexuales al detalle.

—Bueno, ¿te ha hablado alguna vez de otra mujer con la que haya salido? —insiste Priya.

Finn se desliza por la pared hasta quedar en cuclillas y se pasa los dedos por el pelo, que lleva cortísimo.

—Chicas, solo he estado con él una vez, igual que vosotras. No tenía ni idea.

—Sí, pero os habéis estado mensajeando —replico. La semana pasada Finn soltó un comentario raro sobre Gaston en nuestro hilo de mensajes cuando le pregunté si quería que le pidiera un sándwich de huevo de camino a su casa antes de recordar que era una broma entre Theo y él que no tenía nada que ver conmigo—. ¿Nunca ha salido el tema?

—No, no ha salido. Ni que hubiéramos hablado de con cuántos nos hemos acostado ni de las biografías completas de todas esas personas. La verdad es que supuse que no se estaba acostando con famosos de primer orden.

—Pareces un poco alterado —observo.

—No estoy alterado. —Su lenguaje corporal dice otra cosa—. ¿Por qué iba a importarme siquiera?

—¿Porque te gusta? —le pregunto.

—No me gusta —resopla—. En mi cumpleaños ya te dije que se me había pasado.

Y tampoco me lo creí. Finn sonreía de oreja a oreja el mes pasado, cada vez que se mencionaba el nombre de Theo en nuestros planes para esta noche. Pero es casi como si pudiera ver la máscara deslizarse sobre su cara, como si fuera un papel y se estuviera metiendo en el personaje. «Esta noche el papel de Finn lo interpretará… esta versión robótica de sí mismo». Dejar que lo haga es mucho más fácil que echarle en cara las chorradas que está diciendo porque todavía tenemos la cena por delante.

—Bueno, ¿y qué hacemos aquí? —pregunta Priya.

—Creía que íbamos a lavarnos las manos y a cotillear —contesta Finn—. Creo que Clementine ha pasado por el bisturí. ¿Os habéis fijado que la nariz se le ve distinta? No digo que lo hagamos, pero, si quisiéramos, podríamos vender una foto de ella de esta noche por un montón de pasta.

Los cinco nos sentamos a una mesa que podría dar cabida a doce personas por lo menos. En vez de colocar todos los platos en uno de los extremos, se han quitado las sillas sobrantes y estamos sentados con espacios raros entre nosotros. Y no solo es la extraña disposición de los asientos, sino que la conversación se ha estancado desde que volvimos de nuestro cónclave en el aseo.

Mientras los demás están ocupados comiéndose la ensalada, me quedo mirando el asado que hay en el centro de la mesa (cada hueso de las chuletas está decorado con un gorrito de papel) y espero no tener que servirme yo sola, porque ni idea de cómo cortar esa cosa.

—Es un carré de cerdo asado —explica Theo cuando me pilla mirándolo—. De pequeño es lo que comíamos durante las fiestas. Así que les pedí a los del catering que nos preparasen uno.

Todos murmuramos un «mmm» admirado.

—También teníamos siempre *crackers* de Navidad en la mesa. Pero no me ha dado tiempo a encargarlos. —Theo intenta de nuevo animar la conversación—. Un año mi padre encargó unos personalizados con billetes de cien libras dentro, pero resulta que yo me había portado peor de la cuenta, casi me expulsaron del colegio por pelearme con un compañero, así que el mío llevaba un trozo de carbón dentro.

Clementine intenta ponerle una mano en el brazo para consolarlo, pero está demasiado lejos y acaba agitando la mano en el aire antes de dejarla en el mantel blanco, en el enorme hueco entre ambos.

Por encima del hombro de Clementine veo otra foto enmarcada de Theo, que está entre Phillip Benson y una mujer mayor con el pelo rubísimo a lo Farrah Fawcett y una cara paralizada en una expresión de sorpresa por el bótox.

—Guau, sí que debe de gustarte Phillip Benson —digo a falta de algo mejor—. Como empieces a citar frases de su libro, voy a tener que irme.

Tyler, el otro asistente del programa matinal, no para de citar eslóganes empresariales del libro de Benson. «La mayoría de los "males necesarios" son más males que necesarios», le gusta recordarnos cada vez que quiere escaquearse de las tareas más aburridas. Me reiría por su frikismo, pero resulta que a nuestros jefes también les encanta Benson.

—Ah, no me verás citando su libro, puedes estar segura —me responde Theo—. El ego que muestra para escribir un libro de autoayuda con todos los problemas que tiene es alucinante. Me sorprende que la gente no exija la devolución del dinero.

—¡Sí! —Después me acuerdo de la otra foto del pasillo—. Un momento, creía que eras su fan.

Theo suelta una carcajada seca.

—Qué va.

—Pero ¿la otra foto del pasillo? —Miro a mi alrededor para ver si los demás están tan desconcertados como yo.

—Cariño, Phillip es su padre —dice Clementine—. ¿No lo sabías?

Desde luego que no lo sabía, y, a juzgar por la cara de Finn (tiene las cejas en el nacimiento del pelo, vamos), él tampoco. Me irrita que ya hayamos gastado el comodín del baño, porque de repente hay muchas más cosas de las que hablar.

—¿Cuál sería el trío con famosos de vuestros sueños? —pregunta Priya sin venir a cuento. Agradezco la distracción.

Clementine gira todo el cuerpo para mirarla y da una palmada.

—¡Aaah, fiesta! ¿Que ya haya hecho? ¿O que quiera hacer?

—Hum, ¿cualquiera de las dos cosas? —replica Priya.

—Da igual, vienen a ser lo mismo. Chris Evans y Rita Ora. Igual piensas que él sería la estrella, pero ella sabe qué hacer con el clítoris.

Finn se queda muerto del todo. Con la boca abierta de verdad. Me imagino que mi cara hace algo muy parecido. Estamos cenando con el hijo de un multimillonario y con una que se ha follado al Capitán América. Mientras tanto, aquí nos tienes a nosotros: una asistente, un actor que no encuentra trabajo de lo suyo y una columnista de un blog. Estoy segurísima de que se arrepienten mucho de su elección de invitados.

—¿Qué me dices de ti? —le pregunta Clementine a Theo.

—Los famosos requieren demasiada atención para mí. —Mira a Clementine y añade—: Lo siento, cariño.

Ella se encoge de hombros, sin molestarse por el comentario, antes de concentrarse de nuevo en Priya.

—Pues te pregunto lo mismo.

—Puede que Dominic Broughan...

—No —la interrumpe Clementine—, besa fatal. Mete demasiado la lengua. Ya sabes cómo va la cosa. —Tuerce el gesto, y saca y mete la lengua como un lagarto. Todos estallamos en risillas, algo que la anima más—. Y muy tocón —añade—, además de que es de tamaño mini. Solo me llegaba a la clavícula.

Después de la cena Theo cambia de disco y una melancólica balada irlandesa suena por los altavoces.

—¿The Pogues? ¿En serio? —pregunta Clementine desde donde está, tumbada de espaldas en la alfombra del salón. El boli que le sujetaba el moño desapareció durante la cena y ahora tiene el pelo platino ceniza alborotado alrededor de la cabeza como la melena de un león.

—«Fairytale of New York» es el villancico preferido en Gran Bretaña —replica Theo a la defensiva.

—Vamos a jugar —dice ella mientras se acelera el ritmo de la canción—. Theo, ¿tienes alguna baraja? Podríamos jugar al strip poker.

Todos estamos un pelín borrachos. Después de que se diluyera la tensión inicial, Clementine ha conseguido conquistarnos. A mí con su gusto musical; a Finn con sus conocimientos enciclopédicos sobre musicales (resulta que no me equivoqué con lo de que era una friki del teatro); y a Priya con algún que otro cotilleo sobre famosetes. No cuesta entender por qué es famosa. Tiene algo magnético. Algo chispeante e indescriptible.

También es una malísima influencia. Asumió el papel de rellenarnos los vasos con la interminable reserva de tinto de Theo y no ha parado de echarnos un buen chorro cada vez que las copas bajaban de la mitad.

—Soy optimista, cariño —dijo mientras me rellenaba la copa hasta casi el borde—, me gusta verlo todo lleno.

No sé exactamente lo que he bebido, pero mi copa no se ha vaciado en ningún momento a lo largo de las dos horas de la cena.

—Me temo que no hay cartas —contesta Theo.

—Yo sé un juego —dice Priya—. ¿Tienes una sábana?

—¿Sí? —replica Theo. Parece desconcertado, pero se va en busca de la sábana que ha pedido Priya.

Clementine se incorpora hasta quedar sentada con una expresión emocionada en la cara.

—A ver, dime, ¿a qué vamos a jugar?

—Al juego de la sábana.

—¿El juego de la sábana? —El acento de Clementine hace

que suene más como «jugo de la sábana». Se me escapa una risilla. Estoy más borracha de lo que creía.

—Dime cómo va. —Finn se levanta del sillón para sentarse en el suelo con Clementine.

Theo vuelve con una sábana blanca y se la da a Priya.

—Genial, estaba a punto de explicar las reglas. —Todos le prestamos una atención absoluta—. En primer lugar, empezamos con diez trocitos de papel. Podéis escribir lo que queráis. Una persona, el título de una película, un lugar, un objeto. Hay cuatro rondas: la primera es como el Tabú, que podéis decir todas las palabras menos las del papel para que vuestro equipo adivine lo que es. En la segunda ronda solo podéis decir una palabra. La tercera ronda es la de las charadas. La cuarta ronda es la de las charadas debajo de la sábana. Usamos las mismas palabras en todas las rondas, así que se pueden adivinar mejor a medida que la dificultad aumenta.

—¿Va por equipos? —pregunta Finn, que ya está emocionado.

—Sí, nos dividimos en dos equipos. Cambiamos de un equipo a otro y cada equipo tiene un turno de un minuto para adivinar la mayor cantidad posible de palabras. La ronda termina cuando acabamos con todos los trozos de papel. Cada papel que tu equipo adivine es un punto.

—Parece demasiado complicado para estar borracho —digo.

—Hazme caso, es divertido. Hace mucho frío en Siracusa en invierno, teníamos que pasar muchas horas muertas.

—Me apunto —dice Finn.

—Yo también —se suma Clementine.

—Vale —cedo.

—¿Cuáles son los equipos? —pregunta Theo.

—¿Qué tal chicos contra chicas? Tenéis una persona menos, pero podéis empezar —sugiere Priya.

Theo se coloca detrás de Finn y empieza a masajearle los hombros como un mánager haría con su boxeador estrella.

—¿Estás preparado?

—Totalmente. —Finn sonríe como si le hubiera tocado la lotería.

Después de rellenar las copas y buscar bolis (lo único que escribía en el despacho de Theo eran dos plumas estilográficas Montblanc en sus soportes decorativos, además de que debajo de la mesa del comedor encontramos el boli con el que se sujetaba Clementine el pelo), nos ponemos a pensar en las palabras y después echamos los trocitos de papel doblados a un cuenco de cristal.

—Esto es muchísimo más elegante que cuando jugábamos en la universidad —dice Priya—. Usábamos los cuencos para las palomitas o los vómitos. —Le acerca el cuenco a Finn, que es el primero en jugar.

—Un minuto exacto. ¡Ya!

Finn coge su primer trocito de papel y sonríe al leer la pista.

—¡Es un musical sobre Oz! —le grita a Theo, que tiene cara de no comprender.

—¡Kristin Chenoweth! —añade Finn.

—Esto... —Theo frunce el ceño con gesto pensativo.

—¡Popular! —grita Finn. Como Theo no dice nada, Finn intenta cantarlo—. ¡PO-PU-LAR!

No sirve de nada. Me siento mal por Theo. Me recuerda a la vez que Finn intentó enseñarme a jugar a Zip, Zap, Zop, el juego que usaban de preparación en su clase de interpretación, y se enfadó porque no lo capté a la primera.

—¡Bruja! —le grita Finn a Theo.

—¿Podemos pasar a otra? —pregunta Theo.

—Madre mía, tenemos que arreglar esto cuanto antes si vamos a ser amigos —resopla Finn mientras coge otro trocito de papel.

—Pódcast de asesinatos con el que todos están obsesionados.

—¿*Serial*? —dice Theo.

Antes de que Finn pueda coger otro papel del cuenco, suena la alarma del móvil de Priya que marca el tiempo.

—Han conseguido un punto.

Theo estira el brazo y le agarra el muslo a Finn.

—Te he defraudado. Lo haré mejor la próxima vez. —Veo que Finn mira fijamente la mano de Theo con los ojos como platos.

—Son monísimos —dice Clem, que se inclina hacia mí para susurrar esas palabras. Asiento con la cabeza, sin saber qué contestar.

Priya es la primera de nuestro equipo.

—¡Vamos, Priya, tú puedes! —la anima Clementine al tiempo que hace un redoble de tambor con las manos sobre los muslos.

Theo pone el temporizador en el móvil.

—Y… ¡ya!

Priya saca el primer papel. Cierra un ojo mientras se lo piensa.

—Fotos en topless de Clem hechas por paparazzi —dice.

—¡El yate de Leonardo DiCaprio! —grita Clementine, y no queda claro si se emociona por el recuerdo o por haber acertado.

—Gente echándose agua por encima de la cabeza en redes —dice Priya.

—¡El reto del cubo de hielo! —grito.

—La mujer de *Los juegos del hambre* —se apresura a decir Priya. Coge un puñado de trocitos de papel en vez de uno solo. Nuestro equipo está en racha.

—¡Katniss Everdeen! —grita Clementine.

Cuando por fin suena la alarma de Theo, tenemos ocho trocitos de papel en el montón de acertados. Clementine choca los cinco con Priya cuando esta se sienta en el sofá.

Una hora más tarde estamos en la ronda final y me duele la barriga de tanto reírme. Después de un comienzo accidentado, Finn y Theo han reducido la distancia entre los dos equipos. Al empezar esta ronda el marcador es de setenta y cuatro para los chicos y setenta y seis para las chicas. Theo está a tope con el juego y demuestra una faceta competitiva que rivaliza con la de Finn. Los trozos de papel que quedan en el cuenco son los que se devuelven una y otra vez porque nadie es capaz de adivinarlos.

—Supongo que ahora me toca a mí. Prometedme que seguiréis hablándome aunque la cague —dice Clementine.

—No la vas a cagar —le asegura Priya.

Clementine se cubre con la sábana y mete debajo unos cuantos trocitos de papel.

—Preparada, lista, ya.

Clementine echa la cabeza hacia atrás e imita algo con las manos. Parece que está tocando una trompeta imaginaria. Después empieza a mover las caderas como si se estuviera zumbando a alguien.

Theo ríe con tantas ganas que tiene que secarse las lágrimas de los ojos. Nosotras también reiríamos de no ser porque estamos muy concentradas intentando averiguar qué está haciendo Clementine. Ni en sueños habría predicho que la noche acabaría con una estrella del pop meneando la caderas debajo de una sábana como si estuviera follando. Si los paparazzi estarían dispuestos a darnos una pasta por las fotos de su nueva nariz, imagina lo que nos darían por esto. El titular sería algo así: «Clementine Del sufre una crisis mental».

Clementine vuelve a tocar la trompeta.

—¿«Drunk in Love»? —sugiere Priya. Ah, que estaba bebiendo, no tocando la trompeta.

—¡Eres un hacha! —grita Clementine desde debajo de la sábana hacia donde está Priya.

—¡Nada de hablar! —reprende Finn.

—Que te den, no estoy haciendo trampas.

Ahora empieza a dar vueltas por el salón con los brazos extendidos. Se inclina hacia un lado y vuelca una copa de champán vacía. El cristal es tan grueso que no se rompe.

—¡Déjala! —le ordena Theo. Esto es demasiado importante.

Clementine se acuclilla, con los brazos estirados a los costados, y se incorpora despacio mientras atraviesa el salón caminando a saltitos como un avión que despega.

—*Reflexiones desde 35.000 pies de altura* —grito, soltando el título del libro de autoayuda del padre de Theo.

—¡Sí! —exclama Clementine. Se aparta la sábana, de modo que se le queda como un velo de novia, y se abalanza sobre mí para abrazarme. Caemos de espaldas en un revoltijo de brazos y piernas y lino de calidad suprema. Priya se lanza encima.

—Cómo no, mi padre tenía que arruinar la Navidad sin estar siquiera presente —masculla Theo desde el otro lado del salón. Finn le acaricia la espalda en círculos para consolarlo—. Quiero la revancha.

Sin embargo, no hay tal revancha. Poco después de terminar el juego, Clementine se queda dormida, acurrucada en la alfombra como un gatito y roncando por lo bajo. Pero los demás seguimos de subidón por el juego, o por el vino, o por la compañía de los otros, o por una embriagadora combinación de las tres cosas.

Mientras la conversación fluye hasta primera hora de la mañana, el salón se llena de una electricidad estática, es como si pudiera sentir que algo encaja entre los cuatro. El año pasado puse a Finn a caldo por invitar a Theo, pero tenía razón. Es uno de los nuestros.

8

Hannah

Este año, 22 de noviembre

El coche de alquiler, un Prius plateado, está delante de la casa de los padres de David en Fairfield. Es la tercera vez que vengo, la primera fue para el cumpleaños de su madre y la segunda para el de David, pero la casa sigue impresionándome. No porque sea enorme; con el sueldo de dos profesores y viviendo en una de las zonas más caras de Connecticut, sería imposible. Me sorprende porque parece sacada de una comedia familiar de los años noventa. Fachada de revestimiento blanco, contraventanas negras y una cornucopia llena de calabazas en el último escalón del camino de ladrillo que conduce hasta la puerta de entrada de color rojo intenso. Todo muy acogedor.

—¿Preparada? —me pregunta David desde el asiento del conductor.

—Sí —respondo con más seguridad de la que siento. Me he pasado todo el trayecto moviendo un pie por los nervios.

—Va a ser genial —intenta tranquilizarme David—. A mis padres les hace mucha ilusión que vengas.

En cuanto pulsa el botón de la llave y se oye el pitido que

confirma que el coche está cerrado, se abre la puerta principal y aparece su madre como si estuviera allí esperando a que llegara su hijo pequeño para dar comienzo a las celebraciones.

Me abraza en cuanto estamos cerca. Le paso a David la tarta que llevo en las manos para evitar que la aplaste.

—¡Hannah! Estamos muy contentos de que celebres Acción de Gracias con nosotros este año —dice June, dándome un apretón extra.

—¿Y yo qué soy, un cero a la izquierda? —pregunta David por encima de mi hombro.

June lo agarra por los brazos y lo mira de arriba abajo, examinándolo, siempre alerta por si está demasiado delgado. Como si hubiera podido quedarse en los huesos desde la última vez que lo vio, hace tres semanas, cuando quedamos con su marido y ella en Grand Central y los llevamos a cenar antes de que vieran *Dear Evan Hansen* en Broadway; David había tirado la casa por la ventana y les había comprado las entradas como regalo de cumpleaños.

June lo abraza y le planta un beso en la mejilla, dejándole una mancha de color rosa.

—Es imposible que seas un cero a la izquierda —le dice—, eres demasiado guapo. En todo caso serías un diez, lo que todo el mundo quiere.

June entrelaza un brazo con el de su hijo y nos guía al interior de la casa.

—Ve a saludar a tus hermanos, están en la salita.

David me devuelve la tarta y desaparece hacia la parte posterior de la casa, como buen hijo obediente que es.

June no podría ser más simpática, pero me aterra.

Tal vez parezca una reacción extraña porque es una mujer menuda, con un jersey de color crema y pantalones a juego, que nunca ha dicho nada malo de nadie. Lo que me asusta es lo mucho que David valora su aprobación.

Cuando me presentó a sus padres a los cinco meses de que

empezáramos a salir, durante un almuerzo en Almond consistente en filete y patatas fritas, me di cuenta de que parecía muy animado al volver a casa.

—Les caes bien —me dijo.

—Me alegro. A mí también me caen bien.

—Alexa no les caía bien. —Su exnovia, la única lo bastante seria como para presentársela a sus padres—. Decían que se lo tenía muy creído y que no era muy lista.

Desde entonces he vivido con el temor de que June rescinda su sello de aprobación, porque soy consciente de que no está grabado en piedra.

La sigo hasta la cocina y veo que todos los quemadores están encendidos con cacerolas encima. La audacia de esta mujer, que está preparando un menú completo vestida de color crema, sin delantal y sin preocuparse por las manchas, confirma que tengo razón al temerla.

—¿Dónde pongo esto? —le pregunto mientras levanto la caja rosa de la pastelería—. Es de nueces pecanas.

June rehusó cuando me ofrecí a traer algo. «Yo me encargo de todo, con que vengáis vosotros es suficiente», dijo.

No soy una gran cocinera. La verdad es que no cocino nada. Pero la comida es para David el lenguaje del amor y ha heredado ese gen de su madre. Me ha conquistado llevándome a comer a sus restaurantes favoritos, contándome su historia personal a través de los platos que comíamos: el ramen de la suerte de un restaurante de St. Marks que siempre pedía la víspera de los exámenes finales cuando estaba en la universidad; la torre de marisco de Jeffrey's Grocery donde su padre lo invitó a comer cuando aprobó el examen para colegiarse; las tortitas de Sarabeth's, donde lleva a June todos los años para el Día de la Madre. Cuando me resfrié, insistió en pedirle la receta de su sopa de pollo, la que se hace casera con una carcasa de pollo de verdad. Según él, la sopa tenía propiedades medicinales místicas. Para mi asombro, funcionó.

Así que lo que yo llevara a casa de sus padres para Acción de Gracias era como una especie de prueba, y quería superarla. Ya conozco a todo el mundo, pero venir para esta celebración me parece más importante, más oficial que mis visitas anteriores.

Me he pasado toda la semana leyendo como una loca las reseñas de todas las pastelerías de la ciudad para asegurarme de conseguir la mejor tarta que se puede comprar con dinero antes de decidirme por Pies 'n Thighs, en Williamsburg. Esta mañana, a las ocho, he cogido un tren de la línea J, la que cruza el puente, para recoger la tarta que encargué para hoy, porque no quería arriesgarme a que se pusiera rancia de un día para otro.

—Déjala ahí, tesoro —contesta June, que señala una parte de la encimera donde hay otras dos tartas enfriándose sobre una rejilla. Hay una tercera en un Tupperware con tapa cóncava de una de las cuñadas de David.

Si esto era una prueba, ya siento que he fracasado mientras coloco mi tarta con las demás, todas caseras.

—¿Te ayudo? —le pregunto.

—Está todo controlado. ¿Por qué no vas a ver lo que están haciendo las chicas?

—¿Eres consciente de lo difícil que es conseguir matrícula en un buen colegio? —oigo que le pregunta Jen, la cuñada de David, a Zoe, su otra cuñada, cuando entro en el salón—. Deberías ponerte ya en las listas de espera.

Zoe frunce el ceño. Está en su tercer ciclo de FIV en otros tantos años. Me lo contó mientras tomábamos algo —una copa de vino para mí y un agua con gas para ella— en un acogedor bar de vinos de Fort Greene, a la vuelta de la esquina del piso que comparte con Nate, el hermano mediano de David. Hace unos años se mudaron a un piso de dos dormitorios con la esperanza de necesitar más espacio para un bebé, pero hasta la fecha la única incorporación a la familia ha sido una bicicleta Peloton.

—No sabía que era tan importante encontrar un buen centro para cursar preescolar —digo para quitarle hierro al asunto. Zoe y yo hemos quedado a solas únicamente un par de veces, pero me cae bien y Jen se está pasando.

—¡Por Dios! De lo que más me arrepiento en la vida es de no haber puesto a Sophie en la lista de espera de Saint Ann en cuanto me quedé embarazada. Por eso tuvimos que irnos de Nueva York —admite—. Llegamos demasiado tarde para matricularla en alguno de los mejores colegios. —Me contengo para no poner los ojos en blanco al oírla decir que eso (que su hija no pudiera entrar en un centro educativo que cuesta cuarenta y ocho mil dólares al año) fue lo que destrozó su mundo. Tampoco es que le desee el mal, la verdad, pero sí me gustaría que las circunstancias la hicieran entender lo imbécil que parece ahora mismo. Sin embargo, por más duro que a mí me resulte oírla, para Zoe y su útero vacío debe de ser un mazazo terrible.

Pruebo suerte en la salita con la sensación de haberme quedado demasiado tiempo en la conversación sobre la maternidad. Cuando llego, David está discutiendo acaloradamente con su hermano mayor, Adam, sobre si el Bitcoin es una buena inversión mientras ven a medias el partido de los Giants.

Después de dos horas yendo y viniendo de las mujeres a los hombres entre el salón y la salita, tratando de imaginar cómo podría encajar en esta familia, me siento agotada. Aunque todos han sido amables conmigo —en el caso de June, de forma exagerada—, no consigo relajarme. Y el esfuerzo empieza a pasarme factura. Agotada y nerviosa, subo al dormitorio de la infancia de David para descansar un minuto a solas.

Me doy una vuelta por la habitación y recorro con los dedos los trofeos de fútbol de la cómoda y la fotografía enmarcada de David en su graduación del instituto, flanqueado por sus dos hermanos. Cojo de la estantería un libro de los Hardy Boys con las esquinas dobladas. En una de nuestras primeras citas, me dijo que estuvo a punto de convertirse en detective por esa serie de libros.

—¿Y por qué no lo hiciste? —le pregunté.

—Porque Adam quería ser abogado y yo quería ser como él por encima de todo.

—En cierto modo eres como un detective —le dije—. Un abogado también tiene que resolver casos.

—Gracias por los ánimos —replicó—. Creo que no me leí en el que buscaban al sinvergüenza que plagiaba cosas de marca. Entre los dos, tú eres la que está persiguiendo sus sueños. Y eso me resulta muy excitante.

De vuelta al presente, en esta habitación llena de reliquias de las versiones infantil y juvenil de David siento unos celos ilógicos por no haber sido nunca testigo de ese David. La estrella de fútbol de primaria, el presidente de la asociación de honor del instituto, incluso su pertenencia al club de cazadores de ratas de Nueva York. Esta última fue una etapa breve inmortalizada en una foto con el pelo engominado y una camisa chillona junto a un grupo de amigos de la universidad colgada en el tablón que hay encima de su escritorio.

Swipeé hacia la derecha en su perfil de Bumble por la combinación de su singular hoyuelo y la cita de su perfil: «Tú serás el DJ y yo, el conductor». No me di cuenta de que era la letra de una canción de John Mayer hasta nuestra quinta cita, pero para entonces me gustaba demasiado como para preocuparme por sus cuestionables preferencias musicales. Y fiel a la promesa de su perfil, estaba encantado de que yo eligiera la música.

Siempre me había imaginado saliendo con un músico, o con alguien a quien le apasionara la música tanto como a mí. No un cantante, pero quizá un batería o un bajista. Alguien que no se dedicara a eso por las chicas o la fama, sino por el oficio. David no podría estar más lejos de esa imagen. La semana pasada lo oí cantar en la ducha la canción del anuncio de Stanley Steamer, la empresa de limpieza profesional, y una vez me pidió una palabra de seis letras para el crucigrama, porque la pista era: «Apellido de exintegrante de grupo musical que canta "Sign of the Times"».

«Es un boy scout guapo», comentó Priya cuando lo pilló saliendo a hurtadillas de mi dormitorio la mañana siguiente a nuestra segunda cita.

Y tenía razón. Su imagen es la del chico guapo de la puerta de al lado que consigue que las ancianas charlen con él en la cola del supermercado. Nunca creí que pudiera gustarme ese tipo de hombre. Me imaginaba con alguien tatuado y hosco. Pero, sin saber por qué, casi todo lo relacionado con David me gusta.

Un golpe en el marco de la puerta me sobresalta, y aprieto contra el pecho el libro que estaba hojeando. Cuando me doy media vuelta, veo a David apoyado en la pared con una sonrisilla en los labios.

—Hola —me dice.

—Hola —replico con timidez porque acaba de pillarme fisgando en su dormitorio.

—¿Qué haces aquí arriba? —pregunta—. Te he estado buscando por toda la casa.

—Solo estoy cotilleando —admito.

—Bueno, ya puestos a hacer confesiones, ¿te parece rarito que me guste verte aquí? Mientras estuve en el instituto, no traje a ninguna chica. Y ahora mismo es como un deseo hecho realidad. —Me mira de arriba abajo.

Me ruborizo por esa mirada de admiración. Si sus padres no estuvieran abajo, a lo mejor lo tiraba a la cama, pero me conformo con cruzar la habitación y darle un casto beso. Nada de lo que podamos avergonzarnos si sus padres nos pillan.

—¿Deberíamos volver abajo antes de que nos echen de menos? —le pregunto.

—No, vamos a quedarnos un minuto. A mí también me vendrá bien un respiro. Sé que juntos agobian un poco. Para mí significa mucho que estés hoy aquí.

Me atrae hacia su pecho y me dejo caer contra él, apoyándole la cabeza en un hombro. Aspiro el olor de su desodorante y el aroma a sándalo y cuero de su colonia. Solo con eso la presión que siento en el pecho se desvanece. Puedo respirar hondo por primera vez en todo el día. Tal vez no tenga recomendaciones de buenos colegios que intercambiar con Jen y Zoe, ni tampoco una opinión sobre criptomonedas o fútbol americano, pero acabo de descubrir que yo también me alegro de estar aquí. Porque aquí es donde está David y estas son las personas a las que más quiere. Y quiero que ellos también me quieran.

La mesa es digna de una revista. Después de jubilarse como subdirectora del colegio local, June aprovechó el verano para hacer un curso de ocho semanas en el Culinary Institute of America, a las afueras de Poughkeepsie, y hoy va a dar el do de pecho. Revolotea alrededor de la mesa llenando vasos y cortando pavo en trozos pequeñitos para sus nietos.

—Entonces, David —dice Jen una vez que todos se han acomodado—, ¿cuándo vas a ponerle un anillo en el dedo a Hannah? —Bebe un sorbo de vino para ocultar su sonrisa satisfecha mientras las demás conversaciones se detienen a fin de poder escuchar la respuesta a la pregunta que toda la familia se hace, pero que solo ella se atreve a formular.

—Bueno… —balbucea David mientras mira alrededor de la mesa en busca de alguien que lo salve.

Nate le da una palmada en la espalda.

—A ver, Jen, que a lo mejor está esperando para hacerlo en Navidad y acabas de chafarle la sorpresa.

—Mamá ya está tejiendo un calcetín para Hannah —comenta Adam con tono cómplice.

Está claro que sus hermanos están deseando que David se una a sus filas como marido y padre. Sería bonito; pero de repente, mientras todos nos miran a David y a mí, me siento como si estuviera en uno de esos sueños en los que te llaman al frente de la clase para dar un discurso que no te has preparado y, efectivamente, tampoco llevas pantalones. Por un segundo, me pregunto si parecería sospechoso que me disculpara para ir al baño y dejara que el clan Becker lo resuelva entre ellos.

—Dejadlo en paz —dice el padre de David en el tono que usa para calmar a una clase de alborotadores en el instituto.

—Solo estaba bromeando, Davey —añade Jen mientras se rellena la copa de vino—. ¡Mi intención es echarle un cable a Hannah! Seguro que se está impacientando. A mí me pasaría, la verdad. —Me guiña un ojo como si estuviéramos en el mismo equipo.

Jen me recuerda a mi hermana. La bronceada y tonificada Jennifer, con sus mechas rubias perfectas, era abogada de empresa cuando se casó con Adam. Ahora se dedica a criar a sus hijos y se enfrenta al papel de madre y esposa perfecta con el mismo ímpetu que demostraría si estuviera compitiendo para convertirse en socia del exclusivo bufete de Maternidad y Ama de casa.

Durante un tiempo, dio la impresión de que mi hermana iba a desviarse del camino convencional. Después del desplome de la bolsa en 2008 y de la caída de Lehman Brothers, Brooke sacó del banco su mitad del dinero de la venta de la casa de nuestra infancia y se lanzó a recorrer mundo de fiesta en fiesta como si fuera una amish que sale por primera vez de su pueblo, seguramente aliviada por haberse librado de la responsabilidad de «cuidar de mí».

Volvió un año después con Spencer, un compañero mochilero que conoció en no sé qué fiesta de la luna llena en Phuket. Cuando insistió en que viniera desde Boston el día de Acción de Gracias de mi penúltimo año de universidad para conocerlo, puse los ojos en blanco. Vine a regañadientes, porque acabó sacando la artillería pesada: «Eres la única familia que tengo».

La cena consistió en sándwiches de pavo de la tienda gourmet que había debajo de su apartamento del Upper East Side mientras

Spencer nos comía la oreja sobre la superioridad del sushi japonés con respecto a su homólogo estadounidense y me decía que «debía» ir a Angkor Wat antes de que el turismo se lo cargara, como si él estuviese de alguna manera exento de la condición de turista.

«Es imposible que dure con él», pensé a la vuelta.

Sin embargo, me equivoqué.

Spencer consiguió trabajo en Citadel, y Brooke, en Credit Suisse. A medida que aumentaban sus sueldos, fueron mudándose a apartamentos cada vez mejores. Después de dos años juntos, anunciaron que estaban embarazados el mismo año que yo me mudé a la ciudad. En un abrir y cerrar de ojos, Brooke dejó su trabajo, se mudaron a una casa en Highland Park —la pequeña ciudad donde crecimos— y Spencer le puso en el dedo un anillo de compromiso con un diamante del tamaño de una pista de patinaje.

El siguiente día de Acción de Gracias éramos cinco: Finn, Brooke, Spencer, la pequeña Ella y yo. Mi sobrina se pasó la cena berreando a pleno pulmón hasta adquirir un desconcertante tono morado. Después de cenar, Brooke y yo lavamos los platos mientras Spencer y Finn metían a la niña en el coche para dar vueltas por el vecindario, lo único que conseguía que dejase de llorar.

Era la primera vez en años que Brooke y yo estábamos solas (siempre había alguien amortiguando la situación como Spencer, Finn o la niña, a veces los tres) y aproveché para hacerle una pregunta a la que llevaba toda la vida dándole vueltas.

—¿Alguna vez te entristeces si piensas en mamá y papá?

Brooke nunca hablaba de ellos, pero, al vivir en la ciudad donde crecimos, debía de pasar a diario por delante de los recuerdos de nuestra infancia. Suponía que sería como vivir en un museo de tu propio dolor.

Soltó un suspiro mientras limpiaba uno de los biberones sucios de Ella. No supe si suspiraba por el agotamiento general de ser madre primeriza o porque yo la exasperaba.

—Ya sabes cuál es tu problema —respondió al final—: tienes que dejar de vivir en el pasado.

—¡Madre mía! Solo era una pregunta.

—Me pongo triste cuando pienso que Ella nunca conocerá a sus abuelos o cuando paso por delante de la antigua oficina de mamá (que ahora es un Subway, por cierto). Y, Dios, me encantaría que mamá me diera consejos para conseguir que Ella duerma toda la noche, o que me asegurase que la maternidad se vuelve más fácil, o que me diera un abrazo o me preparara comida casera cuando llevo una semana sin dormir más de dos horas seguidas... —Se queda pensativa—. Pero no se puede cambiar el pasado, así que ¿de qué sirve pensar en él? No es sano, Hannah. Para seguir viviendo, hay que mirar hacia delante.

En los siete años transcurridos desde entonces, Brooke ha tenido otras dos niñas y se ha distanciado todavía más de mí, siguiendo con su propia vida hasta el punto de que ya no estoy segura de tener un lugar en ella. Cuando David me invitó a Acción de Gracias, sentí una mezcla de victoria y derrota porque podía rechazar la invitación de Brooke. Era la prueba de que yo también estaba mirando hacia delante, como ella me había sugerido, pero hacerlo significaba admitir que nunca estaríamos tan unidas como yo esperaba.

Después de la cena, el postre y tres acaloradas rondas de Pictionary, David y yo volvemos al coche, cuyo maletero está cargado de envases de Tupperware con las sobras. Cuando entramos en la I-95, David alarga el brazo y me pone una mano en el muslo.

—Mis padres te quieren de verdad. —Suelta un suspiro de satisfacción.

—Son geniales —contesto—. Jen me sobra, pero ese puré de patatas con gorgonzola que ha preparado tu madre casi hace soportable su presencia. Por Dios. —Suelto un gemido de placer al pensar en su sabor.

—Siento lo de Jen. Ya sabes cómo es. He hablado con ella después de comer. Es injusto que te haya acorralado de esa manera. —Me mira y me doy cuenta de.que está nervioso porque se está mordiendo el labio inferior—. Pero, sobre lo que dijo..., ¿sería una locura? Si nos comprometemos.

Siento un nudo en la garganta.

—No, una locura no. Pero es un poco pronto. ¿No te parece? —Acabo de superar el hito de la primera celebración con su familia y quiere precipitarse hacia el siguiente.

Ya hemos hablado antes del matrimonio, pero siempre en abstracto. Igual que hablamos de hacer un viaje a Italia que no nos podemos permitir y para el que, de todas formas, no tengo suficientes días de vacaciones remuneradas. Siempre son proyectos de «algún día».

Además, ¿qué sé yo de ser esposa (o, si me adelanto todavía más, de ser madre) después de pasar tantos años sin familia? ¿Y si meto la pata y acabo sin nada? Empiezo a mover otra vez el pie mientras pienso en todo eso.

—Yo no creo que sea demasiado pronto. Lo nuestro va en serio, Han. A ver, que ya vivimos juntos. La verdad es que no cambiaría nada.

—Entonces ¿por qué tanta prisa? —replico—. Las bodas son caras.

—Hablaría con mi madre. No dejaría que te obligara a casarte de blanco y con toda la parafernalia si eso es lo que te preocupa. Sé que tú no eres así. Podríamos casarnos en el ayuntamiento e ir luego a una cafetería, me da igual. Eso no me importa. Solo quiero estar contigo.

Lo miro y sonrío. Sé que David solo quiere fijar un plan. Tiene planes a cinco y diez años y hojas de cálculo con las que proyectar sus ahorros para la jubilación. Yo intento no pensar demasiado en el futuro. La longevidad no es precisamente una característica de mi familia. No es que no quiera estar con él, es que las cosas van bien ahora mismo, así que ¿por qué estropearlas?

—Que sepas que me he dado cuenta de que no me has respondido —dice con deje juguetón—. Bueno... —insiste otra

vez—, si te lo propusiera en Navidad, ¿dirías…? ¿Dirías que sí?
—La última pregunta la hace en voz baja, como si temiera oír la respuesta.

—No quiero desviarme del tema principal, pero todavía no hemos hablado de la Navidad. Es la última Navidad de Finn en Nueva York, y…

—Un momento. —Me mira con el ceño fruncido por la confusión—. ¿No vas a pasar la Navidad conmigo en casa de mis padres?

—Sabes que siempre paso la Navidad con mis amigos. El año pasado no vine.

—Pero este año vivimos juntos —me recuerda, como si eso lo resolviera todo. La expresión confusa ha sido sustituida por otra dolida—. Y sé que la Navidad es tu fiesta preferida. Esperaba que este año pudiéramos crear una nueva tradición. ¡Juntos! Creía que después de lo de hoy…

Lo interrumpo porque no quiero que saque conclusiones equivocadas.

—¡Hoy ha sido un día estupendo! Tu familia me encanta. Pero Finn, Priya y Theo son mi familia. Y nuestra tradición navideña es celebrar eso. La Navidad es importante para mí porque ellos son importantes para mí.

—Sé que son importantes para ti, pero yo también quiero ser tu familia. Mi familia podría ser tu familia —replica, y aunque su voz es suave y está cargada de esperanza, su comentario me chirría.

—No necesito reemplazar a mi familia, David. Que no sea tradicional no significa que no sea real…

—Eso no es lo que…

Siento que me acaloro. Necesito soltar esto, hacérselo entender.

—Estas personas han estado conmigo en las duras y en las maduras durante los últimos diez años. —Clavo la mirada en la hilera de luces traseras que se extiende por delante de nosotros y respiro hondo—. Hay una parte de mí que siempre echará de menos a mis padres. Nunca, jamás aceptaré su ausencia. Y durante un tiempo tuve miedo de no volver a encontrar la felicidad, la seguridad o el consuelo. Estaba sola. Pero ellos me arroparon y me dieron comprensión, amor y fuerza para vivir. Tú llamas a tu madre o a uno de tus hermanos cuando tienes un día chungo o cuando tienes buenas noticias que compartir. Pues yo los llamo a ellos. Son mi familia en todo lo importante.

David guarda silencio un momento. Después extiende un brazo y me coge la mano.

—Debería haber elegido mis palabras con más tiento. No quería insinuar que tu relación con ellos tiene menos valor. No puedo ni imaginarme lo que has pasado, eres la persona más fuerte que conozco, y me alegro mucho de que hayas encontrado un grupo de personas con quien compartir todo eso. Pero Hannah —me tira de la mano, intentando que lo mire, y lo hago—, ¿no ves que yo también deseo que te sientas querida, reconfortada y viva gracias a mí?

—Sí, David. —Le aprieto la mano para enfatizar mi respuesta y él aparta los ojos del tráfico un segundo, para comprobar si hablo en serio—. Pero es diferente. Tú tienes a tus padres y a tus hermanos, y yo no voy a intentar sustituirlos. La familia y la pareja sentimental no son mutuamente excluyentes. Muchas parejas pasan las fiestas separadas.

—Pero yo no quiero que seamos una de esas parejas.

Ambos nos quedamos en silencio unos segundos, porque parece que hemos llegado a un punto muerto.

—Es que… —titubea él.

—¿Qué pasa? —pregunto, porque es mi manera de ser y no puedo dejar las cosas a medias.

—Nada, da igual. Es que me repatea que nos hayamos puesto así por esta tontería.

Sé que no lo ha dicho con mala intención, pero mi cerebro se aferra a la palabra «tontería», que rebota dentro de mi cabeza como una bola de pinball.

—¿Tontería? ¿Has oído lo que acabo de decirte? Esta es mi gente. ¿Te parece poco? Porque para mí es lo más importante. Y mira quién fue a hablar. ¡Sois judíos, David! La Navidad tampoco es que sea tan importante para tu familia.

Resopla.

No debería haber dicho eso. He visto fotos suyas y de sus hermanos cuando eran pequeños, vestidos a juego con jerséis rojos mientras rompían el papel de los regalos de Papá Noel. Aunque no sean cristianos, June ha abrazado la versión consumista de la Navidad. Sé que son unas fiestas importantes para él, pero ¿por qué tengo que ser yo la que haga concesiones? ¿Por qué no puede ser él quien se dé cuenta de que mi tradición es igual de importante que la suya?

Conducimos durante un cuarto de hora en silencio, ambos sumidos en nuestros propios pensamientos.

Norwalk.

Darien.

Stamford.

Cuento diez salidas antes de intentar hablar con él de nuevo.

—David —digo.

—Dime, Hannah, ¿qué clase de futuro quieres? —Me mira y detecto una mezcla de dolor y rabia en su expresión—. ¿Y qué lugar tengo yo en él? A veces me pregunto si siempre va a ser así. Tú eres la persona más importante de mi vida, pero me da la impresión de que yo no puedo abrirme camino hasta el primer puesto de tu lista.

—Te quiero, David. Lo sabes.

—Sí, y yo también te quiero. Pero ¿qué estamos haciendo? ¿Adónde va lo nuestro?

La cabeza empieza a darme vueltas mientras me hace preguntas.

Me abstengo de decir que me gusta cómo están las cosas en este momento, porque está claro que él no piensa lo mismo.

—No lo sé —respondo finalmente. No para hacerle daño, que me temo que se lo estoy haciendo, sino porque el mundo ya parece haberse salido de su órbita con la marcha de Finn. Cuando intento imaginarme el futuro, es como mirar en el azul turbio de una Bola 8 Mágica. «Pregúntalo de nuevo más tarde». Siento que el interior del pequeño coche de alquiler se cierra sobre mí.

—Bueno, pues avísame cuando lo descubras si no te importa.

—Yo... —digo, dispuesta a protestar, pero me doy cuenta de que no puedo. No es una petición irrazonable—. Claro.

Recorremos el resto del trayecto de vuelta a la ciudad en silencio.

Cuando llegamos a Tribeca, David me deja en el piso mientras él va a devolver el coche de alquiler al aparcamiento de la esquina donde lo recogimos. Estoy segurísima de que ambos agradecemos tener un rato a solas para que los ánimos se enfríen.

—Feliz día de Acción de Gracias —le digo a Frank, el portero de noche, mientras camino hacia los ascensores. Antes de pulsar el botón para subir, decido no hacerlo y regreso a la puerta principal.

—¿Se le ha olvidado algo, señora Becker? —me pregunta Frank cuando paso por delante de su mesa en dirección contraria. Su error sin mala fe me sienta como un puñetazo y contengo el impulso de corregirlo y decirle que David y yo no estamos casados. Ahora mismo, casi ni nos hablamos.

Una vez fuera, giro a la derecha hacia West Side Highway. Estoy nerviosa y necesito quemar energía, así que no me apetece continuar con la conversación cuando David llegue a casa. Quizá un paseo me ayude a despejarme.

Sin embargo, cuando llego al Hudson River Park, estoy más confundida que cuando salí del edificio. Quizá hablar me ayude. Saco el móvil y pulso el nombre de Finn, que está el primero en mi lista de favoritos.

9

Finn

Durante unos segundos después de despertarme, no sé dónde estoy. Parpadeo al ver la pared azul marino que tengo delante. Las paredes de mi estudio son blancas. Quise pintarlas, pero no pude. El contrato de alquiler lo decía bien claro. Miro las sábanas. Tienen un estampado de diminutas A en cursiva, el logotipo de los Atlanta Braves.

Ah, sí, estoy en el dormitorio de mi infancia. Ahora me acuerdo.

Me siento para echar un buen vistazo. Anoche estaba oscuro cuando llegué después de un interminable día de retrasos en el aeropuerto JFK. La espera me vino muy bien: tenía la última entrega de *Trono de cristal* en el iPad y una bolsa de Combos que compré en Hudson News para matar el hambre. Cuanto más se retrasara el vuelo, menos tiempo tendría que pasar con mi familia.

Cuando llegué a casa de mi madre en Peachtree City en un coche compartido de Lyft, era más de medianoche y apenas si me quedaban fuerzas para lavarme los dientes antes de caer en la cama. Encender la luz significaba que después tendría que levantarme para apagarla, así que usé la linterna del móvil para llegar hasta la cama y me desplomé sobre el colchón. Me dormí al instante sin molestarme siquiera en enchufar el móvil. La batería está al doce por ciento, así que tengo que encontrar un cargador.

El dormitorio es una cápsula del tiempo. En el alféizar de la ventana hay una pila de novelas fantásticas de bolsillo con el lomo agrietado. Mi padre las odiaba. «Eres demasiado mayor para esos libros de mariquitas —me decía—. Sal a jugar con los otros niños». Los únicos libros que él leía eran las novelas de Jack Ryan. En su opinión, si no explotaba algo cada veinticinco páginas, era una historia afeminada. Una visión del mundo bastante irónica teniendo en cuenta que era contable. Pero el atractivo que yo le encontraba a esos libros «para mariquitas» era la esperanza de descubrir un portal oculto en un armario o de recibir la visita de un búho y encontrar así una escapatoria para marcharme de su casa o, mejor todavía, descubrir que era un mutante y que ni siquiera era hijo suyo.

En vez de lidiar con todos esos recuerdos desagradables que van aflorando, reprimidos desde la última vez que estuve aquí, contemplo el santuario de mi yo más joven. En las paredes hay un póster de Michael Johnson, de los Juegos Olímpicos de 1996, y otro del equipo de los Braves de las Series Mundiales de 1995. Yo era demasiado pequeño para recordar con claridad cualquiera de esos dos acontecimientos deportivos, pero mi padre los exageró hasta hacerlos casi míticos, con el resultado de que sus recuerdos parecían míos. Con el tiempo, Michael Johnson se convirtió en mi inspiración, y fue la razón por la que me presenté al equipo de atletismo, y también el protagonista de muchas fantasías masturbatorias adolescentes.

El dormitorio no ha cambiado nada. Pero yo he cambiado mucho. Aunque sigo queriendo acostarme con Michael Johnson. Bueno, puede. Tendré que buscarlo en Google y ver cómo ha envejecido.

Me siento triste por el chico que vivía en este dormitorio. El chico que intentaba ganarse la aprobación de todos con desesperación, en especial la de su padre, y ocultar que era gay, algo que sabía con certeza desde la fiesta del duodécimo cumpleaños de Ashley King, cuando hizo girar la botella y señaló a Billy Bradford. Me incliné hacia el centro del círculo, sin creerme la suerte que había tenido. Billy era el chico más guapo de la clase. Él, sin embargo, no parecía tan entusiasmado. Mis compañeros estallaron en carcajadas al ver mi metedura de pata. Los chicos no besaban a otros chicos. Todos sabían que, si la botella señalaba a otro chico, volvías a girarla.

Billy se pasó el resto del curso diciéndole a cualquiera que quisiera escucharlo que estaba claro que yo era gay. Aunque fuese cierto, no me gustaba que me pusieran otra etiqueta para diferenciarme del alumnado mayoritariamente blanco de nuestra acomodada urbanización.

Cuando mi padre se enteró de los rumores, fue a casa de Billy para hablar con su padre de hombre a hombre. Al día siguiente, Billy apareció en nuestra puerta con una carta de disculpa y cabizbajo. Parecía tan disgustado que hasta estuve a punto de pedirle perdón. Quería decirle que no se había equivocado, pero tenía a mi padre detrás, en el vestíbulo, supervisando sus disculpas.

Salgo de la cama y cruzo la habitación hasta la cómoda en busca de algo que ponerme encima de los calzoncillos. Acabo con un pantalón de pijama de los Atlanta Falcons y me alegro de que todavía me quepa, aunque me quede más ajustado de lo que recordaba. Anoche dejé la maleta abajo. Subirla me pareció demasiado esfuerzo y, además, me gusta la idea de saber que está al lado de la puerta, preparada por si tengo que largarme rápido.

Es raro estar en casa. Nunca creí que volvería, y menos dos veces en dos años. «Este no es mi hogar —me recuerdo—, es la casa en la que crecí». Mi verdadero hogar es un apartamento del tamaño de un sello de correos en el West Village, encima de la tercera mejor pizzería del barrio, pero no por mucho tiempo. He avisado al casero con treinta días de antelación y tengo que irme antes del 15 de diciembre. Pero como solo puedo lidiar con el pánico por partes, aparco el tema y bajo.

La tía Carolyn está extendiendo la masa quebrada en la isla de la cocina.

—¡Finn! —exclama con una mezcla de emoción y temor cuando me ve bajando la escalera, como un marinero que avistase tierra en la época colonial.

—Veo que sigues sin madrugar —dice mi madre a modo de cálida bienvenida. Parece distinta. Tiene el pelo más corto y lo lleva con sus rizos naturales. Nunca la había visto sin el pelo alisado, salvo en las fotos amarillentas y granuladas de su infancia. Levanta la mirada del enorme pavo que está bañando con la salsa y me regala una sonrisa indulgente mientras me acerco a la antigua cafetera Mr. Coffee del rincón.

Abro el armarito de encima de la cafetera en busca de una de mis tazas. Mi madre nunca ha trabajado. Esta casa era su trabajo, siempre como los chorros del oro y redecorada cada cinco años, como si estuviera en alerta máxima por si llegaba una visita de alguna revista de decoración como *Architectural Digest*. No se permitían Legos, Barbies ni cualquier otro objeto de plástico fuera de nuestras habitaciones. Su única concesión al caos era la colección familiar de tazas de equipos deportivos y eventos benéficos. Me estremezco al apartar una taza para el PAPÁ N.º 1 (¡qué ironía!) mientras busco en el fondo del armarito mi preferida, una verde de mi último año en el equipo de atletismo que dice: «ATLETISMO: MEJOR QUE JUGAR CON PELOTAS».

Sin embargo, no hay rastro de mis tazas. Saco una morada de la tropa de Girl Scouts de Amanda y me sirvo un café.

—¿Os ayudo en algo? —pregunto.

—Ya está todo listo —contesta mi madre sin levantar la mirada del pavo.

—¿Quieres que pele las patatas? —Ese era mi trabajo cuando era más joven.

—Ya están peladas —responde la tía Carolyn, que parece satisfecha con su eficiencia.

—Ah. —Me asombro al comprobar que mi presencia ha sido borrada por completo de esta familia en los últimos diez años. Me pregunto si habrán quitado mis fotos del colegio que había en el collage del salón. No me extrañaría que mi padre lo hubiera hecho.

—Aquí hace más calor que en el infierno. Si no necesitas nada, ¿por qué no ayudas a Amanda a sacarle brillo a la cubertería? —sugiere mi madre, y comprendo que es probable que quiera pasar el menor tiempo posible conmigo, igual que me pasa a mí. ¿Por qué he venido?

Descubro a mi hermana a la mesa del comedor. Las puertas de la vitrina están abiertas de par en par, como si un poltergeist hubiera recorrido la casa antes de que yo me levantara. Tiene los codos apoyados en la reluciente mesa de madera y la cara pegada al móvil.

—¿Qué pasa, atontado? Me alegro de que por fin te unas a nosotros. Mamá nunca me deja que me levante tan tarde —dice sin levantar la mirada del mensaje que está escribiendo.

—Creo que le da exactamente igual lo que yo haga. Me ha echado de la cocina —replico mientras me dejo caer en la silla tapizada que hay a su lado. Son nuevas y mucho más modernas que las sillas de madera que había la última vez que estuve en casa.

—Debe de ser agradable. A mí no deja de preguntarme qué voy a hacer después de la graduación.

—¿Necesitas ayuda? —Delante de Amanda hay una montaña de cubiertos sin pulir. Cubiertos de plata de verdad, con rosas grabadas en los mangos y que solo se usan cuando hay invitados. Un regalo de boda de la abuela Everett.

Al menos las cosas no están tensas entre Amanda y yo. Me preocupaba que nuestra relación no sobreviviera a mi marcha. Ella tenía once años y yo no podía aparecer de repente al amparo de la oscuridad para pasar un rato con ella mientras siguiera viviendo en la casa de mis padres. Así que le enviaba mensajes de correo electrónico con enlaces al anuncio de que los Jonas Brothers tocarían en el Philips Arena o algún artículo sobre la nueva librería que iban a abrir en el centro de la ciudad. La habría llamado, pero en aquel entonces ella no tenía móvil y me aterrorizaba que mi padre contestara si llamaba al fijo. Sin embargo, no estaba dispuesto a perder a mi hermana.

Me sorprendió, y también me alegró, que no faltara a su promesa de visitarme en Nueva York cuando cumpliera dieciocho años. Vino durante las vacaciones de primavera con el dinero que había ahorrado trabajando de socorrista y de canguro, mintiéndoles a nuestros padres y diciéndoles que era un viaje programado por la clase del último curso para conocer y seguir los logros de algunos antiguos alumnos del instituto en el que ambos estudiamos.

Hannah, Theo, Priya y yo la llevamos a ver *Wicked* y la colamos en el sótano de Home Sweet Home para bailar con un carnet falso cutre que compramos en St. Marks Place. Cuando se fue, no sabía si estaba más enamorada de la ciudad o de Theo, a quien seguía como si fuera un cachorrito, pendiente de cada palabra que decía.

Desde entonces ha repetido todas las vacaciones de primavera. Solo le queda una antes de graduarse en la Universidad Emory. Me pregunto si irá a Los Ángeles a verme, pero, aunque lo haga, sé que no será lo mismo sin Hannah, Priya y Theo.

Ahora que estoy despierto, mamá y la tía Carolyn han puesto Whitney Houston en la cocina. Reconozco el álbum como el preferido de mi madre. Siempre llevaba la cinta en el casete de su Mercedes familiar. Poníamos a todo volumen «How Will I Know» y cantábamos mientras me llevaba al colegio. Pero la música se limitaba al coche, a mi padre no le gustaba que estuviera alta en casa.

Oigo que la tía Carolyn suelta una carcajada.

—Qué mala eres —dice mi madre, muerta también de la risa.

—Llevan así toda la mañana —me asegura Amanda—. Es raro, ¿verdad? Sigo esperando a que papá salga del despacho y les diga que se callen porque está hablando por teléfono de un asunto relacionado con el trabajo. Y luego me acuerdo.

—Sí, es rarísimo. —Todo me resulta raro, no solo las carcajadas. Pero ya no sé lo que se cataloga como raro por aquí—. Pero ella parece que está bien, ¿no?

—Está feliz de tenerte aquí.

—Pues yo no acabo de verlo.

—Lleva todo el mes hablando de tu visita. Este año ha vuelto a hacer los macarrones con queso porque sabe que son tus favoritos. —Intento casar eso con el frío recibimiento que me he encontrado en la cocina, pero no puedo—. Solo tiene que adaptarse, nada más —añade Amanda.

Todos tenemos que hacerlo. Para mí también es rarísimo haber vuelto a esta casa. Volver a sentarme a esta mesa. Donde todo se fue a la mierda. Donde les dije a mis padres que era gay y me expulsaron de mi propia familia.

La respuesta de mi padre fue un rotundo «No».

Simplemente «No». Como si pudiera cambiar mi sexualidad con la fuerza de su negativa.

Un año antes tal vez lo hubiera conseguido. Yo me habría limitado a decir: «Sí, papá», y habría invitado a salir a una de mis muchas amigas, que siempre se acercaban demasiado y me tocaban el brazo, como si me dieran luz verde para besarlas.

Sin embargo, el verano de mi primer año de universidad fue diferente porque estuve saliendo con Sean Grady durante la mayor parte del semestre de primavera. Sean fue mi primer novio de verdad.

Nos conocimos en una fiesta de vino y queso organizada por el grupo a capela en el que cantaba. El evento pretendía tener más clase que la típica fiesta del campus con cerveza Busch Light y *beer pong*, pero en la práctica el vino venía de una bolsa. Sean llevaba fuera del armario desde el instituto y no le gustaba que yo siguiera encerrado. Yo había salido del armario en la universidad, pero en casa no lo sabían.

Y eso a Sean no le parecía suficiente. Antes de irnos de vacaciones de verano, me dio un ultimátum: o se lo contaba a mi familia mientras estaba en casa, o tendríamos que reevaluar nuestra relación en otoño. Pensándolo bien, podría haberlo mandado a la mierda, pero en aquel momento me tomé sus exigencias con mucha seriedad.

Decidí anunciarlo durante la cena de mi primera noche en casa. No porque esperara que saliese bien, sino porque pensé que así mis padres tendrían tiempo hasta el final del verano para adaptarse a la noticia, como habían hecho los padres de Sean.

«En serio —me dijo—, mis padres son católicos irlandeses chapados a la antigua. Si ellos pueden aceptarlo, los tuyos también».

Pues de eso nada.

Tras dejar clara su negativa, mi padre se levantó de la mesa, se sirvió un bourbon doble de la licorera del aparador, que hasta ese momento yo siempre había pensado que era de adorno, y se aisló en su despacho durante el resto de la noche, cerrando con un portazo para enfatizar.

La reacción de mi madre se limitó a un simple «¡Ay, Finn!» antes de levantarse para empezar a fregar los platos, aunque no había tocado el salmón.

«¡Ay, Finn!, ¿qué?» —me preguntaba—. «¡Ay, Finn! ¿Cómo se te ocurre? ¡Ay, Finn! ¿Por qué no le das un poco de tiempo?».

Aquella noche me senté al amparo de la oscuridad en lo alto de la escalera, esperando para oír la conversación cuando mi padre saliera de su despacho.

«Cambiará de opinión en cuanto deje de pagarle la matrícula del putiferio ese donde estudia, ya lo verás, Suze», oí que le decía a mi madre en la cocina. Después se sirvió otro bourbon y volvió al despacho.

Me sorprendió que ella no me defendiera. Porque en serio que creí que lo haría. Pero no dijo nada.

El zumbido de mi teléfono contra la pierna me devuelve al presente. Lo saco del pantalón del pijama y veo un mensaje de Theo: «¿Qué tal en casa?».

«Fatal», le contesto.

El año pasado me fui a casa de Priya para celebrar Acción de Gracias. Normalmente, me iba a casa de la hermana de Hannah, pero el año pasado no nos hablábamos. La madre de Priya cocinó un festín de pavo *tandoori* para los carnívoros y un curri de calabaza y garbanzos para los vegetarianos, pero lo que más me gustó fue el puré de patatas *masala*. La casa estaba a rebosar y todos trataron a Priya como la heroína que regresaba de la gran ciudad. Sobre todo sus primas adolescentes, que se quedaron deslumbradas por la bolsa de muestras de cosméticos que les llevó y que no eran más que regalos que ella había recibido a su vez por parte de los encargados de relaciones públicas de los productos, con la esperanza de que los recomendara. Me impresionó lo maravilloso que debía de ser pertenecer a tanta gente. Debería haber repetido este año y haberme ido de nuevo con ella en vez de venir aquí.

En mi hilo de mensajes con Theo aparecen tres puntos y luego desaparecen.

Tras dos arranques y dos paradas más, lo único que recibo es un emoji con el ceño fruncido.

Espero a ver si los puntos vuelven a aparecer, pero no lo hacen.

Estoy a punto de mandarle un mensaje para preguntarle qué va a hacer hoy, pero me quedo sin batería. Bueno, Theo no necesita que le dé la lata. Está en Napa con sus amigos del internado, que seguramente se habrán bebido la mitad de una caja de cabernet aunque allí solo son las nueve de la mañana.

Mi madre y yo tenemos definiciones distintas de lo que es una cena pequeña. Me queda claro cuando me pide que abra la hoja extra de la mesa del comedor, aunque sin hacerlo ya pueden sentarse diez personas en ella. A lo largo de la tarde llega un flujo constante de tías, primos y vecinos. Bebemos té dulce y pululamos por el salón formal que solo usamos cuando vienen visitas. No me separo de Amanda para no tener que explicar ni mi ausencia de diez años ni mi repentina reaparición.

Sin embargo, no tenía por qué preocuparme. Todos van vestidos de domingo y se comportan de maravilla. Son gente bien educada. No me dirán nada a la cara, pero sé que seré el tema de conversación estrella durante el trayecto de vuelta a casa. Lo más parecido a un comentario sobre mi ausencia es el «He rezado por ti» de la tía abuela Eunice.

Cuando la tía Carolyn anuncia que podemos sentarnos a la mesa a las 14.55, la casa está llena y la mesa está a rebosar de fuentes, entre las que se incluyen tres tipos de ensalada de patata, porque mis tías están convencidas de que la suya es la mejor.

—La mesa de los niños está en la cocina —regaña la tía Carolyn a un niño con un polo Lacoste en miniatura cuando lo sorprende arrimándose a una silla de la mesa del comedor. No lo reconozco. Debe de ser un primo nacido durante mi exilio.

Sigo a Amanda a la mesa de la cocina. Seremos los mayores, pero al menos me ahorraré la mesa de los adultos. Podemos pillar más vino de la despensa y cotillear sobre los chicos que le gustan en la universidad. Siempre hay muchos.

—Tú no. —La tía Carolyn extiende el brazo como si fuera un guardia de tráfico y me impide pasar a la cocina—. ¡Si te has graduado en la universidad, tienes permiso para sentarte en la mesa de los adultos! —Lo dice como si fuera una recompensa, no como un castigo.

—Pero quiero sentarme con Amanda —protesto.

—No. —Su tono no deja lugar a protestas.

Acabo sentado entre la tía Ruthie, la hermana mayor de mi madre, y mi primo segundo Travis, que deduzco que es el padre del Niño del Lacoste. Cuando era adolescente, pensaba que la tía Ruthie era lesbiana, pero tuve la sensatez de no darle mucha importancia. Trabajaba de guardabosques en el parque estatal de Tallulah Gorge e iba todos los años de excursión a otros parques nacionales con un grupo de mujeres. Pero tal vez yo me equivocaba y simplemente no quería acabar atada por el matrimonio como su hermana pequeña. Al fin y al cabo, nunca la han desterrado de la mesa navideña de la familia, aunque tampoco puede decirse que el radar gay de mi padre funcionara muy bien.

La cena transcurre sin incidentes. Mi madre se apresura a intervenir cuando el tío Robert me pregunta si tengo novia en la ciudad.

—¿Sabes que Finn ha conseguido un nuevo trabajo en Netflix? Estamos muy orgullosos de él —lo interrumpe.

La mesa corea un «¡Oooh!» a la vez. No sé si sentirme feliz porque por fin soy digno del orgullo de mi madre o disgustado porque sigue haciendo todo lo posible por ocultar mi sexualidad.

—¿Crees que puedes conseguir que hagan otra temporada de *Bloodline*? —me pregunta el tío Robert, que muerde el anzuelo.

La tía Ruthie y yo somos las únicas personas que disfrutamos del vino.

—Me alegro de que hayas sacado tiempo para nosotras —me susurra con voz achispada después de su tercera copa de chardonnay, y pronuncia ese «nosotras» alargando la ese final—. Me han dicho que estás muy ocupado en la ciudad, pero llevas fuera demasiado tiempo. Tu madre te ha echado de menos.

Contengo una carcajada amarga por la insinuación de que mi ausencia fue por elección propia.

Más tarde, después de que los invitados se marchen y los platos se laven a mano («El lavavajillas no los deja bien limpios», palabras textuales de mi madre), los tres nos acomodamos en la salita delante de la tele.

—Vamos a ver *Schitt's Creek* —sugiere Amanda—. Creo que puede gustarte, mamá, es sobre una familia.

—No quiero ver nada que lleve palabrotas en el título —replica al oír algo que se parece sospechosamente a *shit*, «mierda» en inglés.

Amanda y yo intercambiamos una mirada, pero no protestamos. Parece demasiado difícil de explicar, así que nos decidimos por una típica película de sobremesa sobre una tía estirada de ciudad que se va a esquiar con su mejor amiga y se encuentra con que han hecho una doble reserva en el chalet donde ya se han instalado un par de amigos solteros. Da igual si pillas la película por la mitad, el resumen del argumento ya deja claro cómo va a acabar la cosa.

Tengo un ojo en la tele y el otro en el teléfono, donde abro el perfil de Instagram de Theo para ver si ha publicado algo desde California, pero no hay actualizaciones. Mi cotilleo del grupo de amigos del internado con los que viaja se interrumpe cuando Hannah me llama y se ilumina la pantalla.

—Voy a contestar. —Salgo disparado del sofá, contento por tener una excusa para dejar de ver la película, y corro hasta mi dormitorio.

—¡Menos mal! —exclama Hannah cuando contesto. Además de su voz, oigo el ruido del tráfico a su lado y la oigo jadear un poco, como si estuviera andando. No parece que esté en Connecticut.

—¿Qué ha pasado? —le pregunto.

—De todo.

—¿Podrías resumirlo un poco?

—David y yo hemos discutido. —Hace una pausa como si yo pudiera adivinar sobre qué sin que ella necesite decírmelo, y en otro momento de nuestra amistad tal vez fuera así, pero ahora mismo no me hago idea. ¿Sobre la posibilidad de tener hijos? ¿Porque él quiere mudarse a Connecticut? Me devano los sesos intentando recordar algo que Hannah haya dicho recientemente sobre su relación, pero no doy con nada—. Sobre la Navidad —añade.

—¿Qué pasa con la Navidad? —pregunto.

—No lo entiende. De camino a casa después de Acción de Gracias, discutimos y me dijo: «¿Cómo esperas que sigamos juntos si no quieres pasar la Navidad con mi familia?». —Debo reconocer que imita a la perfección a David, bajando la voz y adoptando esa dicción tan precisa que lo caracteriza.

—Lleváis juntos casi dos años. No es ilógico que quiera que paséis la Navidad juntos.

—¡Finn! Se supone que estás de mi parte.

—Siempre estaré de tu parte —le aseguro—, solo digo que también entiendo el motivo de su enfado.

—Es ridículo que se enfade —vocifera—. ¡Es judío! La Navidad no forma parte de sus celebraciones.

—Claro, ¿y cuándo fue la última vez que tú pisaste una iglesia? —Estoy seguro de que fue a la misa que formaba parte de las celebraciones de la graduación y solo porque era obligatorio. Se hace el silencio, y me la imagino tratando de encontrar algo que poder echarme en cara—. En serio, Han, si quieres pasar la Navidad con la familia de David, lo entiendo.

—No te llamo por eso. No quiero que me des el visto bueno, quiero que tú también te indignes. David no entiende que vosotros sois mi familia. ¡Dijo que nuestra tradición es una tontería! ¿No te parece insultante? Pero lo que de verdad me fastidia es que ni siquiera habríamos discutido si quisiera pasar la Navidad con Brooke, y yo no tengo la culpa de que mi hermana sea tan narcisista.

Oigo que llaman al timbre. ¿Se puede saber quién viene de visita a casa de mi madre después de las nueve? Se me pasa por la cabeza una idea horrible: «¿Y si tiene un novio secreto?». Se me revuelve el estómago. Sería demasiado raro.

—¡Finn! —grita mi madre desde abajo—. ¡Tienes visita!

Me llevo el móvil sosteniéndolo entre la oreja y el hombro mientras Hannah sigue desahogándose, pasando de David a Brooke. Sé por experiencia que esto puede durar un buen rato. Mientras bajo la escalera, veo unos mocasines de piel.

Bajo un par de peldaños y veo unos vaqueros oscuros, doblados a la altura de los tobillos.

Otro más y aparece un jersey verde que reconozco.

¿Theo está aquí? ¿En el vestíbulo de mi madre? Y parece agotado. A sus pies veo un maltrecho macuto de cuero.

—Oye, Han, te llamo luego. ¡Acaba de llegar Theo! —le digo y, con su permiso, corto la llamada.

Al oír mi voz, él levanta la mirada y esboza una sonrisa tímida.

—¿Qué haces aquí? —le pregunto, porque me ha dejado de piedra.

Theo mira a su alrededor para asegurarse de que nadie puede oírnos.

—Tu mensaje —contesta—. Me dijiste que la cosa iba fatal y, cuando intenté llamarte, resulta que tenías el teléfono apagado. Así que he venido a salvarte. O a sufrir contigo. Tú decides, la verdad.

—¿Has venido... hasta aquí? —pregunto, porque mi cerebro no acaba de asimilar lo que está pasando.

Él asiente con la cabeza.

—Bueno, ¿salimos corriendo o qué? —Señala por encima del hombro hacia la puerta principal y me guiña un ojo.

—No..., yo... —balbuceo. No me puedo creer que haya venido hasta aquí para salvarme de mi familia. Pero aunque este no es mi fin de semana ideal, tampoco es tan malo. No necesitaba que me salvaran, solo quería quejarme. Y por mi culpa Theo ha acortado su viaje y se ha subido a un avión sin pensarlo para rescatarme. No acabo de decidirme entre abrazarlo, comérmelo a besos o echarme a llorar. Mi cerebro sigue intentando procesar que lo tengo delante.

—Nos quedamos, ¿no? —me dice al cabo de un momento—. Porque tu madre me está calentando un plato de comida y estoy famélico.

Lo abrazo y me alegro de haber enterrado mi cara en su cuello, porque noto que se me saltan las lágrimas. Me frota la espalda con las manos.

—Tranquilo. No pasa nada, todo va bien.

Y tiene razón. Ahora que está aquí, todo va bien. Disfruto de la sensación de seguridad que siento entre sus brazos.

—Gracias —susurro sobre su jersey de cachemira.

—De todas formas, California era un aburrimiento sin ti.

Picoteo de una segunda porción de tarta mientras Theo ataca un plato de sobras, deteniéndose cada pocos bocados para elogiar las habilidades culinarias de mi madre.

—Recuerdo una vez que mi madre quemó tanto un plato precocinado de Tesco que tuvieron que venir los bomberos. Me parece que era un curri, pero cuando apagaron las llamas solo quedaba plástico carbonizado y arroz. Creo que es lo único que la he visto cocinar en la vida. Es increíble que haya hecho todo esto, señora Everett —dice Theo, maravillado.

—Eres muy amable —replica mi madre, y la descubro sonriendo por el cumplido mientras bebe un sorbo de café descafeinado—. Finn no nos avisó de que vendría un amigo, de lo contrario te habríamos guardado un plato. Me temo que no ha quedado mucho —dice, pronunciando la palabra «amigo» con retintín para dejar claro que sospecha que somos algo más.

—Tonterías, esto es maravilloso. No me gustaría darle más trabajo de la cuenta — replica Theo. Me mira con los ojos entrecerrados y veo el atisbo de una sonrisa maliciosa en sus labios.

No me gusta el rumbo que está tomando esto—. Es que creía que no iba a poder venir. Estaba en California por trabajo, pero nada más terminar he cogido el primer vuelo disponible. No podía soportar estar lejos de «mi amigo» ni un minuto más. —Está exagerando su acento, como cuando intenta seducir a alguien, y, por la expresión de la cara de mi madre, funciona. Me pasa el brazo por encima del hombro para enfatizar.

He soñado con esto un montón de veces. Ser el novio de Theo, estar en casa. Nunca me he atrevido a unir los dos sueños, pero aquí estoy.

Y es una broma.

Sé que está fingiendo para animarme, para dejarme claro que estamos juntos en esto. «¡Unidos contra el mundo!». Pero está provocando el efecto contrario. Porque me invade una enorme tristeza. Debería pararlo. Si le sigo la corriente, solo será cuestión de tiempo que tengamos que fingir una ruptura o admitir que hemos mentido.

—Vaya, qué bonito —dice mi madre antes de que yo pueda hablar—. Me alegro de que Finn cuente con alguien como tú en su vida. Me alegra muchísimo tenerlo aquí de nuevo y esta vez en circunstancias más felices. Pero, Theo, te pido disculpas por ser tan mala compañía. Me levanté antes del amanecer para meter el pavo en el horno y estoy agotada. Os dejo solos y me voy a la cama. Me alegro de que mañana podamos pasar el día juntos.

—Yo también, señora Everett.

—Llámame Suzann, por favor —le dice.

—Suzann, entonces —repite él engatusándola con su voz.

—Finn, ¿te encargas tú de los platos? —añade mi madre, una orden disfrazada de pregunta—. Y deja una luz encendida para cuando llegue tu hermana de donde sea que haya ido con sus amigas. Sabes que volverá borracha. —Menea la cabeza como diciendo: «Esta niña..., ¿qué voy a hacer con ella?».

Claro que yo no sabría decirle. Me perdí los años de instituto de Amanda. Así que es más fácil asentir y ya está.

—Sí, mamá. —Mientras sale de la estancia, recuerdo una cosa—. Mamá, ¿dónde están las sábanas para el sofá cama del sótano?

—Ay, cariño, no me importa que compartas tu dormitorio. Sabes que soy más moderna que tu padre. Que durmáis bien.

Theo me agarra del brazo mientras mi madre se aleja hacia la cocina. Se tapa la boca con la otra mano mientras la oímos enjuagar la taza de café y meterla en el lavavajillas. Cuando sube las escaleras, empieza a reírse en silencio.

—Admítelo —dice entre carcajadas después de que la oigamos cerrar la puerta de su dormitorio—, ¡ha sido entrañable!

—Qué va a ser entrañable. Ha sido raro, como si estuviera haciendo campaña por algún tipo de premio a la madre más progresista. Esta tarde me empujó de vuelta al armario cuando me preguntaron si tenía novia. Es mejor que no le demos demasiada importancia. No creo que vaya a poner una pegatina arcoíris en el parachoques.

—¿Eso significa que no quieres dormir conmigo esta noche?

Me trago el nudo que se me ha formado en la garganta. Es mi mayor deseo, aunque sé que Theo solo piensa en ese momento como una continuación de su papel.

—De verdad, si prefieres dormir en el sofá, puedo buscar las sábanas. Deberíamos decirle que no estamos juntos. Se ha hecho una idea equivocada, y, si seguimos así, tendremos que organizar algún tipo de falsa ruptura.

—Tendrás que ser tú el que finja cortar conmigo. Yo no lo haría nunca, ¡eres el mejor novio falso que he tenido en la vida! —Me alborota el pelo tal como haría con un hermano pequeño.

—Se lo diremos por la mañana —insisto.

—¡Venga ya! Por lo menos lo está intentando. Que piense lo que quiera. Pero, pregunta seria, ¿tienes otros pantalones de esos tan bonitos para mí? —Señala los pantalones del pijama polar de los Atlanta Falcons que me volví a poner cuando se fueron los invitados—. No he traído pijama —añade.

—Estos son únicos, por desgracia.

—Pues ten claro que voy a dormir desnudo.

Me ruborizo.

Theo coloca los cubiertos en el plato y se levanta de la mesa.

—Bueno, ¿me enseñas tu dormitorio?

10

Finn

Navidad n.º 8, 2015

Hannah le echa un vistazo a la bolsa de la compra reutilizable de Trader Joe's y su reacción es inmediata.

—Ni de coña.

—O te lo pones, o no puedes venir. Yo no he fijado las reglas. —Me mira con los ojos entrecerrados como si la estuviera castigando—. Aquí me tienes en el baño de un Starbucks vestido de pingüino, así que lo mío tampoco es para tirar cohetes —le recuerdo.

Saca con cuidado el disfraz de elfo de terciopelo verde de la bolsa, agarrando la tela entre el pulgar y el índice como si tuviera ladillas.

—Lo han limpiado en seco si eso es lo que te preocupa —digo.

—Me preocupa más mi reputación. —Lo que no deja de ser gracioso viniendo de Hannah, cuyo jersey favorito es marrón y tres tallas más grande por lo menos. Yo la llamo «señora Potato» cada vez que se lo pone.

—No te preocupes, no se lo diremos a *Vogue*.

Mira de nuevo el interior de la bolsa con el ceño fruncido.

—No va a verte nadie. Hazlo por el grupo.

—¿Que no va a verme nadie? ¡Eso es mentira! Esta mierda se televisa —protesta—. ¿Estás seguro de que no hay otra cosa? —Rebusca en la bolsa como si pudiera haber algún disfraz mejor escondido en un falso fondo.

—Priya llegó antes que tú y se llevó el disfraz de Mamá Noel. Así que sí, eso es lo que hay. Además, ¿por qué no habéis venido juntas? —Priya llegó puntual y Hannah, media hora tarde. Les dije a Priya y Theo que se adelantaran y nos apuntaran a todos mientras yo esperaba a Hannah. He tenido que pedir otro café, porque el código para usar el cuarto de baño se reinicia cada hora.

—Priya se quedó a dormir anoche con Ben.

—¿El fotógrafo de viajes?

—Sí. Bueno, no. Es él, pero ahora está estudiando Medicina en algún lugar del Medio Oeste. —Pone los ojos en blanco—. Ha venido para pasar la Navidad. Sus padres viven en el Upper East Side y Priya lleva toda la semana durmiendo allí.

Cada seis meses, más o menos, Ben pasa por la ciudad, y Priya y él se pegan como lapas. Durante el tiempo que dura su visita, Priya se consume por completo, y luego se queda deprimida y sin vida durante un mes. Ben me cae mal y eso que no lo conozco.

Alguien llama con impaciencia a la puerta del cuarto de baño. Es el único que hay y debe de estar muy transitado, a juzgar por la papelera desbordada y todas las toallitas de papel que hay tiradas por el suelo para ser las siete de la mañana del día de Navidad.

—¡Un momento! —grito y miro a Hannah con severidad. Ella gime y empieza a quitarse la sudadera de Bleachers.

Mientras se pone el disfraz de elfo de terciopelo sintético, pienso en cómo es posible que me encuentre ahora mismo en esta situación. Tras cuatro años de audiciones fallidas (he estado a punto de conseguirlo varias veces, pero nunca me han dado un papel), estaba claro que necesitaba un plan B. Algo creativo, pensé. Aunque no pudiera estar en el escenario o delante de la cámara, al menos podría participar en su realización. Hannah fue quien encontró el anuncio de mi nuevo trabajo en ToonIn. Un día llegó a la hora feliz con un montón de anuncios de trabajo impresos donde había anotado mensajes plagados de signos de exclamación como «¡¡¡Esto parece genial!!!» o «¡¡¡Incentivos divertidos!!!».

—¿Dibujos animados educativos? —murmuré, no tan entusiasmado como ella por la idea. Aquello debía de ser el escalafón más bajo de la industria del entretenimiento.

—Míralo como una plataforma de lanzamiento —me sugirió—. Además, siempre viene bien presentarse y adquirir experiencia en entrevistas.

Para mi sorpresa, conseguí el trabajo. Y acepté al instante, porque después de cuatro años recibiendo noes, fue muy estimulante oír un «sí» para variar.

Aunque el trabajo tiene muchas desventajas —el café requemado de la marca Kirkland, los ejecutivos trajeados de mediana edad obsesionados con los datos de los estudios de mercado sobre lo que los menores de cinco años consideran «guay», y el almuerzo gratuito de los viernes con temática de comedor de primaria (hazme caso: la pizza congelada que comías de pequeño es peor de lo que recuerdas)—, tiene la ventaja de poder participar en la carroza de ToonIn en el desfile del día de Navidad.

Hace dos semanas la empresa envió un mensaje de correo electrónico a todos los empleados, y escribí mi nombre en el primer puesto de la lista de inscripción. Crecí viendo el desfile por la tele la mañana de Navidad. En mi cerebro de nueve años, ver el desfile a pie de calle era algo que todo neoyorquino hacía en Navidad.

Pensé en llevar a Priya como acompañante, ella sería la más dispuesta. Hannah y Theo podrían levantarse tarde y reunirse con nosotros después. Sin embargo, cuando volví a comprobar la lista el viernes, mi nombre era el primero y el único. ¿Cómo es que la gente no estaba más emocionada? El desfile es una tradición. ¿No querían traer a sus hijos? «Ellos se lo pierden», pensé, mientras añadía el nombre de mi compañero Liam en segunda posición. A él no le importaría, ya que estaba en Breckenridge esquiando con su tradicionalísima familia, protestante, acomodada y blanca.

—Además, si alguien pregunta, Theo se llama Liam —le digo a Hannah.

Ella levanta la mirada de las zapatillas de elfo puntiagudas y pone los ojos en blanco.

Tres horas más tarde, avanzamos por la Sexta Avenida tan despacio que solo me doy cuenta de que nos movemos si tomo un edificio como punto de referencia y observo que se acerca poco a poco. Hannah y yo estamos en el borde de la carroza, saludando y lanzando caramelos a la multitud, mientras que Theo y Priya están en una plataforma elevada vestidos de Papá y Mamá Noel, flanqueando a Chicky, la estrella de los dibujos animados de mayor audiencia de la cadena, e invitado de honor de nuestra carroza.

Conocimos al hombre que lleva el disfraz, un cincuentón con barriga, antes de que se pusiera la cabeza de Chicky. Aunque va vestido de pollito (o más bien de pollita por las pestañas y las uñas pintadas de rosa), Keith estaba encantado con su misión.

Mi experiencia y la de Hannah es mucho menos alegre.

—Tengo el brazo hecho polvo, joder —se queja Hannah—. No me extraña que Michelle Obama tenga esos bíceps, será de tanto saludar.

—Pues a mí el dolor de los brazos me sirve para no pensar en el frío —replico.

—Se me había olvidado el frío que tengo porque me dan ganas de mear y vas tú y me lo recuerdas.

—Esto es una mierda. —Ahora entiendo por qué ninguno de mis compañeros de trabajo se apuntó al desfile.

Seguimos avanzando y vemos Bryant Park a la izquierda, lo que significa que estamos cerca de la calle Cuarenta. A esta velocidad tardaremos una hora en llegar al punto final del desfile en Herald Square. La primera vez y la última que hago esto.

—Ayúdame a pensar en otra cosa —dice Hannah—. Creo que estoy a punto de perder el meñique del pie derecho por congelación. Y mira, estoy sopesando la opción de mearme encima porque, primero, no son mis pantalones y, segundo, estaría caliente. ¿Es una locura?

—Una guarrada —contesto—. Por lo menos tú llevas pantalones. Yo solo tengo unas mallas.

—¡Pues estas zapatillas de elfo no tienen forro! —se queja—. ¡Venga, ya está bien! Distráeme.

—Que te distraiga, ¿cómo?

—No lo sé. Cuéntame un secreto.

—Ya los conoces todos. —Hannah y yo nos mensajeamos continuamente a través de Gchat durante la jornada laboral. No me bebo una lata de agua con gas LaCroix, ni me tomo un descanso para hacer pis, ni pongo de vuelta y media en mis pensamientos a Maureen, la de marketing, sin que Hannah lo sepa. Pero hay una cosa que no le he contado. Quizá el frío me esté haciendo delirar, porque siento la confesión en la punta de la lengua.

Me mira con expresión guasona mientras me debato entre decírselo o no.

—Estoy enamorado de Theo —digo por fin.

—Lo siento, ¿ese es tu secreto?

—Sí, ¿por?

Esboza una sonrisa de oreja a oreja, pero con el disfraz de elfo parece la villana de una película de terror.

—Eso no es un secreto. Todo el mundo lo sabe.

—¿Todo el mundo lo sabe? —¿Quién es todo el mundo?

¿Todo el mundo incluye a Theo? Pensaba que Hannah creía que la chispa se había acabado. Me he cuidado mucho de mencionar mi enamoramiento desde que Theo y yo nos hicimos íntimos amigos.

La Navidad pasada, la segunda con Theo, fue diferente de la anterior. Salimos de su ático con planes de volver en Nochevieja para ver los fuegos artificiales. Resultó que los edificios que rodeaban el suyo bloqueaban la vista, pero no nos importó. Así que nos bebimos seis botellas de champán y nos bañamos desnudos en el jacuzzi de la azotea del edificio, que se suponía que estaba cerrado.

Después de Año Nuevo, hubo desayunos tardíos que se alargaban hasta la cena y acabábamos viendo películas y durmiendo en el salón en camas improvisadas. Había muchas habitaciones para invitados, pero no queríamos perdernos ni un segundo de nuestra mutua compañía, ni siquiera para dormir. Para cuando los montones de nieve gris que cubrían las aceras se derritieron, los cuatro éramos inseparables. Antes no me había dado cuenta de que faltaba algo en nuestro grupo, pero Theo rellenaba los huecos a la perfección, como la lechada de las baldosas.

Una noche de marzo me llamaron por teléfono mientras veía *Parks & Recreation* por enésima vez para paliar la depre del domingo.

—¿Sabes que en Londres llueve menos que en Miami? —me preguntó Theo cuando contesté. Sin preámbulos.

—Pues no lo sabía. ¿Estás en Londres o en Miami ahora mismo? —Si eran las nueve en la costa este, en Londres debían de ser las dos de la madrugada.

—En Londres. Es el cumpleaños de mi padre y va a homenajearse a sí mismo por todo lo alto. Ni siquiera es un cumpleaños importante. Cumple sesenta y nueve.

Contuve una risilla.

—¿Está lloviendo ahí? —le pregunté.

Oí el crujido del nórdico y me lo imaginé levantándose de la cama para comprobarlo. En mi imaginación estaba desnudo, una imagen que podía evocar fácilmente desde que lo vi bañarse desnudo en Nochevieja.

—Está lloviendo —me confirmó.

—Mi app del tiempo dice que en Miami hay veintiocho grados y que está despejado. Yo elegiría Miami.

—Yo también —replicó.

Recibía esas llamadas siempre que Theo estaba fuera y no podía dormir, lo que ocurría a menudo. Normalmente empezaba con un dato curioso que parecía sacado de algún azucarillo con mensaje. «¿Sabes que el canguro macho se llama "boomer"?». «Hoy me he enterado de que el aeropuerto Fort Worth de Dallas es más grande que la isla de Manhattan». «¿Cuál es el único estado de Estados Unidos cuyo nombre se pronuncia en una sola sílaba?». (Spoiler: es Maine).

Las llamadas duraban horas, a veces hasta que amanecía allí donde él estuviera. Aunque nuestras conversaciones en persona eran chispeantes y divertidas, esas llamadas nocturnas eran más serias. Hablar sin vernos y a altas horas de la madrugada facilitaba que nos sinceráramos. Theo me contó el divorcio público y desagradable de sus padres cuando él tenía diez años, y yo le conté el verano en que dejé de hablarme con los míos. Fue como si alguien hubiera pulsado el botón de avance rápido de nuestra amistad.

Una noche de mayo, cuando Theo estaba en Marruecos y ya llevábamos cuatro horas hablando, mi cansancio dio paso a un delirio vertiginoso y me armé de valor para formularle la pregunta que me había estado haciendo.

—¿Y las chicas?

—¿Me estás preguntando si llamo a Hannah y Priya las noches que no hablo contigo? Lamento informarte de que soy hombre de un solo hombre. Y ese eres tú. Totalmente monógamo con mi insomnio, lo siento.

—No, me refería a las chicas con las que…, en fin…, ¿con las que sales? ¿Sigues saliendo con chicas? —Entrecerré los ojos mientras me preparaba para su respuesta. Puede que yo solo fuera un experimento fallido.

—¿Alguna vez has tenido una conversación increíble con alguien, tan buena que te excita el funcionamiento de su cerebro? No necesariamente porque sea inteligente, aunque eso también pone mucho, sino por su forma de ver el mundo.

Pensé en la conversación que estábamos manteniendo y me pregunté si estaba hablando en clave de mí.

—Hum —murmuré, ya que no quería interrumpirlo, ansioso como estaba por ver adónde nos llevaba la reflexión.

—Para mí, eso es lo importante de la sensación. Me atrae la persona, no el paquete.

—Pues para mí el paquete es muy importante —solté sin pararme a pensar en lo que estaba diciendo por culpa del sueño. De repente, caí en la cuenta y di un respingo al ver que mi burda broma habría estropeado el momento si hubiera estado hablando de mí. Era la prueba de que mi cerebro funcionaba como el de un adolescente salido—. ¿Me estás diciendo que eres pansexual? —le pregunté para asegurarme de que había quedado claro.

—Si quieres ponerme una etiqueta, supongo que podría ser esa.

Cambió de tema y empezó a hablarme del color azul de la casa de Yves Saint Laurent en Marrakech. «Se llama azul majorelle», me dijo, y yo abrí los ojos y parpadeé mientras miraba el techo de mi habitación, decepcionado por el cambio de tema y aliviado porque la conversación se había ido acercando a la línea de la que nunca habíamos hablado a lo largo de nuestra amistad, pero que tampoco habíamos cruzado por acuerdo mutuo y tácito. No desde la noche que nos conocimos.

Durante el último año he dormido muy poco, pero he aprendido que, además de estar buenorro y de ser misterioso,

Theo también es amable, generoso, divertido y funciona con cuatro horas de sueño por noche, en el mejor de los casos.

—¿De verdad nunca habéis hablado de cómo os conocisteis? —me pregunta Hannah.

—¡Claro que no! —contesto, horrorizado por la idea de esa conversación, que solo podría desembocar en un rechazo por su parte.

—Bueno, la verdad es que no puede decirse que esta sea una noticia sorprendente, Finn. Priya y yo hablamos muchísimo de tu enamoramiento de Theo —me informa Hannah mientras lo mira. Está al lado del trono dorado de Chicky, con su disfraz de Papá Noel—. No estábamos seguras de si lo sabías o de si es algo de tu subconsciente. Pero sabes que hablas de él sin parar, ¿verdad?

—Claro, porque somos amigos.

—No, me refiero a que no paras de echarle flores todo el rato.

Siento que me ruborizo.

—¿Lo sabe Theo? —Contengo la respiración mientras espero la respuesta de Hannah.

—Ni idea —contesta—. Seguramente.

Esto es horrible. Si Theo lo sabe, significa que no corresponde mis sentimientos. Porque si lo supiera y sintiera lo mismo, estaríamos…, estaríamos juntos, ¿verdad?

—Además, no has salido con nadie desde que lo conociste —añade Hannah.

—¡Eso no es verdad! —protesto con brusquedad—. La semana pasada quedé a través de Hinge.

—¿Y cómo fue?

—Vivía en Hoboken, así que habría sido una relación a distancia. —Su expresión me dice que no se lo traga—. No pasó nada, pero podría haber pasado si yo hubiera querido.

—Pero tú no querías, porque estás enamorado de Theo. Creo que deberías decírselo. A ver, es evidente que se siente atraído por ti. Os conocisteis porque acabasteis una noche en tu casa, así que es imposible que no le gustes.

—Cierto, pero tal vez solo buscaba un rollo de una noche.

—Claro, puede, pero parecéis siameses. Le gusta pasar tiempo contigo, se sintió lo bastante atraído por ti como para irse a tu casa. Creo que estás haciendo el tonto.

No estoy haciendo el tonto. Estoy siendo cauteloso. Recuerdo la facilidad con la que mi padre revocó su amor. Si algo me enseñó, es que el amor es condicional, digan lo que digan. ¿Y si a Theo no le gustan los nuevos términos que propongo? Pensar en una vida sin él me deja vacío. Es mejor tenerlo como amigo que no tener nada.

—A ver, que ahora mismo no es el mejor momento. No me gustaría quedarme atrapado en la carroza de un desfile con alguien que acaba de rechazarme.

—Pues díselo después. Prométeme que se lo dirás hoy.

—¿Por qué hoy?

—Porque es Navidad, y creo que la Navidad nos trae suerte. ¿Tú no? Nos ha unido —dice con expresión soñadora, y por un momento me permito creer que tal vez hoy sea un día de suerte para nosotros. Además, pensando en positivo, puedo decir con absoluta certeza que ya no tengo frío. Estoy sudando por culpa de los nervios. ¿Voy a hacerlo por fin?

Cuando termina el desfile, nos vamos al bar más cercano, un pub irlandés entre Penn Station y Herald Square. Nuestro único criterio es que tenga baños, a los que corremos al entrar.

Aunque es Navidad y la clientela del bar son los trabajadores de los negocios cercanos, se llena después del desfile. Hay una chimenea en la parte trasera y el aire cálido, teñido del olor de la cerveza, ha empañado las ventanas de la calle creando un ambiente acogedor. De hecho, hace tanto calor que Theo solo lleva puestos los pantalones de Papá Noel y los tirantes y está sentado medio desnudo en la barra junto a Priya, como si fuera la página de diciembre de un calendario benéfico de bomberos.

Cada diez minutos, alguien interrumpe su conversación y le pregunta si puede hacerse una foto con él. La primera en pedírselo es una camarera de mediana edad. Se sube a su regazo, le planta las tetas en la cara y le susurra al oído lo que imagino que es una proposición. Theo echa la cabeza hacia atrás y se ríe de lo que sea que le haya dicho mientras el camarero de la barra les hace una foto.

Observo la escena desde la mesa donde Theo ha dejado su chaquetón de Papá Noel sobre los bolsos de las chicas y las bolsas de la compra reutilizables donde está nuestra ropa. Keith, que ha cambiado el disfraz de Chicky por unos vaqueros demasiado anchos y una raída camisa de franela roja, me ha acaparado. Es mecánico en Mount Kisco, en el condado de Westchester.

—No me imaginaba participando en este tipo de desfiles —me dice—. Pero a mi mujer le gustaba. Murió de cáncer de ovario hace cinco años, y yo sigo viniendo. Hace que me sienta cerca de ella, supongo, y tampoco es que tenga nada mejor que hacer en Navidad.

—Siento lo de tu mujer —contesto.

Pasa de la compasión y se lanza a contarme con pelos y señales la historia de su ascenso en el desfile. Ya vamos por el séptimo año, cuando sujetó una de las cuerdas del globo de Snoopy.

—Aquel año hacía mucho viento. Un día horrible para los globos —dice.

Me cuesta entusiasmarme con su historia. Es buena gente, pero me fastidia tener que hacerle de niñera. Hannah ha ido a por bebidas y lleva un cuarto de hora tonteando con el camarero, un tío tatuado con acento irlandés. Conociendo a Hannah, seguro que toca en un grupo. Pienso en dejar a Keith solo, pero oigo la voz de mi madre en la cabeza diciéndome que sea educado y respete a mis mayores.

Mientras Keith sigue con su narración del desfile de 1998, mi mirada se desvía hacia el cuerpo semidesnudo de Theo en la barra. Su pecho ancho y musculoso está bronceado después de las dos semanas que pasó en Bondi Beach a principios de mes. También observo a un trío de chicos que aparecieron hace treinta minutos y que miran a Theo con admiración. No sé si han llegado de la calle o si Theo ha quedado con ellos por Grindr, pero en cualquier caso mi oportunidad de hablar con él se desvanece.

Tengo que elegir bien el momento. No quiero esperar hasta el final de la noche y arriesgarme a que alguno de los dos acabe borracho, pero me vendría bien un poco de valor líquido para poder desnudar mi alma. Es un equilibrio delicado.

Uno de los chicos se levanta de su asiento y se acerca a Theo. A la mierda. No tengo más remedio que ser grosero con Keith y, además, estoy bastante seguro de que no volveré a verlo (es la primera y última vez que participo en un desfile), así que ¿qué más da si piensa que soy un gilipollas?

—Keith, lo siento mucho, tengo que ir a hablar con Theo. —Me doy cuenta del desliz—. Quiero decir con Liam, será un momento. ¿Te parece bien?

—Ah, tranquilo. Te he entretenido demasiado con mis ridículos recuerdos. Debería ir a Grand Central y coger un tren a casa.

En la barra el chico le ha puesto una mano a Theo en un brazo mientras señala a sus amigos, que están en el otro extremo. Theo los saluda con la mano.

—Tus recuerdos no son ridículos. Es solo que... —No sé qué decirle a Keith. Joder, también podría decirle la verdad, ya que mis probabilidades de volver a encontrarme con él son mínimas—. Estoy enamorado de... Liam —digo, tropezando con el nombre falso de Theo—. El que iba vestido de Papá Noel. Y tengo que decírselo. Ahora mismo es el momento ideal.

Keith me mira con los ojos desorbitados, delatando su conmoción. Seguro que es un homófobo y ahora me espera un sermón. En cambio, me dice:

—¿Te he contado que mi mujer y yo nos comprometimos en Navidad? —Me sonríe—. Vaya por Dios, otra historia. ¿Sabes qué? —añade—. Es una historia muy larga y probablemente debería ir a relatársela a ese chico. —Señala al tío que está hablando con Theo y me guiña un ojo.

Keith se levanta de la mesa y echa a andar hacia la barra. Es más ágil de lo que parece. Le da un golpecito en el hombro al chico y empieza a contarle su historia. Al principio lo deja confundido, pero Keith no le da oportunidad de protestar. Mientras tanto, Theo mira a su alrededor, desconcertado por su abandono. Me ve sentado solo a la mesa y me encojo de hombros.

«¿Es este mi momento?».

Theo se acerca con sus pantalones de terciopelo rojo y sus tirantes. Debería parecer ridículo, pero está estupendo. Estupendísimo. Mientras que yo llevo un disfraz de pingüino, que no estaba pensado para sentarse. Toda la tela se me ha apelmazado en la entrepierna. Theo se sienta en el banco de enfrente.

—Casi no te he visto en todo el día. Te echo de menos. —Alarga la palabra «menos», que suena como si fuera un globo desinflándose. Va camino de emborracharse.

—Pues estaba aquí mismo.

—¡Con otro hombre! —Alza varias veces las cejas—. ¿Debo preocuparme por Keith?

Me río, pero no sé si está tonteando o riéndose de mí. Tiene un sentido del humor áspero, y todavía no sé cuándo está bromeando conmigo y cuándo se ríe de mí.

Lo miro fijamente a los ojos, buscando una expresión entre ardiente y alegre, pero no creo que me salga.

—Estaba esperando el momento para hablar contigo —digo.

—No será nada malo, ¿verdad?

—No —lo tranquilizo. Bueno, eso depende de lo que piense de mí. Puede que le parezca mal tener que rechazar a otra persona más de la que seguramente sea una larga lista de pretendientes. Doy marcha atrás—: Bueno, no creo que sea malo. ¿Quizá? No.

Theo ladea la cabeza y me mira con los ojos entrecerrados, intentando comprender qué está pasando. Ya lo estoy liando todo.

—A ver, te explico —empiezo de nuevo.

A Theo se le iluminan los ojos y sonríe.

Esto es bueno. Hannah tiene razón, no he disimulado tanto mi enamoramiento como pensaba. Theo sabe lo que viene y creo que parece… emocionado. Es posible que haya hecho el tonto. Es con Theo con quien tengo que hablar. No me da miedo hablar con él.

—Seguramente ya lo sabes, y no pasa nada si no sientes lo mismo, pero yo…

Hago una pausa porque me doy cuenta de que no me está mirando. ¿Hay alguien detrás de mí?

Echo un vistazo por encima del hombro hacia la puerta. Un hombre que por sus rasgos debe de ser del sur de Asia, vestido con un abrigo de color camel, se acerca a grandes zancadas. Parece sacado de un anuncio de revista, como si hubiera estado pensando con el codo apoyado en la rodilla vendiendo relojes o gabardinas o whisky carísimo, se hubiera aburrido y hubiera salido de la página. Su abundante pelo negro está despeinado, como si después de haber pasado varias horas en las manos de un equipo de estilistas para dejarlo absolutamente perfecto hubieran decidido alborotárselo porque nadie podría creer semejante nivel de perfección, pero de algún modo lo han aumentado en su intento por estropearlo. Me vuelvo para mirar a Theo, que sin duda está mirando a ese hombre y no a mí.

«Mierda, mierda, mierda».

Cuando el modelo de Rolex llega a nuestra mesa, Theo exclama:

—¡Raj, lo has conseguido! —Parece encantado, como si fuera el regalo de Navidad que ha estado pidiendo todo el año. Se levanta de la mesa.

—Te dije que vendría —replica el tal Raj mientras le sonríe.

Se quita el abrigo y deja a la vista una camisa blanca que lleva remangada hasta el codo. Según cuelga el abrigo en un gancho al final del banco corrido, me doy cuenta de que tiene unos antebrazos increíbles.

¿Se puede saber quién es este tío?

—¿Raj? —grita Priya desde la barra y se lanza del taburete a sus brazos. Por un segundo me pregunto si tal vez se trata de algún primo del que nunca me ha hablado, antes de darme cuenta de lo racista que es el pensamiento—. Soy Priya. He oído hablar mucho de ti —añade. Teoría descartada.

Raj apoya una mano con gesto posesivo en el pecho desnudo de Theo y siento que el corazón se me cae hasta el fondo del estómago.

—Finn, te presento a Raj —dice Theo, y ambos me miran allí sentado en el banco, el pingüino triste—. Mi nuevo novio —añade. Como para demostrarlo, se inclina y le da a Raj un beso abrasador que dura unos segundos más de lo que sería conveniente en público.

«¿Desde cuándo, joder?», quiero gritar. ¿Y cómo lo sabe Priya si Hannah y yo no lo sabemos? De repente estoy muy celoso de Keith, que se ha pasado todo el desfile entre Priya y Theo. Ojalá su traje de pollito le hubiera permitido oír lo que decían y me hubiera avisado.

Estoy cabreado. No tengo derecho a estarlo, pero lo estoy.

—¿Te encuentras bien, amigo? —me pregunta Raj con un suave acento británico.

—Sí, es que he bebido demasiado —miento. No he bebido ni una sola copa. Me pongo en pie e intento apartarme el disfraz de pingüino marcapaquete de la forma más disimulada posible antes de estrecharle la mano.

—Un placer —dice Raj—. Me han hablado mucho de ti.

—Pri, ¿por qué no vais Raj y tú a la barra a tomaros una copa? Finn me estaba contando algo importante —propone Theo.

Priya entrelaza su brazo con el de Raj como si fueran viejos amigos, pero me mira con expresión preocupada por encima del hombro, evaluando cómo me estoy tomando la noticia.

—Perdona, ¿qué me estabas diciendo? —pregunta Theo mientras vuelve a sentarse enfrente de mí.

—Oh, hum, creo que deberíamos celebrar el Año Nuevo en tu azotea otra vez.

—¡Genial! Desde luego. —Theo se levanta y me da una palmada en la espalda antes de añadir—: Deberías ir más despacio con las copas, no tienes muy buen aspecto.

Asiento con la cabeza y se aleja hacia la barra en busca de Raj. Cuando se va, entierro la cabeza en los brazos, que he cruzado sobre la mesa. Ahora tendré que ver a Theo besar a Raj a medianoche. Perfecto.

11

Hannah

Este año, 1 de diciembre

David y yo vamos de camino a casa desde el mercado de productos frescos de Union Square, él con la bolsa de la compra a rebosar de coles de Bruselas, un ramo de zanahorias arcoíris, una caja de champiñones y una hogaza de pan de masa madre recién hecho. Mi única aportación ha sido una bolsa de *pretzels* duros de Martin's, que se han convertido en una pequeña adicción en los cinco meses que llevamos viviendo juntos, y que llevo acompañándolo a hacer la compra los sábados por la mañana.

Me está hablando de la receta de *coq au vin* de Melissa Clark, de la sección de cocina del *New York Times*, que quiere hacer esta noche y de repente se interrumpe.

—¿Compramos uno? —Señala un puesto en la acera de West Broadway donde venden árboles de Navidad.

Nos detenemos para examinar las filas de árboles, todos envueltos en una redecilla, de modo que lo único que los diferencia es la altura.

—¿No dijiste que siempre habías querido un árbol de verdad? —me pregunta.

El corazón me da un vuelco por su consideración. Porque siempre se acuerda de las cosas que digo de pasada. Sí que lo he dicho. Más concretamente dije que quería un árbol de uno de los puestos que ponían en la acera a finales de noviembre y que llenaban las calles con ese olor dulzón. En Orchad Street no había sitio para un árbol. Nuestro salón era como un Tetris de muebles en el que fuimos encajando cada vez más hallazgos callejeros con el paso de los años: un par de rinconeras que Priya decapó y repintó; un baúl vintage; una lámpara de pie de trípode. Pusimos un árbol artificial en miniatura en la mesita de centro e hicimos los adornos con los números antiguos de la suscripción de Priya a *Us Weekly* y tubos de pegamento con brillantina. El adorno superior del año pasado fue una foto de Meryl Streep en una alfombra roja que recortamos para que tuviera forma de estrella.

—Vale, vamos a comprarlo —le digo a David. A lo mejor esa puede ser nuestra nueva tradición navideña, solo para nosotros.

Media hora y cuatro manzanas más tarde, empiezo a tener dudas sobre el árbol mientras las agujas del pino se me clavan en los dedos como si fueran agujas de verdad.

—¿Podemos parar un momento? —pregunto entre jadeos—. Tengo que mover las manos.

—¿Quieres que nos cambiemos? —David carga con la mayor parte del peso al sujetar el tronco, pero yo llevo la mitad superior con la punta llena de agujas, que es imposible de sujetar bien.

—Uf, mejor no —contesto—. ¿Por qué? ¿Tú necesitas cambiar?

—Creo que deberíamos recorrer las dos últimas manzanas de un tirón. Para quitárnoslo de encima de una vez —sugiere.

—¿Estás diciendo que deberíamos intentar correr con este muerto? Porque estoy pensando dejarlo en la acera. Sé que el libro se titula *Un árbol crece en Brooklyn*, pero creo que este también podría tener una buena vida en las aceras del bajo Manhattan. Vivimos en un buen distrito escolar —contesto entre jadeos.

—Admito que es posible que me equivocara al sugerir comprar el más grande —dice David, que se encorva un poquito mientras se le cae la bolsa de la compra por el brazo.

Se me encoge el estómago por el sentimiento de culpa.

—No. ¡Tenías toda la razón! —me apresuro a asegurarle—. Va a quedar genial. Verás cuando le pongamos las luces. Ha sido una idea estupenda, en serio. —Engancho los dedos en la red, dejando que me corte la circulación—. Estoy lista —anuncio—. Uno…, dos…, tres…, ya. —Echamos a correr con una especie de trote raro que va a hacer creer a la gente que hemos robado el árbol.

Cuando por fin salimos del ascensor, estamos sudando y el árbol ha perdido al menos un veinte por ciento de las agujas.

—¿Y si tiene calvas? —se pregunta David mientras lo llevamos por el pasillo hasta nuestro piso, dejando un rastro de agujas a nuestro paso.

—Tendremos que quererlo de todas formas porque ni de coña voy a repetir este acto heroico de fuerza. Seguro que en Amazon venden tupés para árboles. —Nos miramos con sonrisas bobaliconas.

—A lo mejor podemos comprar otro árbol, una novia más joven para completar su crisis de la mediana edad —replica entre carcajadas.

David empieza a preparar el soporte donde lo vamos a colocar mientras yo voy al aseo para limpiarme los diminutos cortes que tengo en los dedos. No tenemos tiritas en el botiquín, pero sé que David tiene algunas en el cajón de los calcetines, listas para ponérselas con los zapatos negros de vestir, que le hacen ampollas.

En el cajón no hay tiritas, pero sí una cajita de terciopelo negro entre su organizada colección de calcetines, todos emparejados.

Se me acelera el corazón.

«A lo mejor no es lo que crees que es», me digo.

Con el estómago encogido por los nervios, me aferro a la idea de que la cajita contiene unos gemelos o un regalo de Navidad para su madre. Quizá un bonito colgante o unos pendientes. Pero, por favor, que no sea un anillo. No me siento preparada para un anillo. Gracias a los años de comedias románticas y de revistas femeninas con recetas de «pollo de compromiso» —un pollo asado que preparas para tu novio con la esperanza de atraer este preciso momento—, sé que no es la reacción adecuada. Aunque sí aclara el motivo por el que las cosas se caldearon tanto en Acción de Gracias. A lo mejor fue porque David ya me había comprado un anillo.

Después de echarle una miradita a la puerta para asegurarme de que sigue ocupado —lo veo en cuclillas en el rincón del salón intentando meter el árbol en el soporte sin ayuda—, abro la cajita.

Dentro hay un sencillo anillo de oro con un diamante con forma de óvalo puntiagudo. Solo se me ocurre compararlo con una vulva.

«¿Qué cojones es esto?».

Por un instante el nerviosismo se convierte en total desconcierto. Nunca he sido de las que fantasean con el anillo de compromiso de sus sueños, pero estoy segura de que no es este. ¿Qué tiene el anillo para que David piense en mí? Si no supiera con absoluta certeza que David no es de los que ponen los cuernos, creería que el anillo es para otra.

De repente, se me acelera la respiración. ¿Es que no me conoce? ¿Cómo ha podido creer que iba a gustarme este anillo?

—¿Hannah? ¿Puedes echarme una mano? —grita desde el salón. Me aferro el pecho como si me hubiera pillado con un velo de novia mientras bailo agarrada a una foto suya. Cierro la cajita y después el cajón con un golpe de cadera.

Una vez en el salón David me pide que sujete el árbol derecho mientras él lo atornilla a la base. Lo hago mientras clavo la mirada en la pared sin decir nada e intento olvidar el anillo con forma de vulva y la idea del compromiso, pero no puedo.

David está tan concentrado en el árbol que no se da cuenta de que estoy distraída. Después de atornillar la base, pone el disco de Navidad de los Beach Boys en el reproductor y se deja caer a mi lado en el sofá modular de cuero marrón. Me rodea con un brazo y me pega a su costado.

—Es el disco de Navidad preferido de mi padre. —Suspira de felicidad mientras miramos el árbol, un pelín torcido, con una calva bastante perceptible en la parte superior izquierda.

Nuestra decoración festiva ha llegado a su triste final, ya que no tenemos adornos navideños. Pero David se levanta del sofá un minuto después.

—¿Adónde vas? —le pregunto con tono acusador. Me quedo sin respiración un segundo, mientras me pregunto si va a por el anillo, pero deja atrás el dormitorio y se dirige a un armario en el pasillo que casi no usamos. El armario es un cajón de sastre a rebosar de cosas de esquí; juegos de mesa; botes de plástico llenos de cables de carga cuyo propósito se olvidó hace mucho; y las elegantes cajas blancas de todos los productos de Apple que hemos tenido, que sabemos que no necesitamos, pero que somos incapaces de tirar. Los únicos objetos importantes son las maletas, y el pánico de que va a pedirme matrimonio se transforma en pánico de que me va a dejar. ¡Tampoco quiero eso! ¿Por qué las cosas no pueden quedarse tal como están? Las cosas están bien así. Tranquilas.

En cambio, saca una caja de cartón de tamaño medio con la palabra «Frágil» escrita por su madre en un lateral y dos paquetes de guirnaldas de luces.

—Mi madre nos ha mandado algunas cosas para poder empezar —me dice—. Llevo toda la semana de los nervios por si lo encontrabas y te cargabas la sorpresa.

—No, no tenía ni idea —le aseguro. Pero lo que quiero saber es cuándo planea darme la otra sorpresa, la que he encontrado por casualidad, y por qué ha elegido ese (horroroso) anillo en particular.

Deja la caja delante de mí. Dentro hay varias cajitas cerradas de brillantes bolas rojas y doradas; varios adornos que David hizo de niño, incluyendo una foto de sus hermanos y él en un marco hecho con los palitos de las piruletas; y, envueltos en papel de seda, seis de los queridísimos adornos de June de Christopher Radko. Los reconozco porque puse los ojos en blanco por el precio —ciento tres dólares por un Perfectly Plaid Santa— cuando le compramos uno entre los dos como regalo de Navidad el año pasado. Que esté dispuesta a regalármelos es como una invitación grabada para formar parte de la familia.

—Es un detalle que los haya mandado —le digo y me levanto del sofá para colgar un brillante adorno con forma de muñeco de nieve en el árbol, a fin de que no crea que es el momento de pedírmelo.

Mientras tanto, David le añade muy concentrado un gancho al adorno de la foto con sus hermanos. Los tres llevan jerséis navideños a juego; él sonríe con las paletas torcidas que tenía antes de que el aparato le diera la sonrisa recta y perfecta que luce ahora.

—Me estaba preguntando… —dice, pero titubea un momento—. ¿Qué clase de adornos navideños tenías de pequeña?

—Bueno, mi madre siempre ponía adornos blancos. A veces alguno dorado, pero nada más —contesto mientras quito la cinta que cierra la caja de los brillantes adornos rojos.

—¿Deberíamos comprar adornos blancos en su honor? —me pregunta.

Me echo a reír.

—Por Dios, no. Es un detalle por tu parte, pero no, de ninguna manera. Me aterraba su árbol. No teníamos permiso para tocarlo, pero yo lo hacía igualmente y me daba muchísimo miedo que Papá Noel se enterase. Siempre intentaba despertarme un poco antes en Navidad para escabullirme al salón y asegurarme de que había regalos para mí y no me había metido en la lista de niños malos.

David saca el labio inferior para hacer un puchero exagerado.

—Qué mona.

—Lo sé —replico entre risas. Siento que me invade la calidez al recordar las Navidades de mi infancia. Llevaba años sin pensar en ese dichoso árbol blanco. Me alegro de poder compartir ese recuerdo con David.

—Vale, tengo una idea. —Hace una pausa para añadir dramatismo—. ¿Qué te parece si en vez de eso nos convertimos en los del árbol chiflado?

—¡Me gusta! —contesto.

Intento aferrarme a la sensación agradable mientras decoramos el árbol con la voz de Brian Wilson de fondo diciendo que será una Navidad triste sin ti, pero no dejo de pensar en el anillo. Y repetirme que no piense en el anillo solo consigue que piense todavía más en él. A mi cabeza asoman unos anillos enormes con personajes de Disney bailando un chachachá, burlándose de mí.

Cuando terminamos, nos dejamos caer en el sofá para admirar nuestro trabajo.

—En fin, está claro que tenemos que esforzarnos más —dice David—. Este árbol no tiene nada de chiflado. De hecho, parece el tipo de árbol que tiene una hipoteca y conduce un Honda Accord. —Me echo a reír, emocionada por la idea de buscar más adornos para hacerlo nuestro.

—¿Te parece que sirva vino mientras empiezo a preparar la cena? —pregunta David.

—Me parece perfecto —contesto. El alivio me inunda cuando lo veo andar hacia la cocina. El pollo asado parece un escondite poco probable para un anillo de compromiso.

12
Hannah

Este año, 2 de diciembre

Al día siguiente por la tarde Theo me guía por la planta de ropa de mujer de Saks, sorteando percheros de vestidos de noche con lentejuelas. Detrás de una colección de americanas con hombros puntiagudos que me recuerda a la época del «Vogue» de Madonna, pulsa el timbre que hay junto a una sencilla puerta de madera.

Después de que me propusiera esta salida de compras de última hora, llamé a Priya con el pretexto de invitarla a acompañarnos, aunque también quería su opinión sobre el anillo. De mis amigos, es la que mejor conoce a David. Aunque David vivía solo cuando empezamos a salir y podríamos habernos encerrado en su apartamento, también pasábamos muchos ratos en el mío.

Un domingo lluvioso al principio de nuestra relación, Priya preparó *chana masala* —otra de las especialidades de su madre—, mientras nos hacíamos un maratón de las tres pelis de *Ocean's 11* que ponían en un canal de la tele por cable. Después de dejar el cuenco limpio, David insistió en que le enseñara a preparar el plato. Durante meses nuestra minúscula cocina se convirtió en una escuela de cocina oficiosa que compartían todos los domingos. Solo pararon cuando llegó el verano abrasador y el apartamento se convirtió en un horno, haciendo imposible cocinar. Priya le enseñó a David a preparar *saag paneer* y *malai kofta* (este último plato requirió unas cuantas llamadas de FaceTime con su madre para perfeccionarlo). Yo estaba encantada de ser la catadora oficial, y mucho más al ver que David recibía la entusiasta aprobación de Priya.

Sin embargo, cuando la llamé esta mañana, me dio largas con una vaga excusa sobre el trabajo aunque es domingo.

—¿Podemos vernos más tarde si eso?

—Además, he encontrado un anillo en el cajón de los calcetines de David —le dije antes de que pudiera colgarme el teléfono.

—Eso es genial, Hannah. ¡Enhorabuena! —Parecía distraída, y oí la voz de un hombre de fondo. Me pregunté dónde y con quién estaba—. Pero tengo que dejarte. ¿Por qué no quedamos para tomarnos algo la semana que viene? Intentaré verte luego si puedo. —Me colgó antes de que me diera tiempo a protestar y decirle que no estaba segura de que algo así pudiera esperar a la semana que viene.

Mientras esperaba que la línea E me llevase hasta Theo, no podía quitarme de encima la sensación de que Priya y yo nos estábamos distanciando cada vez más. Me pregunté si pasaba algo y, en caso de ser así, por qué no quería hablar del tema conmigo. De modo que hoy solo estamos Theo y yo de compras, ya que Finn está en Los Ángeles buscando piso.

Una mujer con una melenita rubio ceniza abre la puerta medio oculta, y una nube de Chanel n° 5 sale con ella. Reconocería ese perfume en cualquier parte, era el que usaba mi madre.

—¡Miriam! —exclama Theo al tiempo que se inclina para darle dos besos en las mejillas.

—¡Theo! —responde ella con un acento británico igual de pijo. De no estar en unos grandes almacenes, podrían haberme dicho que era su madre por el tono afectuoso de su voz al saludarlo—. ¿Y a quién tenemos aquí? —pregunta mientras me mira por encima del hombro de Theo.

—Te presento a Hannah. —Me da un tirón y me planta delante de él para que Miriam también me dé dos besos.

—Un placer conocerte —dice la mujer—. Pasad, lo tenemos todo listo.

Nos conduce a un salón con ventanales que dan a la Quinta Avenida, enmarcados con visillos blancos que caen hasta el suelo. Tengo la sensación de estar en un videoclip de Celine Dion.

Hay un montón de bandejas con pañuelos de seda estampados, pendientes llamativos y delicados relojes de oro dispuestos en la mesita de centro de cristal. En una consola a un lado hay por lo menos diez bolsos. Todo es en tonos beis y dorados, muebles incluidos. Es como si estuviera en un libro de Veo Veo en el que tengo que dar con lo que no encaja en este mar de tonos crudos, cremas y dorados. El problema es que la que no encaja soy yo, con mis Doc Martens desgastadas y unos vaqueros de hace ocho años con un roto en la rodilla.

—¿Champán? —pregunta Miriam. Hasta la bebida encaja en la paleta cromática.

Theo se vuelve hacia mí, para dejar la decisión en mis manos, de modo que contesto:

—Sí, por favor.

Miriam va en busca del champán y nos deja a solas con lo que imagino que son cientos de miles de dólares en mercancía. Hoy tenemos dos misiones: la primera es buscar regalos de Navidad para las dos figuras maternas de Theo; y la segunda es decidir qué deberíamos hacer para la última Navidad de Finn. Ambas tareas me abruman en la misma medida, pero me viene bien distraerme de lo del anillo.

Annabelle, la madre de Theo, se casó con su padre a los veintidós años y se divorció de él en la época en la que tenía mayor patrimonio, del que se llevó un buen pellizco. Ahora vive a caballo entre su casa de Londres, un ático en París y una propiedad en el sur de Francia. No la conocemos, pero más que una madre parece la tía divertida que se pasa por la ciudad una vez al año e invita a Theo a cócteles y a salidas de compras.

«Cuando yo nací, se odiaban, pero el divorcio se alargó más de una década porque el bueno de mi padre sabía que iba a salirle caro», nos explicó Theo en una ocasión. Se pasó casi toda la infancia en una casa vacía con Lourdes, su querida institutriz, para quien también vamos a buscar algo hoy.

—Bueno, ¿qué le gusta a tu madre? —le pregunto.

—Gastarse el dinero de mi padre y poca cosa más. —Sostiene en alto unos pendientes de diamantes para que reflejen la luz y proyecten arcoíris en las paredes a nuestro alrededor.

Miriam vuelve con dos flautas de champán en una bandeja de plata.

—Miriam —dice Theo—, ¿qué es lo más caro que tienes aquí?

Ella coge un portapapeles de la consola y repasa la lista con un dedo.

—Pues la pulsera de Cartier. —Cruza la estancia para enseñarle la lista y ahorrarnos la incomodidad de oír el precio en voz alta.

Theo asiente con la cabeza.

—Pues una cosa menos. ¿Puedes hacer que la envuelvan y la manden a la dirección de Londres?

—Por supuesto. —Miriam mantiene la calma aunque seguramente se ha ganado una comisión de las que quitan el hipo—. Si me das un momento, puedo cambiar la sala para que elijas el otro regalo.

Un ejército de dependientas entra de repente con tal velocidad que me lleva a preguntarme si Miriam tiene un botón del pánico escondido en la manga para avisarlas. Las mujeres se llevan las bandejas con pañuelos blancos y joyas de diamantes.

Miriam, que parece la asistente más chic del mundo con su traje pantalón negro, sus zapatos de tacón puntiagudos y el alegre pañuelo rojo anudado al cuello, entra con un carrito lleno de bandejas nuevas, pero en vez de minilatas de Coca-Cola light y de ginger ale, las bandejas están llenas de collares de perlas del tamaño de canicas y pendientes con piedras preciosas de colores vivos. También hay pañuelos, en azul eléctrico, rosa Barbie y naranja. Una de las asistentes de Miriam trae unos cuantos bolsos, todos en colores chillones. Otro carrito trae un perchero con prendas de piel.

—Ahora empieza la diversión —dice Theo—. A Lourdes le gustan las cosas chillonas.

Se aleja del sofá y se acerca a la consola para pasar los dedos por un bolso de cocodrilo de color rojo sangre. Desde luego que es vistoso.

—Es una edición limitada. Solo cinco en todo el mundo —le dice Miriam.

Me ofrece cogerlo. Cuando lo acepto, casi se me cae al suelo. Pesa tanto que bien podría tener dentro unos lingotes de oro.

—¿Qué te parece? —me pregunta.

—A ver, no soy la más indicada para ofrecerte una opinión.

—Tengo un único bolso negro desde hace años—. ¿Tal vez pesa mucho? —sugiero, sin saber si es algo bueno o malo. Theo sonríe al oírme, sabe que no tengo ni idea, pero quiere incluirme de todas formas.

—¿Qué me dices de las pieles? —pregunta.

—¿No vive en la playa?

—Cierto.

—¿Le gustan los pañuelos? —pregunta Miriam—. Los pañuelos son los mejores amigos de las mujeres de cierta edad.

—Señala el que ella lleva al cuello, y me pregunto qué oculta debajo. Unas agallas o un tatuaje carcelario son igual de improbables, pero me hacen mucha gracia de todas formas.

—Creo que nunca he visto a Lourdes con un pañuelo.

—¿Qué me dices de algo más personal? —propongo.

—¿Como qué?

—No sé.

Repaso los numerosos regalos que Brooke y yo le hicimos a nuestra madre de pequeñas: cosas de arcilla pintadas a mano, collares de cuentas hechas con Fimo, planchas perforadas baratas con los trabajos de la clase de arte que exponía orgullosa en la cocina. Para la última Navidad le hice un álbum de fotos. Escogí un caro álbum de cuero y usé el quiosco de fotos en Walgreens para hacer copias de las fotos que más me gustaban de las dos. En una ocasión me la encontré dormida en la cama ortopédica del salón, abrazándolo contra el pecho como un peluche.

—Un año le hice a mi madre un álbum de fotos y le gustó —dije.

—Jay Strongwater tiene unos preciosos marcos esmaltados y de cristal —tercia Miriam— y Cristofle tiene unos chapados de platino preciosos. ¿Te gustaría que subiera una selección?

—Gracias, Miriam —contesta Theo.

No me molesto en corregirlos diciéndoles que no me refería exactamente a eso. Miriam da media vuelta sobre sus finísimos tacones para organizarlo todo.

—¿También tenemos que buscarle algo a tu padre? —le pregunto a Theo, que se ha sentado de nuevo en el sofá.

—No, no aprecia las cosas, solo las experiencias —contesta Theo, que pronuncia con muchísimo retintín la palabra «experiencias».

—Es que ni se me ocurre qué clase de experiencia puede apreciar un multimillonario —replico—. ¿Un viaje al espacio? ¿Cazar especies en peligro de extinción? ¿Arruinar la pequeña librería de un pueblecito?

Antes de que se me ocurran más cosas, Theo dice:

—Ya sabe lo que quiere. Quiere que trabajemos juntos. Me ha ofrecido un trabajo.

—¿Un trabajo? —repito, desconcertada. Que yo sepa, el único trabajo que ha tenido Theo fue cuando intentó fundar un club privado en Londres con algunos de sus amigos del internado, una Soho House más exclusiva con una clientela más joven. Fracasó estrepitosamente; no había muchos chicos de veinticuatro años que pudieran permitirse la exorbitante cuota. Pero, incluso en esa aventura, Theo solo era quien ponía el dinero. No tuvo más papel en la operación que financiar los caprichos de sus cofundadores.

Desde que lo conocemos, copreside la Art Party en el Whitney Museum todos los años y pertenece a la junta directiva de varias asociaciones benéficas que les proporcionan a los estudiantes desfavorecidos el acceso a los programas de educación artística, pero no creo que haya estado en ninguna reunión donde no se sirviera el almuerzo o unos cócteles.

Theo se pasa una mano por la cara, espantado por la idea de trabajar con su padre.

—¿Qué le has dicho?

—Le pregunté si ya había destrozado a Colin, su niñito empresario. Yo solo soy el recambio para cuando a Colin le dé el bajón, pero no esperaba que eso pasase hasta que cumpliera los cincuenta por lo menos.

—¿Estás pensando en aceptar la oferta? —Soy incapaz de contener la nota aterrada de mi voz. Supongo que un trabajo significaría que se mudaría a Londres, y no tengo fuerzas para soportar la marcha de otro amigo.

—No. —Agita una mano como si fuera una ridiculez—. Solo es un juego de poder. —Bebe un sorbo de champán para limpiarse el paladar de esa idea tan espantosa—. ¿Y a ti qué te pasa? —me pregunta—. Perdona que te lo diga, pero pareces… rara.

—¿Rara? —repito.

No añade nada más, se limita a mirarme, a la espera de que yo diga algo, y casi se me escapa todo lo que ocurre con David (la discusión en Acción de Gracias, el ambiente enrarecido desde entonces, el anillo en su cajón de los calcetines), pero soy incapaz. Conforme se lo vaya contando a más personas, más real me parecerá.

—Qué va, estoy bien —miento, pero me da la sensación de que tengo que ofrecerle algo—. Supongo que es el estrés del trabajo. Estoy insistiendo para hacer un pódcast sobre historia de la música, pero no dejan de rechazarlo. Sería mi primer proyecto en solitario, pero no consigo que mi jefe vea el potencial que tiene.

Es todavía más frustrante porque Mitch ha dado luz verde a todos los programas de dos tíos hablando que le han propuesto en los tres meses que lleva en el cargo. Dos tíos hablando de pelis de culto de los ochenta; dos tíos hablando de sectas; dos tíos hablando de golf fantástico. La semana pasada me amenazó oficialmente: si no consigo a un invitado que nos guste a los dos para el piloto de *Historia acústica* antes de que acabe el año, enterrará el proyecto. Adujo que necesitaba un productor puntero para *Pornostacho*, el nuevo programa de dos tíos en el que dos cómicos ven y analizan pelis porno de los ochenta en cintas VHS.

—¿De qué va tu programa? —me pregunta.

Le cuento mi idea para el pódcast y sonríe cuando le revelo el nombre.

—Es muy ingenioso —dice—. Tiene pinta de exitazo. ¿Dónde está el problema?

—No nos ponemos de acuerdo en la canción que usar para el episodio piloto. Conseguí venderle a mi jefe la idea de «Candy» de Mandy Moore, pero su equipo no me ha contestado. No la conocerás por casualidad, ¿verdad?

—Lo cierto es que no. Pero ¿qué me dices de Clementine?

—¿Qué pasa con ella?

—¡Seguro que estaría encantada de echar una mano!

—Me parece una exageración. A ver, seguro que ni siquiera se acuerda de mí.

—Pues claro que se acuerda de ti. ¿No la viste con Jimmy Fallon el mes pasado? Le enseñó el juego de la sábana y se hizo viral, no me jodas. —Eso me lo he perdido—. ¿Quieres que la llame de tu parte?

—¿Seguís en contacto?

—La verdad es que no. —Se encoge de hombros.

Por mucho que quiera decirle que sí, para averiguar la historia que se oculta detrás de su nuevo álbum tan melancólico y conseguir mi propio pódcast (a Mitch le estallaría la cabeza con esto; ya es álbum de platino), titubeo. Me parece desleal con Finn hacer que Clementine aparezca de nuevo en escena, justo cuando Theo y él están libres al mismo tiempo. ¿Y si habla con ella y se reaviva la antigua llama? Eso va en contra del código entre mejores amigos.

—Me lo pensaré —le digo, pero ya sé que no voy a aceptar su oferta.

Bebo un sorbo de champán. Está seco, como debe ser, y tiene el sabor de un cruasán buenísimo. No sé mucho de vinos, pero hasta yo reconozco uno bueno.

—Siempre me llevas a sitios elegantes —murmuro.

—No hay de qué.

—Creo que me toca llevarte a algún sitio.

—¿Dónde quieres que vayamos? —pregunta, y detecto un deje asustado en su voz.

Una hora más tarde estamos en un reservado decorado en tonos marrones en el Olive Garden de Times Square, momento en el que Priya se reúne con nosotros.

—Es el último sitio sobre la faz de la Tierra en el que esperaría encontraros —dice mientras se sienta a mi lado en el banco corrido. Theo tiene dos bolsas de color negro mate junto a él, una con un marco de fotos decorado con piedras preciosas y la otra con el bolso rojo de edición limitada que pesa dos toneladas. No sabía cuál de las dos cosas le gustaría más a Lourdes, así que ha comprado ambas.

—Créeme, yo estoy igual de sorprendido. —Theo me mira con una expresión muy seria nada propia de él—. De todos los restaurantes de Manhattan, ¿aquí es donde querías traerme?

—En fin, no hay un Chili's en Manhattan, porque, de haberlo, estaríamos allí —respondo.

—Yo soy más de Taco Bell. —Una expresión soñadora aparece en los ojos de Priya cuando menciona la cadena de comida rápida.

—No me cabe duda de que es una pena que no conozca ninguno de los dos sitios —dice Theo con sorna.

—Ríete todo lo que quieras, pero, cuando era pequeña, íbamos al Olive Garden o al Chili's todos los viernes por la noche. Nunca se es demasiado viejo para sopa, ensalada y grisines. Me has llevado de compras en busca de cosas que les gustarían a tus padres, ahora yo te he traído a un sitio que les gustaría a los míos.

—Y ahora me siento mal por burlarme —dice con un suspiro.

Un camarero se acerca a la mesa y pone fin a la fingida discusión.

—Un Viaje por Italia —anuncia mientras me deja delante la comida que he pedido—. Y su Zuppa Toscana, señor. Avísenme cuando quieran algo más. O si quieren probar otra sopa, sin ningún problema. Como más les convenga —dice, ajeno a la mirada desdeñosa de Theo a su cuenco de sopa—. ¿Quiere que le traiga una carta? —le pregunta a Priya.

—No, gracias, no hace falta. Ya he comido.

No se me escapa que Priya no explica nada sobre dónde ha estado, pero decido no insistir en el tema. Me alegro de que haya venido, nada más.

—Pero tenemos que hacernos una foto para mandársela a Finn —dice—. No se va a creer que Theo ha pisado este sitio sin una prueba fotográfica. Sonríe —le dice a Theo. Y él accede a regañadientes.

Mientras Priya hace la foto, caigo en la cuenta de una cosa.

—Esto es rarísimo —digo en voz alta.

—Lo sé —se muestra de acuerdo Theo—. No me puedo creer que usen lechuga iceberg.

—No, so esnob, no me refiero a eso. Es raro que solo estemos los tres. Así será el año que viene. Le mandaremos fotos a
Finn porque no va a estar aquí.

—Mierda, tienes razón —dice Theo.

Se hace el silencio en la mesa mientras asimilamos la inmi-
nente reconfiguración de nuestro grupo de amigos. De repente,
todo parece mucho más real.

—Hablando de Finn, ¿sabéis ya qué vamos a hacer esta
Navidad? —pregunta Priya.

Theo y yo negamos con la cabeza.

—No se me ocurre nada —contesto—. Me he estado deva-
nando los sesos toda la semana, pero nada me parece lo bastante
grande para la última Navidad de Finn.

—Un momento —dice Theo—. El Viaje por Italia. ¿Se llama así? —Señala mi plato con la cuchara.

—Sí, ¿qué pasa? —pregunto mientras hago girar el tenedor
para coger un bocado enorme de fettuccine Alfredo, lista para
saborear mi infancia de pueblo.

—¿Y si nos vamos de viaje por Navidad? Podríamos ir a
Italia, porque lamento decirte que la comida de allí no se parece
en nada a esto.

—No sé... —Priya coge uno de los grisines de la cesta de
Theo.

—Sería distinto —insiste él.

—Tengo la sensación de que lo que hagamos debería ser aquí
en Nueva York, ¿no? —comento—. ¿No es la idea? Finn se va, así
que vamos a darle una última Navidad en Nueva York, ¿verdad?

—Supongo que tienes razón —admite Theo—. ¿Qué me dices de Bobby Flay? Lo conocí en una gala benéfica hace unos años,
algo sobre unos niños hambrientos. La comida italiana le sale mucho mejor que esto. ¿Le pregunto si puede servirnos el catering?

—Ya —dice Priya—, porque Bobby Flay quiere pasar la Navidad preparándole la cena a cuatro desconocidos en vez de estar
con su familia, ¿no?

—Creo que se ha divorciado. A lo mejor se turnan las vacaciones con su ex y no le toca este año. A lo mejor también se siente abandonado en Navidad.

—¿Estás diciendo que le haríamos un favor? —pregunto.

—¿Eso es un no?

—Qué va, cuenta conmigo —contesto—. Pero creo que deberíamos tener un plan B.

—Vale, ¿tienes una idea mejor? —pregunta Theo un poco enfurruñado.

No se me ocurre absolutamente nada. Nada me parece lo bastante especial para mejorar las Navidades pasadas. Necesitamos un gran final, algo a la altura de la década de Navidades que me ha dado Finn.

Estoy masticando un trozo de pollo a la parmesana cuando se me enciende la bombilla.

—¿Y si no necesitamos una idea nueva? —pregunto.

Theo parece intrigado.

—Eso sería estupendo, porque las nuestras son una porquería. De hecho, creo que no hacen más que empeorar. ¿Qué se te ha ocurrido?

—¿Y si recreamos nuestra primera Navidad juntos?

—¡Una puta genialidad! —Theo golpea la mesa con un puño para enfatizar sus palabras y se derrama un poco de sopa sobre el mantel individual de papel.

13

Hannah

—¡Finn, gracias! —dice Priya mientras levanta una taza de viaje con purpurina lila.

Finn sonríe de oreja a oreja al ver su reacción.

—Conserva caliente el té cinco horas. —Es un guiño a su tradición de «la hora del té». Es habitual que, cuando vuelvo del trabajo, me encuentre a Priya y a Finn acurrucados en el sofá practicando su sagrada tradición de beber tazas de té de verdad mientras cotillean de famosetes de tercera división de los que no he oído hablar en la vida, pero ellos comparten unos vastos conocimientos gracias a su obsesión por el pódcast de cotilleos *Who? Weekly*. Y luego empiezan a cotillear de los personajes secundarios de sus propias vidas: el compañero de mesa de Finn, los sobrinos de Priya, los porteros de Theo. Estoy considerando escuchar el pódcast para poder participar en los comentarios.

El suelo del salón de Theo está cubierto de papel de regalo. Pingüinos de dibujos animados con pañuelos para Priya, el clásico papel de estraza marrón de Theo (que se ha vuelto loco con los lazos), y diminutos vagones de metro rojos con arbolitos sujetos al techo de Finn. Un árbol de Navidad de tres metros de alto —plateado este año con un tema disco— preside nuestro intercambio de regalos desde un rincón. Las fotos enmarcadas de nuestras tres últimas Navidades se han ganado un lugar de honor en los austeros estantes de Theo.

No puedo dejar de mover la rodilla mientras espero mi turno. Yo lo he hecho mucho mejor.

Este año tenemos un límite de cincuenta dólares para los regalos después de que Theo nos comprara un iPad a todos el año pasado. A ver, que agradezco su regalo. De hecho, me encanta, sobre todo desde que descubrí que la Biblioteca Pública de Nueva York tiene app y puedo pedir prestados libros electrónicos. Pero me sentí como una idiota cuando me regaló un iPad y yo le regalé un chándal a modo de broma. Nunca lo he visto ponerse nada que sea menos formal que unos vaqueros y creí que le gustaría que lo introdujera en la comodidad de la ropa deportiva, pero no se lo he visto puesto ni una vez. Seguramente lo tenga enterrado en un cajón todavía con la etiqueta.

Incluso con el límite de dinero, estoy segura de que lo he bordado. El regalo, no el papel. Mi papel de regalo es para llorar. Es un papel hortera con dibujitos de Papá Noel, el único que quedaba en la tienda de Duane Reade en la que entré a las once de la noche en Nochebuena.

Priya rompe el papel de la segunda parte del regalo de Finn y enseña una latita verde menta de té de Fortnum & Mason.

—Ooooh, la mezcla real —dice antes de abrir la tapa y enterrar la nariz en la cajita. Murmura su contento como los actores en los anuncios de Folgers después de tomar su primer sorbo de café.

—Jeremy me ha ayudado a elegirlo —le explica Finn—. Él también prefiere el té.

—Dale las gracias a Jeremy de mi parte —replica Priya.

Finn se saca el móvil para enviarle el mensaje. Según mis cuentas, es la tercera vez que Finn lo menciona esta mañana. Lo más positivo que puedo decir de Jeremy es que existe. Es el Flat Stanley de los novios: bueno para hacerse una foto, no añade mucho a la conversación. Pero es de lo único de lo que Finn habla: «Jeremy prefiere el té al café. ¿Sabes que Jeremy fue a Princeton? Jeremy tiene un jersey azul como ese». Incluso los detalles de Jeremy son aburridos. Pero, quitando la sosería de Jeremy, el cuelgue de Finn es muy tierno.

También es un alivio, la verdad.

Después de la Navidad pasada, Finn se pasó enero y febrero llorando por culpa de Raj. Cuando Raj desapareció de la vida de Theo cerca del día de San Valentín, el humor de Finn no mejoró.

—¿Por qué no se lo dices ahora? —lo animé en cuanto Theo se quedó libre.

—No necesito oír las palabras para saberlo. Ya he soportado todo el rechazo de Theo que puedo soportar.

—Pero nunca te ha rechazado.

—No directamente, pero sí de forma implícita. Si quisiera estar conmigo, a estas alturas ya estaríamos juntos.

—Pienso que estás haciendo el tonto —le dije, porque era así.

La primavera fue mejor. Después de llevar casi un año trabajando en ToonIn, Finn ahorró lo suficiente para mudarse a un estudio en el West Village —su primero sin compañeros de piso— y declaró que era perfecto porque estaba a medio camino entre Priya y yo en el Lower East Side, y Theo en el Upper West Side. Sin embargo, Theo pasó casi toda la primavera en París, consolando a su madre después de la ruptura de su tercer matrimonio, que se derrumbó en apenas dieciocho meses. En su ausencia, Finn se instaló todas las apps de citas y se dedicó en cuerpo y alma a salir con gente como si fuera un segundo trabajo y buscara un ascenso. Una copa y una docena de ostras en el Mermaid Oyster Bar por la tarde con uno y unas copas en el Dante al final de la calle con otro.

—Nadie busca nada serio —protestaba.

—¿Y tú sí lo buscas? —A mi entender, lo que necesitaba era algo que le limpiase el paladar, puede que incluso una etapa golfa.

—¡Pues claro que quiero algo serio! No he tenido nada en serio desde la universidad. He malgastado todo este tiempo pillado por Theo y ahora voy con retraso. Este verano tengo una boda gay. No solo se casan los reproductores, ya hasta los gais empiezan a hacerlo. ¿Te lo puedes creer?

Me lo creía, sí. Priya y yo teníamos tantos avisos de fechas, tantas invitaciones a despedidas de soltera y a bodas en la puerta del frigorífico que nos habíamos quedado sin imanes y los colocábamos unos encima de otros por orden cronológico. No me había dado cuenta de que me caían bien tantas personas como para que me invitasen a tantos eventos. Aunque, la verdad, más de la mitad eran de miembros de la familia de Priya. Pero estaba encantada de ser su acompañante cuando lo necesitase. Había descubierto que las bodas hindúes eran muchísimo mejores en cuanto a comida y a espectáculo que las estadounidenses a las que me habían invitado. En la boda de su prima el verano pasado, el novio apareció montado en un elefante.

Después de seis meses de frenética actividad en el mundo de las citas, Finn conoció a Jeremy. Entiendo por qué Finn swipeó hacia la derecha. Jeremy tiene el pelo rubio claro y la pinta de un modelo de Abercrombie, pero sus gruesas gafas negras Warby Parker y esa sonrisa bobalicona de no haber roto un plato en la vida le restan un poquito de atractivo y hacen que resulte más accesible. La primera vez que nos vimos, tomándonos unas cervezas Narragansetts en la hora feliz del patio trasero de un bar tranquilo en el Bowery, Jeremy apareció con unas mallas y una camiseta de ciclista y se pasó los primeros cinco minutos explicando su programa de entrenamiento ciclista antes de pasar a una charla de diez minutos sobre los hábitos alimenticios de la anémona marina que cría en el laboratorio de la Universidad de Nueva York, donde trabaja. Con la segunda cerveza ya me estaba ahogando en un mar de datos inútiles.

—Está nervioso —susurró Finn cuando Jeremy fue al baño.

Después de nuestro primer encuentro me pregunté si Finn se estaba conformando porque estaba agotado, además de tieso, tras su atracón de citas. Sin duda Jeremy era una parada de descanso en la autopista hacia el amor verdadero. Pero aquí estamos, tres meses después y con Finn hablando emocionado del buen gusto de Jeremy a la hora de elegir té.

—Vale, me toca —anuncio, incapaz de esperar un segundo más para darles a todos mis regalos. Les doy unas cajas de tamaño mediano a cada uno—. Son iguales. Podéis abrirlos a la vez.

Finn y Priya rompen el papel de regalo, mientras que Theo lo desenvuelve con mucho cuidado, como si pensara guardar el barato papel para usarlo de nuevo. Finn es el primero en abrir la caja. Aparta el papel de seda y levanta una chaqueta vaquera con expresión desconcertada.

—¡No, dale la vuelta!

Lo hace, pero el desconcierto no desaparece.

Priya tiene la chaqueta en el regazo.

—¿Las has hecho tú? ¡Qué bien! —exclama con falsa alegría, de la misma manera que se le habla a un niño de cuatro años que te da un dibujo que ha hecho de ti y que solo es una mancha verde.

Sí que he hecho las chaquetas. Bueno, no las chaquetas en sí. Para conseguirlas me pasé semanas buscando en Buffalo Exchange y Beacon's Closet hasta encontrar el modelo adecuado para cada uno, pero con el mismo azul medio lavado. Una vez que las tuve, encargué en Etsy parches de letras que se pegan con calor. No de los que se usan para las camisetas de fútbol de los niños, sino unos bonitos. Incluso encontré un aplicador de adornos en eBay para añadir tachuelas y piedrecitas de estrás en la espalda. Es innegable que las chaquetas parecen hechas a mano, pero también son chulísimas.

Theo ha sacado la suya de la caja y está apretando los labios. Le tiemblan los hombros como si estuviera conteniendo la risa.

—Vamos, chicos, ¡me lo he currado con esto! Son nuestras chaquetas del Club de la Navidad para conmemorar nuestras aventuras navideñas originales.

Como abreviar «Club de la Navidad» quedaba muy soso y poner «Aventuras navideñas originales» era demasiado largo, usé las siglas: A.N.O.

—Pronúncialo en voz alta, Han —me dice Finn.

—A, ene, o —digo.

Priya agita las manos delante de ella, animándome a que lo una todo.

—Lo que se lee es «ano», Hannah.

Theo estalla en carcajadas, doblado de la risa sobre su chaqueta.

—Vamos a parecer un club de moteros gais —añade Finn. Se ríe con tantas ganas que tiene que secarse las lágrimas.

—Un club de moteros gais que hacen manualidades. —Priya acaricia con los dedos las piedrecitas que decoran el cuello de su chaqueta.

Hago un puchero, pero se me escapa una sonrisa torcida. Anda que se me dan bien los regalos perfectos.

Finn me mira de reojo.

—Bueno, ¡hoy nos las tenemos que poner! —anuncia—. Solo con vosotros me apuntaría a un club de moteros gais a los que les gustan los colorinchis. —Se echa la chaqueta sobre los hombros sin meter los brazos en las mangas y fulmina a Theo con la mirada.

Theo también se pone la chaqueta y da una vuelta completa para enseñarla. Le queda varios centímetros corta y tiene una pinta ridícula. Empiezo a reírme con ganas.

—Yo me voy a poner la mía para todo. ¡No solo hoy! —asegura.

—El año pasado escribí un artículo sobre las amigas que se compran chaquetas de cuero a juego. Estas son mucho más chulas —añade Priya al tiempo que se la pone. Los cuatro estamos llorando de la risa.

Yo también me la pongo. Aunque el mensaje de la chaqueta es más obsceno de lo que pretendía, me encanta lo que representan. Puede que no parezcamos hermanos, pero ahora tenemos un símbolo externo de lo que significamos para los otros tres. Quiero que la gente nos vea en una habitación abarrotada y sepa que estas personas son mi familia. Cuando los miro, me siento afortunada. No me imagino necesitando nada más.

—Ahora que ya estamos vestidos para la celebración, es hora de las Guerras de Tostadoras —anuncia Theo.

No tengo tiempo de analizar lo que acaba de salir de su boca porque Priya dice:

—Yo no, dentro de unas horas me voy a casa de los padres de Ben.

—¿Cómo? —Es la primera noticia que tengo.

—Esta noche me reúno con vosotros de nuevo. Solo voy a comer.

—Pero siempre pasamos la Navidad juntos —le digo.

—Y vamos a seguir pasándola. Ahora estoy aquí y volveré luego —asegura. Al ver mi expresión dolida, añade—: De verdad, que no es para tanto. Según tengo entendido de esta festividad, el almuerzo es la comida menos importante. Volveré antes de que te des cuenta. —Finn y Theo no dejan de mirarnos, primero a una y luego a la otra, como si fuera un partido de tenis de mesa mientras negociamos las condiciones de la marcha de Priya.

Me muerdo la lengua para no soltar que Ben y ella ni siquiera están juntos. Tal vez lo estuvieran en algún momento en la universidad, pero a estas alturas Ben está cursando tercero de Medicina en la Universidad de Wisconsin. La tiene de reserva para cuando está en la ciudad.

—Da igual —contesto. Si no entiende por qué es importante, no puedo obligarla a hacerlo. Finn me coloca una mano en la espalda, que interpreto como un gesto de solidaridad. Nuestra Navidad no es un aperitivo, es el acto principal.

Priya se va, con la chaqueta puesta, mientras Theo nos conduce al comedor.

Cada comensal tiene un plato, una taza, una copa de champán y un tostador propio. En el centro de la mesa hay platos con montones de paquetes de gofres congelados Eggos, Pop-Tarts de Kellogg's y Toaster Strudels. Sonrío al imaginarme a Theo en la sección de congelados de Gristedes mientras llena el carrito de la compra con cajas de gofres precocinados.

—Nunca he probado las Pop-Tarts —dice Theo— y en todas las comedias estadounidenses que veía de niño parecían riquísimas, así que se me ha ocurrido que podemos remediarlo juntos. —Coge una Pop-Tart congelada de color rosa y la mete en su tostador particular—. ¡A comer! —nos anima.

Es el sueño de mi yo de diez años hecho realidad, pero me resulta imposible entusiasmarme como es debido. Que Priya se haya ido ha empañado la magia.

Después de una perezosa tarde de mimosas y Monopoly (otra cosa típica de aquí que Theo no disfrutó en su infancia, pero no porque no hubiera en Reino Unido, sino porque había tanta diferencia de edad con su hermano que no tenía a nadie con quien jugar), nos vamos al centro, al West Village. Finn nos obliga a todos a ponernos las chaquetas a sabiendas de que allí adonde vamos ni un alma mirará con extrañeza a un grupo de gais sedientos con chaquetas a juego. Nuestro destino es un espectáculo de drag queens llamado «Las damas del Polo Norte».

Nos separamos al llegar. Todos sabemos cuál es nuestro trabajo. Theo se acerca a la barra para cambiar billetes de veinte por otros de un dólar con los que dar propinas y Priya, que ha vuelto después del almuerzo en casa de los padres de Ben, lo sigue para pedir una ronda de vodkas con gaseosa cargadísimos en vasitos de papel. Finn y yo reclamamos una pegajosa mesa junto al escenario. Aquí dentro parece más Halloween que Navidad.

En la mesa de al lado tenemos a un grupo de chicos descamisados con alas de mariposas y brillantina por todo el cuerpo y al otro lado de la sala hay un oso ya entrado en años con un mono de látex rojo sacado del videoclip de «Oops, I Did It Again». El runrún de las conversaciones achispadas acompaña la banda sonora de divas del pop.

Al otro lado de la mesa Finn está absorto con el móvil. Extiendo un brazo y le doy un apretón en el muslo para que vuelva al momento presente, molesta porque no esté prestando atención a nuestra celebración. Levanta la cabeza con expresión culpable y, cuando el móvil se vuelve hacia mí sin él pretenderlo, veo un selfi de Jeremy sin camiseta. Su entrenamiento ciclista le está dando resultados.

El espectáculo es fantástico. Theo se queda sin billetes de un dólar cuando va por la mitad y empieza a dar propinas de cinco, después de diez y por último de veinte, convirtiendo nuestra mesa en el centro de atención. Cuando acaba, dos corpulentos porteros apartan las mesas para despejar la pista de baile. Priya y yo estamos sin aliento y sudorosas después de una hora bailando con remezclas de las primeras canciones de Madonna y las últimas de Cher. Estoy bastante borracha por culpa de los chupitos de tequila con los chicos mariposa y del whisky con Coca-Cola más una calada a un cigarro en el callejón trasero con la presentadora del espectáculo, una drag queen vestida de Grinch sexy. Todo eso además de los vasitos de vodka con gaseosa que Theo no deja de darme. He perdido la cuenta de lo que he bebido, aunque mejor así, porque seguro que es una burrada.

Finn y Theo están solos desde que terminó el espectáculo. Finn está con el móvil en la barra, seguramente mandándole mensajes a Jeremy, y Theo se ha ligado a una drag queen vestida como Mariah Carey en «All I Want for Christmas Is You». Falsaiah Carey se está restregando contra Theo, que tiene los cuatro primeros botones de la camiseta desabrochados. La lleva abierta al estilo de Leonardo DiCaprio en *Romeo y Julieta, de William Shakespeare*. Se acerca bailando a Priya y a mí.

—Oye —grita para hacerse oír por encima de Donna Summer. Se pasa una mano por los sudorosos rizos y se inclina hacia delante como si estuviera a punto de contarnos un secreto—. ¿Queréis una pirula? Se las he comprado a Mariah Acojoney. —Se saca una bolsita de plástico con cuatro pastillas del bolsillo delantero de los vaqueros.

—No sé —digo—, nunca he...

—¡Claro! —chilla Priya encantada. Coge la bolsita de manos de Theo. Su emoción acaba con mi titubeo y me veo extendiendo una mano para que me dé una pastilla. Si hay algún momento perfecto para probar el éxtasis es esta noche. Estoy con amigos, tengo una semana por delante para recuperarme de lo que va a ser sin duda una resaca épica y estoy en un bar gay decorado con espumillón lleno de personas felices. Joder, seguramente estas personas también vayan colocadas. Bebo un sorbo del vodka con gaseosa para bajar la pastillita amarilla con su carita sonriente.

—No te preocupes, aquí me tienes —dice Theo antes de cogerme una mano—. Seré tu carabina en este viaje. Estás en buenas manos.

Fiel a su palabra, Theo se queda pegado a mí y no deja de asegurarse de que estoy bien. La droga hace efecto a la media hora, pero no me asusta ni nada. Me siento como una piruleta de fresa derritiéndose, calentita y feliz. Además, todo es mucho más bonito, como si alguien hubiera puesto un filtro de Instagram a la realidad. Sé que siento algo cuando uno de los chicos mariposa se acerca bailando a mi campo de visión y extiendo un dedo para acariciar la brillantina de su torso depilado. Él se echa a reír y gira antes de alejarse bailando en otra dirección.

Resulta que Theo es un gran bailarín. ¿Cómo es posible que no lo haya visto bailar ni una vez con todos los años que hace que somos amigos? La primera Navidad que pasamos con él fuimos a bailar al China Chalet, pero solo recuerdo verlo hablar con Finn en la barra. Su forma de bailar me sorprende por su sexualidad. Gira mucho las caderas, y yo intento imitarlo.

Nos miramos a los ojos y nos entra la risa floja.

¡Esta noche es la mejor!

Theo me coge de la mano y me hace girar para alejarme de él antes de pegarme de nuevo a su lado. Choco contra su pecho con fuerza. Me pone la mano libre en el hombro para ayudarme a mantener el equilibrio. Después me entierra las manos en el pelo. Puaj, tengo el pelo pringado de sudor. Levanto las manos para comprobar si él lo tiene tan sudoroso como yo.

Me aparta una mano del pelo y me la coloca en la cara. La otra mano, que estaba en mi hombro, va bajando por el brazo hasta acabar en mi cadera. Lo miro y sonrío. Me lo estoy pasando en grande. Quiero decírselo. Pero nos estamos besando.

Me parto. Theo y yo nos estamos besando.

Siento cómo sonríe contra mis labios como si los dos participáramos de la broma. Todavía tengo una mano enterrada en su pelo, así que la uso para atraerlo más hacia mí, como si pudiéramos fundirnos en una sola persona. Por un segundo me pierdo en la maravillosa idea de que Finn, Theo, Priya y yo podríamos fundirnos en un solo ser. Así podría tenerlos pegados al corazón, pero su corazón también sería el mío.

Siento la lengua de Theo en la boca. Me clava los dedos en la cadera. Llevo mucho sin besar a nadie. Se me había olvidado lo divertido que es. Theo besa muy bien.

Nos separamos, sin aliento los dos. Creo que solo han pasado unos segundos, pero no estoy segura. El tiempo es flexible.

Guau, he besado a Theo. ¡Me meo! Me echo a reír de nuevo y no puedo parar. Estoy doblada de la risa. Esto es la leche.

—¿Estás bien? —Tengo a Priya al lado, con una mano en mi espalda. Me arqueo hacia ella como una gata de lo mucho que me gusta.

—Estoy genial. Estoy... —No puedo hablar, me estoy riendo a carcajada limpia.

—Ah, creía que estabas llorando —dice.

—¿Llorando? No. ¿Por qué iba a estar llorando? Esta noche es la mejor. —Me enderezo y la miro a los ojos. Es guapísima. Echo un vistazo a mi alrededor en busca de Finn. Estaba en la barra, pero ya no lo veo. ¿Por qué no baila con nosotros?

—¿Dónde está Finn? —pregunto.

—Lleva con el móvil toda la noche —dice Theo—. ¡Un muermo!

—Creo que se ha ido —contesta Priya, aunque lo entona más como una pregunta.

—¿Ido? —repito la palabra, confundida—. ¿Por qué iba a irse? Nos lo estamos pasando en grande.

Priya cierra un ojo como si hacer memoria le resultara doloroso.

—Creo que estaba cabreado cuando se fue.

—¿Cuándo se ha ido? —Se me pasa el colocón de golpe, como si me hubieran tirado un cubo de agua helada por encima. ¿Finn está bien?

—Hace unos minutos, mientras os estabais morreando —contesta ella.

—No nos estábamos morreando —protesto.

—Sí que lo hemos hecho, vamos, estoy seguro —tercia Theo.

Mierda. ¿Lo ha visto Finn? ¿Por eso se ha ido? Tengo que buscarlo y explicárselo. Me doy media vuelta en mitad de la conversación y echo a andar hacia la puerta.

—¡Oye! ¿Adónde vas? —grita Theo a mi espalda—. Espéranos.

Paso de él.

Subo a trompicones un tramo de escaleras de madera, usando la pared para mantener el equilibrio, y salgo por la puerta. En cuanto estoy fuera, se me pone la piel de gallina. Antes tenía un jersey, además de la chaqueta vaquera y un abrigo de invierno. No sé muy bien dónde está ninguna de esas prendas. Pero da igual, eso no importa ahora mismo.

Miro a ambos lados de la calle desde la puerta en busca de cualquier rastro de Finn, pero no lo veo. Su estudio está a unas cuantas manzanas de aquí. Son las tres de la madrugada. ¿Dónde iba a ir si no? Tengo que encontrarlo y asegurarme de que está bien. Puede que ni siquiera esté cabreado. Si va tan mal como vamos los demás, a lo mejor ha hecho una despedida a la francesa para irse a dormir.

No está enfadado conmigo. No puede estarlo.

Ay, Dios, ¿qué he hecho?

14

Finn

Navidad n.º 9, 2016

Un mensaje de Jeremy: «Puedes hablar?».

Le contesto: «Sigo fuera. Todo bien?».

Me pregunta: «Te lo estás pasando bien?».

Buena pregunta. No me lo estoy pasando bien, aunque debería. Me siento raro por algún motivo. El hecho de estar aquí en este club de drag queens me pone triste. El sitio está a tope como cualquier sábado por la noche, no como si fuera Navidad, y una parte de mí se pregunta por qué estas personas no están con sus familias. ¿Cuántas son como yo y no pueden volver a casa? Estar aquí esta noche hace que me sienta como un cliché gay.

Claro que a nadie más parece preocuparle eso, así que bebo un trago de mi copa e intento ahogar la extraña sensación. Se me pasa por la cabeza salir y llamar a Jeremy, pero sus mensajes son cada vez más frecuentes y desesperados a medida que avanza la noche, y no estoy de humor para oírlo hablar de su idílica y tradicional Navidad en familia. Una parte de mí creyó que me invitaría, aunque solo lleváramos tres meses saliendo. Es demasiado pronto, pero a lo mejor se puede hacer una excepción porque no tengo familia con la que volver. Pero, por más indirectas que le dejé caer, no he recibido ninguna invitación.

El camarero posa otro vodka con gaseosa delante de mí. No lo he pedido, pero le caigo bien desde que alabé su jersey, y eso ha dado sus frutos. El jersey es rojo y está cubierto de un batiburrillo espantoso de lazos, guirnaldas y adornos. Hecho a mano, no hay duda. Sería el campeón en una fiesta de jerséis feos, pero creo que no se lo ha puesto a modo de broma.

En la pista de baile mis amigos van hasta las cejas de todo. Theo y Hannah están bailando debajo de los destellos de una bola de discoteca que parece a punto de caerse del techo. Es muy tierno ver lo mal que baila Theo, porque todo lo demás se le da genial. Es como si hubiera aprendido todos los pasos estudiando las pelis de *Magic Mike*. Mueve mucho las caderas y se pasa las manos por el pelo y por el pecho sin venir a cuento. Por raro que parezca, también señala mucho con el índice. El hecho de que tenga la camisa casi desabrochada solo aumenta esa sensación de falso stripper.

Hannah está medio bailando con él, pero cada treinta segundos se distrae con los destellos rosas y se detiene para seguirlos con el dedo. Esos dos tendrán mañana una resaca del copón. A Priya no se la ve por ninguna parte. Espero que no esté vomitando en el aseo. A lo mejor podemos dormir todos en casa de Theo esta noche, y yo prepararé tortitas por la mañana.

Le contesto a Jeremy:

Me lo estaría pasando mejor si estuvieras aquí.

No es culpa suya que yo esté de mal humor ni que tenga una familia que lo quiere y que lo apoya.

Me contesta de inmediato. Son más de las dos de la madrugada, así que ya debe de estar en la cama. No creo que haya mucho que hacer en Scranton, Pennsylvania, a esta hora.

> Lo mismo digo. Quería decirte lo que te estaría
> haciendo si estuviera ahí, pero no puedes hablar :(:(:(

Uf, guau. El tierno y reservado Jeremy también va mamado. Casi me empalmo al pensar en hacerlo por teléfono mientras está en el dormitorio de su infancia, con sus padres dormidos al fondo del pasillo. Se me pasa por la cabeza ir al aseo y llamarlo, pero me imagino la escena y me doy cuenta de que yo sería el guarro que se la está cascando en el único reservado del aseo para hombres.

Le digo:

> Vas a estar despierto dentro de una hora? No creo
> que vayamos a durar mucho más.

Los tres puntitos aparecen y desaparecen.

Miro de nuevo a Hannah y a Theo en la pista de baile. Y...

¿¡QUÉ COJONES!?

No.

Imposible.

Pero está pasando.

«¿Se están besando?».

Sí, desde luego que se están besando. Y se les ve muy emocionados.

«Trece..., catorce..., quince».

No es un pico entre amigos. Es un morreo en plan «quiero arrancarte la ropa».

A lo mejor estoy más borracho de lo que creo. A lo mejor estoy alucinando. No puede ser verdad.

—Perdona —le digo al camarero, que está secando una botella de vodka en el otro extremo de la barra, y le hago un gesto para que me traiga la cuenta. Cuando vuelve con mi tarjeta y el tíquet, añado una buena propina y firmo con un garabato.

Echo una última miradita por encima del hombro mientras me dirijo a la escalera que conduce a la calle. Siguen besándose.

Hannah le ha enterrado a Theo las manos en el pelo y él le está magreando el culo.

Una vez arriba abro la puerta con tanta fuerza que golpea la pared de ladrillo del edificio y rebota para darme en toda la cara. Pues claro que sí.

Cuando ya voy por la tercera vuelta a la manzana, me doy cuenta de que me he dejado el abrigo en el bar. No pasa nada, el cabreo mantendrá el frío a raya. Estoy demasiado revolucionado como para volver a casa. Quiero gritar o pegarle un puñetazo a la pared o mandarles un mensaje demoledor a Hannah y a Theo para dejarles claro lo malas personas que son. Empiezo a redactar el mensaje mentalmente mientras recorro a grandes zancadas la Séptima Avenida y tuerzo a la derecha en Leroy.

Cuando por fin giro a la derecha en Bleecker Street, sopeso de nuevo la idea de gritar para ver si así consigo sentirme mejor. El cabreo que tengo parece una tetera en ebullición. He visto cosas muchísimo más raras que un hombre gritándole al cielo en las calles de Nueva York a las dos de la madrugada, pero justo mientras lo pienso veo un poco más adelante a un hombre de mediana edad con una parka intentando que su cachorro de cor- gi haga pipí, y decido pasar de los gritos para que no me tome por un loco o, peor todavía, me pregunte si estoy bien. Porque en ese caso tendría que explicarle que mi mejor amiga ha besado a mi otro mejor amigo, del que estoy enamorado aunque tengo novio, y no me veo capaz de hacerme comprender.

Parece una tontería de nada, pero no lo es. Es una traición en toda regla.

En la cuarta vuelta a la manzana veo a Hannah sentada en el portal de mi bloque mientras me acerco. Solo lleva la camiseta de tirantes y se abraza con fuerza. Lo primero que pienso es: «Seguro que está congelada». Pero luego recuerdo que tiene el corazón de hielo, así que lo más probable es que se sienta como en casa aquí fuera.

Me planteo dar media vuelta y fingir que no la he visto,

pero empiezo a tener frío y quiero entrar. Quizá pruebe lo de darle un puñetazo a la pared en mi estudio para ver si funciona…, a los heteros parece que les encanta. Quizá deje la ciudad y vuelva a Boston, y así el agujero que le haga a la pared será el problema de otro. Mis amigos son lo único que me retiene aquí y es evidente que les importo una mierda.

—No quiero hablar contigo —le digo cuando estoy a unos metros. Por mí puede quedarse ahí congelándose toda la noche. Veo que Theo ni se ha molestado en venir.

—¡Pues lo siento, pero no me voy a ir! —me grita. Levanta demasiado la voz y eso deja claro lo borracha que está.

—Tú misma. Me da igual si te quedas aquí fuera toda la noche. Yo voy a subir a mi casa.

Se levanta y se interpone entre la puerta y yo. ¿Sabes qué? Que si quiere montar un pollo en la calle, a mí me da igual. Podemos poner las cartas sobre la mesa y terminar de una vez. Aquí mismo, ahora. No hay vuelta atrás después de esto. No hay explicación posible que haga que sea aceptable.

—Lo siento.

Que crea que puede arreglarlo con una disculpa hace que me hierva la sangre.

—Me da igual.

—Está claro que no te da igual.

Uf, discutir con un borracho es lo peor de lo peor.

—Me da igual que lo sientas —me explico—. Déjame que te ahorre tiempo y saliva, porque nada de lo que digas va a arreglarlo.

Lo intenta de nuevo de todas formas.

—No debería haberlo hecho. Estábamos borrachos y colocados con una pirula, pero no deberíamos haberlo hecho. —Hace una pausa, seguramente a la espera de que la perdone.

—Tienes razón. No deberíais haberlo hecho —contesto—. Ya está. ¿Hemos terminado? ¿Puedo subir ya a casa?

—No, no hemos terminado, Finn. Estoy intentando disculparme, y esto me parece una ridiculez. Tienes novio. Y no has dejado de hablar de él en todo el día. «A Jeremy le encaaaaanta el té. ¿Sabéis que los padres de Jeremy tienen un pastor alemán? ¿Habéis visto el pedazo de culo que se le ha puesto a Jeremy de tanto pedalear con esa dichosa bici de la que no deja de hablar ni un segundo?» —dice con una vocecilla quejicosa con la que se supone que me imita. La peor disculpa del mundo—. Sí, debería darte igual a quién besa Theo. No estás saliendo con él y además sabes que no ha significado nada. Ha sido un beso tonto entre borrachos.

En mi cabeza estoy gritando a pleno pulmón al borde de un precipicio. En el plano físico estoy de pie en mi portal mientras contengo las ganas de abofetear a mi antigua mejor amiga, que es lo que de verdad se merece.

—¡Ya deberías saber que no es así! No es un tío cualquiera, es Theo. Es… Yo…

—Ah, ¿tú lo quieres? Prueba a decírselo a él en vez de estar repitiéndomelo a mí una vez y otra y otra. Así a lo mejor estarías con él y no con este novio tuyo que ni siquiera te gusta y con el que estás solo para demostrarte algo. ¿O es para demostrárselo a Theo? No sé qué es más patético.

—¡Lo dice la que no es patética! —grito—. Estás obsesionada con la Navidad. Te has pasado la tarde llorando por los rincones porque Priya se ha ido durante dos horas. Te repatea que cualquiera de los tres tenga una vida fuera de este grupo en la que no estés incluida y siempre has estado celosa de Theo.

—¡Anda! ¿Celosa yo? ¡Por favor! —Cruza los brazos por delante del pecho y echa el peso del cuerpo sobre una pierna.

—Estás celosa de Theo desde el primer día que lo traje. Te sientes amenazada por él, te aterra la idea de que me sienta más unido a él que a ti. Y ahora vas y lo besas. ¿Para qué? ¿Para quitármelo? ¿Para ponerme celoso? Que tú lleves una vida solitaria y totalmente asexual no significa que los demás también tengamos que hacerlo. Sabes que no soy tu novio, ¿¡verdad!? Mira, esto ha sido la gota que colma el vaso. Deberías tener claro que es algo imperdonable.

—¿Sí? ¿De la misma manera que Theo debería saber que estás enamorado de él aunque nunca se lo has dicho? ¿Y seguramente nunca lo hagas? Así no va la cosa, Finn. No leemos el pensamiento, joder. Nunca estarás con Theo porque eres un cobarde. Y siento que te buscaras un novio nuevo al que no quieres, pero tú sabrás las gilipolleces que haces.

Nos quedamos mirándonos un minuto, los dos sin aliento de tanto gritar, a la espera de que el otro ceda.

Por mí como si tengo que esperar toda la noche, pero Hannah claudica antes. Habla con voz más calmada.

—Creo que deberíamos hablarlo por la mañana, cuando se nos haya pasado la borrachera y el cabreo.

—He dicho todo lo que tenía que decir.

—Pues yo no —replica antes de golpear el suelo con un pie como una niña en plena rabieta.

—¿Puedo entrar ya?

—Vale. —Se aparta para dejar libre la puerta—. Te mando un mensaje por la mañana. ¿Un desayuno tardío en Waverly Diner? No hay nada que unas tortitas de patatas no puedan arreglar. Yo..., esto..., vuelvo al bar a por la chaqueta. Puedo recoger la tuya también. Te la traeré por la mañana.

Resoplo. Me importan una mierda las ridículas chaquetas con piedrecitas que nos ha hecho.

—La verdad, Hannah, no quiero formar parte de un club del que tú seas miembro.

Abro la puerta y la cierro para que no pueda seguirme.

Después de esa conversación pasamos un año sin hablarnos.

15

Finn

Este año, 14 de diciembre

Mi taxi se detiene delante del edificio de Theo, y paso la tarjeta de crédito mientras el taxista saca mis maletas del maletero. Dos maletas rígidas, una bolsa llena de regalos y mi vieja y vapuleada mochila es todo lo que queda de mi vida en Nueva York. El resto de mis pertenencias va en un camión de mudanzas rumbo a Los Ángeles.

Hasta que no oí que la puerta de persiana del camión se cerraba con fuerza, la mudanza no me pareció real.

No me pareció real al firmar el contrato ni al decírselo a mis amigos. Y tampoco me lo pareció cuando me fui a Los Ángeles hace dos semanas para buscar casa. Tuve la sensación de estar en una partida de *El juego de la vida* mientras elegía dónde vivir para una versión ficticia de mí. ¡Mi pequeña clavija azul va escalando puestos en el mundo!

Sin embargo, es real. Hace una hora cerré la puerta de mi estudio recién vaciado y dejé las llaves bajo el felpudo del portero. Se me hace raro pensar que nunca volveré a ver el interior de un sitio al que he considerado mi hogar durante los últimos tres años. Hice unas cuantas fotos mientras salía como recuerdo, pero ya han perdido sentido. Son la clase de fotos que haces cuando se te enciende la cámara sin querer.

«¿Estás emocionado?», me preguntó mi hermana anoche cuando me llamó, y no supe qué responderle.

Por un lado, mi nuevo apartamento (un piso de dos dormitorios en un bloque de West Hollywood) es mucho mejor que mi antiguo estudio. El agente inmobiliario me dio toda la lista de extras: electrodomésticos nuevos de acero inoxidable; aire acondicionado centralizado; paredes recién pintadas que no estaban llenas de diminutos agujeros tapados a toda prisa por infinidad de inquilinos anteriores. Este apartamento estaba reluciente y nuevo. Incluso olía a nuevo comienzo, aunque seguramente eso fuera por la vela con olor a lino que el agente inmobiliario había encendido en la isla de la cocina.

El problema es que soy incapaz de imaginarme cómo va a ser mi vida en Los Ángeles. Me imagino perfectamente yendo a trabajar, sentado en un atasco mientras oigo uno de los pódcast de Hannah. Me imagino en mi despacho, sobre todo porque me lo enseñaron cuando me pasé por el trabajo para ese fin. Pero no me imagino mi vida fuera del trabajo.

Cada vez que lo intento, solo veo escenas de programas de televisión, y estoy segurísimo de que mi vida no se parecerá a *New Girl* (por desgracia, no me mudo a un loft con mis tres mejores amigos ya allí) ni a *The Hills* con sus escandalosas quedadas previas a los partidos. Las discotecas a las que iban ya no existen, y aunque existieran tampoco creo que entrara.

El mayor espacio en blanco es con quién voy a quedar. Sean Grady, el que fue mi novio en la universidad, vive en Los Ángeles, pero, según una rápida búsqueda en Instagram, está casado y tiene dos doguillos sobre los que se explaya en sus publicaciones para celebrar el cumplemés contando cómo van cambiando sus gustos y sus aversiones, como si fueran sus hijos de verdad. Hay una antigua compañera de instituto intentando hacerse un hueco como actriz en Los Ángeles. Lo sé porque no deja de jactarse en Facebook de la suerte que tiene cada vez que la contratan para un anuncio de medicamentos contra el estreñimiento o uno de seguros de coches.

Eso es lo que más miedo me da de mudarme; tener que hacer nuevos amigos. ¿Y si soy demasiado mayor para hacer nuevos amigos? ¿Tendré tiempo siquiera? Y ya sé que, si consigo hacer nuevos amigos, la relación nunca será tan estrecha como la que tengo con mis amigos de ahora.

Uno de los integrantes del ejército de porteros sale corriendo para ayudarme con el equipaje, sacándome del momento de pánico en la acera.

—Colega. —Me pone el puño para que lo choquemos.

Para mí es un orgullo haberme ganado a los porteros del edificio de Theo. Incluso he hecho buenas migas con Dwayne, el jefe de todos ellos. Cuando paso junto a su mesa, me saluda con dos dedos. No tengo que pararme porque llevo un año en la lista de Theo: la lista de invitados aprobados que no tienen que identificarse y que pueden subir directamente. Pero de todas formas me tienta la idea de pararme para explicarle la situación a Dwayne. Así me aseguro de que sabe que no estoy usando a Theo por su dinero ni por su casa. Que no soy como Elliot ni ninguno de los otros. De hecho, me preocupo por Theo. Pero es un poco raro explicarle algo así a un portero que, en el mejor de los casos, tolera mi presencia a cambio de un sueldo.

La sorpresa que me provocaba el lujoso ático se ha ido apagando con los años, y ahora, cuando se abren las puertas del ascensor, solo pienso en una cosa: «Estoy en casa». Al menos, durante las siguientes dos semanas.

Theo aparece en el vestíbulo, atraído por el pitido del ascensor.

—¡Hola, compañero de piso!

Intento ocultar la sonrisa tímida que me provoca su bienvenida.

—Te han preparado la habitación azul de invitados. —Se da media vuelta y lo sigo por el salón hacia la habitación de invitados que hay enfrente de su despacho. La que tiene las mejores vistas. Aunque es ilógico, me siento un poco decepcionado. De camino hasta aquí, me había permitido fantasear con la idea de que compartiríamos cama.

El miércoles vuelvo a nuestro flamante ático compartido después de usar el gimnasio del edificio. Theo va a Equinox aunque hay un gimnasio en la segunda planta. Dice que es porque le gusta usar la sauna después de hacer pesas, pero sospecho que le gusta más el sitio para ligar.

Dejo un reguero de gotas de sudor mientras voy del ascensor a la cocina. Los cinco kilómetros rapiditos que quería hacer en la cinta se convirtieron en una carrera de una hora. Cuando abro la puerta batiente de la cocina, me sorprende ver a Theo vaciando bolsas de la compra reutilizables.

Se detiene y me recorre el cuerpo sudoroso con la mirada. La camiseta de deporte se me pega como una segunda piel.

—¿Has corrido mucho? —me pregunta.

Se me eriza el vello de los brazos por el comentario.

—Hum, sí —contesto—. He conseguido hacer más de once kilómetros. Creo que estar desempleado empieza a pasarme factura. Me siento culpable por no hacer nada en todo el día.

Es mentira. Solo llevo desempleado cuatro días. Lo que me está pasando factura es vivir con él. Después de una noche sin pegar ojo, he salido de mi dormitorio esta mañana y me lo he encontrado tirado en el sofá viendo *Live with Kelly and Ryan* solo con unos bóxers de franela navideños y unas gafas con montura de carey que le sientan tan bien que hacen que me pregunte por qué se molesta en ponerse lentillas. Tenía los rizos de punta como si todavía no se hubiera peinado siquiera.

He descubierto que vivir con alguien tiene un punto íntimo sorprendente, porque se presencian todos los momentos intermedios antes de que esa persona se ponga presentable para el mundo. Nunca había pensado en lo que Theo hacía cuando estaba solo en casa, pero, si hubiera tenido que adivinar, ver un programa matinal de entrevistas en ropa interior habría estado en lo más bajo de la lista. Me costaría menos imaginármelo organizando una partida de cartas Magic con los residentes del bloque en edad escolar o haciendo los programas de ejercicio de Jane Fonda.

Nos quedamos sentados cada uno en un extremo del sofá durante tres horas viendo *Live!*, a lo que siguió la cuarta hora de *Today* para continuar con *The View* hasta que anuncié que salía a correr. La realidad era que estar sentado junto a un Theo medio desnudo me estaba incomodando. O poniéndome cachondo. O poniéndome cachondo hasta un punto incómodo. No podía decidirme porque me distraía el vello que le bajaba por el torso y el abdomen y desaparecía por debajo de la cinturilla de los bóxers.

Aquello era demasiado después de solo cuatro horas de sueño. Anoche, mientras daba vueltas y vueltas en la comodísima cama de invitados de Theo, no dejé de oír una y otra vez las palabras de Hannah: «Nunca estarás con Theo porque eres un cobarde». Nadie puede hacerte tanto daño como las personas a las que más quieres, porque ellos conocen tus puntos más débiles. Lo peor de todo es que reconozco el atisbo de verdad que tenían sus palabras. De modo que me fui al gimnasio para desahogarme en la cinta de correr.

En este momento, ya vestido con unos vaqueros oscuros y un jersey celeste de cuello a la caja y con los rizos domados por un instante, Theo está volcando paquetes de azúcar y de harina en botes de cristal con etiquetas de pizarra. La imagen tiene un puntito doméstico. En mi cabeza se abre paso la idea de que quiero compartir más momentos aburridos de Theo. Los momentos mundanos que componen la vida.

Cruzo la estrecha cocina, sin duda la zona menos impresionante del ático, hacia el frigorífico con puerta de cristal en busca de una botella de agua. Al pasar le rozo sin querer el culo con la cadera, un accidente inevitable en una cocina tan estrecha. Se diseñó con la idea en mente de que solo cocinaría el dueño. Abro la puerta y dejo que el aire frío me refresque, acalorado como estoy en parte por la carrera y en parte por la mirada que él me ha echado.

Antes de que pueda moverme, Theo se gira y asoma la cabeza por encima de mi hombro derecho.

—¿Ves si hay mantequilla en el frigo? —pregunta.

—Ah, sí, un bloque entero.

—¿Con sal o sin sal? —Está tan cerca que siento su aliento en el cuello cuando lo pregunta. ¿Cómo es posible que una pregunta tan poco sexual pueda ponerme tan cachondo?

Me inclino hacia delante, sin pensar, para leer la etiqueta de la mantequilla. Al hacerlo le rozo el paquete con el culo y oigo que se queda sin respiración.

¿Ahora? No, no puede ser.

Es un accidente vergonzoso provocado por la estrecha cocina y mi imaginación hiperactiva. Llevo fantaseando años con este momento. Pero años. En muchas de mis fantasías, todo empieza estando yo sudoroso después de correr. Imaginar ese escenario es lo que me ha tenido en la cinta de la segunda planta corriendo un kilómetro tras otro, mucho después de mi objetivo inicial.

Sin embargo, nunca me imaginé que todo empezaría por culpa de la mantequilla.

—La mantequilla es sin sal —contesto con voz ronca y un poco inestable.

Me enderezo sin saber qué hacer a continuación. ¿Me inclino hacia Theo? ¿Me doy media vuelta? Si me doy la vuelta, ¿me besará? ¿Estoy malinterpretando por completo lo que pasa? Si Theo está moviendo ficha, ¿por qué ha tardado tanto? ¿Por qué ha esperado hasta dos semanas antes de que me vaya? Las dos últimas preguntas me cabrean.

Me doy media vuelta para mirarlo, sin saber si quiero besarlo o gritarle. Espero que él retroceda, liberando así la burbuja de mi espacio personal. Pero no lo hace. Avanza, haciéndome retroceder hasta que rozo un estante del frigorífico, que sigue abierto. Se inclina hacia mí, pegando su torso cubierto por un jersey de cachemira a mi camiseta sudada.

—Lo siento —dice—, quiero ver qué marca es.

¿¡Se puede saber por qué seguimos hablando de mantequilla!?

¿Está esperando a que yo lo bese? Me lo pienso durante un segundo antes de que la frase que me sé de memoria resuene en mi cabeza. «Nunca estarás con Theo porque eres un cobarde».

En vez de armarme de valor para demostrar que se equivoca, las palabras que Hannah me soltó durante nuestra discusión hacen que la realidad me abrume de repente.

«¿Qué tengo que perder?». Para empezar, un sitio donde alojarme. Seguramente podría alojarme con Hannah y David estas dos semanas que me quedan para irme, pero no me apetece mucho por lo que sé del punto muerto en el que se encuentran con la Navidad. Y por último, lo peor de todo, perdería a uno de mis mejores amigos. No estoy dispuesto a arriesgarme a eso por un beso. No a menos que esté segurísimo.

Y así es como el momento se desintegra. Theo retrocede un paso y se apoya en la encimera mientras me observa con esos ojos verdes oscuros para ver qué hago a continuación.

—Voy a ducharme —balbuceo. Al parecer, lo que hago a continuación es salir por patas. Me escabullo hacia la puerta de la cocina, con los hombros encorvados por la desilusión.

—¡Espera! —me dice Theo.

El corazón se me sube a la garganta mientras me doy media vuelta. Lo veo titubear un instante con un dedo en el aire. Al cabo de un rato dice:

—¿Te apetece ver *Ellen* después de que te duches? Clementine es la invitada.

—Ah, claro.

Va a ser una ducha muy larga y muy fría.

16

Hannah

Navidad n.º 10, 2017

—Ay, joder, llego tardísimo. —David va del cuarto de baño al vestidor. Su pelo castaño todavía está mojado por la ducha.

En la mesita de noche su móvil se ilumina al recibir una serie de mensajes.

—Te están mensajeando sin parar —digo mientras suena un mensaje tras otro.

—Adam está que echa humo. Los niños tienen un berrinche porque mi madre se niega a que abran los regalos hasta que yo llegue.

Reaparece en la puerta del armario con una camisa Oxford blanca metida por dentro de unos vaqueros, con pinta de ser el presidente mojigato de la asociación de honor de su instituto, cargo que ocupó, tal como confirma su anuario. A él lo votaron como «Quien tiene más papeletas para triunfar», mientras que a mí me votaron como «Quien tiene más papeletas para caer en el olvido», algo que ha resultado ser totalmente cierto, porque mis compañeros de instituto no han vuelto a saber de mí. Estar con David casi hace que me entren ganas de ir a una de las reuniones de antiguos alumnos, aunque solo sea para alardear de él y dejar caer como si nada lo de mi trabajo en los pódcast. Para demostrarles que aunque fuera la chica rara a la que le tenían lástima, las cosas no me han ido tan mal.

Me mira con una sonrisilla; los dos tenemos muy presente el motivo de que llegue tarde.

—¿Seguro que no te apuntas a la celebración?

—Ah, ya lo he celebrado. Dos veces —contesto desde donde estoy, tumbada desnuda debajo de las sábanas.

Después del café y de los regalos (un vinilo de John Mayer de mi parte como guiño a su bio en la app de citas y entradas para ver a The National en el Forest Hill Stadium de su parte), me llevó de nuevo a la cama, donde según él iba a darme la segunda parte de mi regalo y me lo estuvo comiendo media hora. No tuvo que llevarme a rastras, la verdad.

—Lo digo en serio. Ven a Connecticut. Es nuestra primera Navidad. ¿No deberíamos pasarla…, ya sabes…, juntos?

—No quiero ser la desconocida que se cuela en Navidad. Solo he visto a tus padres una vez.

—¡Y te adoran!

—El año que viene —le digo.

—El año que viene —repite con una sonrisa tímida. Se acerca a la cama y me da un último beso antes de marcharse—. Llámame si cambias de idea o si las cosas se ponen muy tensas con Finn. Hay un tren que sale a las 12.45 de Grand Central. Puedo recogerte en la estación de Fairfield.

—No va a pasar nada. Todos somos adultos —replico con más seguridad de la que siento. Un minuto después oigo que la puerta se cierra tras él.

Finn se ha convertido en un fantasma que ronda nuestra relación. Se le oye, pero nunca se le ve.

Una vez, al principio de estar saliendo, llevé a David a Lucky's por primera vez. Los amigos de *Friends* tenían el Central Perk; el grupo de *Cómo conocí a vuestra madre* tenía el McLaren's;

y nosotros teníamos el Lucky's. Hace unos años intentamos cambiar al Bar Belly un poco más abajo en la misma calle, con sus ostras a un dólar y su hora feliz con cócteles de autor, pero no cuajó. Lucky's es un antro, pero es nuestro antro.

En cuanto abrimos la puerta, nos asaltó la bofetada del aire acondicionado y el olor a cerveza añeja. Michelle, nuestra camarera preferida, levantó la vista desde la barra, donde le estaba preparando un destornillador al único cliente que había en el otro extremo de la barra, y dijo:

—¡Hola, guapa! Hace mucho que no te veo. ¿Dónde está tu media naranja?

Se refería a Finn. No pisaba el bar desde que nos peleamos. Le contesté encogiéndome de hombros y esperé que David interpretase el comentario como que se refería a un ex imaginario, no a un ex mejor amigo muy real.

Era inevitable que David se enterase de algunas cosas sobre Finn, tan omnipresente en mis recuerdos, pero yo no había sido lo que se dice muy sincera con nuestra pelea. Solo había pasado una semana desde que por fin me atreví a hacer caca en su casa, así que me parecía demasiado pronto para contarle que no me hablaba con mi mejor amigo. Temía que me viera como un monstruo insensible.

Llevé a David a uno de los altos reservados de madera y me senté en un extremo del banco corrido. Cuando se acomodó a mi lado, miró con recelo hacia el frente.

—¿Nos vamos a otra parte? Schiller's está aquí al lado, ¿no?

—¡No! —Me dejó por los suelos que descartara el bar. Pero lo entendía: Lucky's no tenía muy buena pinta. Las paredes estaban cubiertas con fotos firmadas de clientes famosos (no conocíamos a ninguno; Finn estaba convencido de que era una broma y de que las fotos eran de amigos del dueño) y las mesas tenían una capa pegajosa que ya era permanente. Durante los cuatro meses que llevábamos saliendo, David me había enseñado los puntos más emblemáticos de la ciudad a su parecer. Habíamos comido y bebido en todos «sus sitios». Ese era el único lugar de la ciudad que me atrevía a reclamar como propio —. Este es nuestro sitio. Vamos a tomarnos una copa por lo menos.

—¿Nuestro sitio? —preguntó él, confundido, al creer que hablaba de nosotros dos.

—De Finn y mío. Empezamos a venir nada más mudarnos a la ciudad.

—Ah, el famoso Finn —murmuró—. Tengo la sensación de que es como tu amigo imaginario. ¿Cuándo lo conoceré por fin?

—Bueno... —dije mientras me preguntaba si sería ético inventarme un glamuroso trabajo en el extranjero para Finn. A lo mejor estaba en Barcelona o, mejor todavía, en Shanghái, donde la diferencia horaria hacía muy difícil las llamadas de FaceTime. Pero al final opté por la verdad. No quería mentirle a David—. Es que no nos hablamos ahora mismo.

Echó la cabeza hacia atrás, sorprendido, con los ojos como platos, antes de adoptar una expresión de simple curiosidad.

—¿Por qué? —replicó al cabo de un momento.

—¿Qué vas a tomar hoy, guapa? —lo interrumpió Michelle.

—¿Me dices qué cervezas tenéis hoy de grifo? —le pregunté, agradecida por poder alargar la distracción aunque sabía que iba a pedir un margarita helado. Lo único bueno de que Finn no estuviera allí era que no podía poner los ojos en blanco al oírme pedir ni tampoco especular sobre la última vez que limpiaron la máquina de margaritas.

Mientras Michelle nos daba la lista de cervezas, fui dejando caer los hombros. Cuando se marchó con la comanda, cambié de tema y empecé a hablar de la liga de sófbol de David, dándole pie para que soltara las estadísticas de bateo de sus compañeros de equipo.

Me parece inconcebible que Finn, la persona más importante para mí, no conozca a David. Desde aquel día, la información sobre Finn ha ido calando en pequeñas dosis. Un domingo de septiembre, mientras comíamos *bagels* en el apartamento de

David, el enunciado de un crucigrama hizo que se resquebrajase mi armadura.

—Con nueve letras, el amor del *Fantasma*.

—Christine —contesté sin levantar la mirada del libro que tenía abierto en el iPad, *Eleanor Oliphant está perfectamente*.

—¿Cómo lo sabes?

—Finn interpretó el papel de Raoul en una producción de *El fantasma de la ópera* durante nuestro segundo año. Quería interpretar al Fantasma, pero no lo consiguió. —Empecé a hablarle de los disfraces que nos pusimos durante nuestra primera Navidad y de las aventuras durante las vacaciones de invierno que siguieron.

—Sé que echas de menos a Finn, pero tú y yo podríamos tener aventuras, ¿sabes? —sugirió con timidez. Fue todo un detalle, así que no le dije que no me apetecía llenar el agujero del tamaño de Finn que tenía en el corazón. Mi amor por David ocupaba un espacio separado, aunque igual de importante, pero no eran intercambiables, por más que algunos días lo deseara.

—Me encantaría —le dije a David, porque no dejaba de ser un detallazo.

A David se le daba de vicio planear aventuras. Me mandó listados de eventos de Time Out y críticas de puestos de *dumplings* escondidos en centros comerciales en Queens con notas que decían: «¿Este finde?». Fuimos a Storm King y el Met Cloisters y a un bar secreto oculto detrás de una cabina telefónica en un restaurante de perritos calientes. Las aventuras consiguieron distraerme de echar de menos a Finn. Al igual que hicieron los primeros días de mi enamoramiento.

Después de que David se haya ido a pasar el día de Navidad con sus padres, me tiro la mañana viendo Instagram en su cama en un intento por desentenderme de la ansiedad que me provoca ver de nuevo a Finn después de un año. Me presento a las 14.05, lo más tarde que aguanto, en la dirección de Canal Street que Priya nos ha dado. Ella ya está allí, vestida con un abrigo de color ciruela que resalta contra el estuco gris del edificio que tiene detrás. El edificio es tan anodino que no da pistas de lo que ha planeado para hoy.

Cuando estoy lo bastante cerca, me abraza con fuerza durante treinta segundos, aunque nos vimos ayer por la mañana, antes de que yo me fuera a casa de David y ella, a casa de Ben.

—¡Feliz Navidad! —me chilla contra la oreja. Su emoción raya en la histeria, como si creyera que, planificando lo bastante bien el día, pudiera cerrar la brecha en nuestro grupo de amigos, y rezo con fervor para que así sea.

—¿Dónde están los demás? —pregunto.

—Supongo que llegan tarde. —Priya se encoge de hombros.

A lo largo de todo este año, Theo se ha transformado en un fantasma y Priya se ha convertido en nuestro pegamento, esforzándose por pasar tiempo con cada uno de nosotros. Asegurándose de que quedaba un grupo de amigos al que volver si Finn y yo por fin hacíamos las paces. Fue ella quien le dio el visto bueno a David. Con Theo siempre quedaba los viernes cuando él estaba en Nueva York, algo que ha sido más infrecuente a medida que avanzaba el año… y se alargaba el distanciamiento entre Finn y yo.

Theo y yo nunca hemos hablado de la pelea; no hemos hablado en absoluto salvo para felicitarnos con gran educación en nuestros respectivos cumpleaños. Es como si creyera que, al quitarse de la ecuación (o al menos de mi lado de la ecuación), Finn y yo haríamos las paces, y por extensión el grupo se uniría de nuevo.

También sabía que Priya quedaba con Finn, aunque se negaba a hablarme de eso.

—Si quieres saber cómo le va, puedes hablar con él tú misma —me dijo cuando se hartó de mis preguntas tan poco sutiles.

La única excepción fue para hacerme saber que Finn había mentido y le había dicho a Theo que la pelea fue por Jeremy, algo que en cierto modo debía reconocer que era verdad. Que nuestras historias encajaran al parecer era más importante para ella que su negativa a hacer de correveidile.

Priya aceptó alegremente la carga de planificar la Navidad de este año, pero se ha reservado los detalles a modo de sorpresa. Desde que empezó diciembre la he estado viendo escabullirse para aceptar llamadas de teléfono y guardar bolsas de la compra en su dormitorio.

—¿Me dirás al menos si Finn va a venir? —le pregunté la semana pasada.

—Va a venir, pero no ha sido fácil convencerlo.

Mientras Priya y yo esperamos a los demás, balbuceo nerviosa sobre mi intercambio de regalos con David. La enormidad de ver a Finn me tiene de los nervios. En abril le mandé un mensaje para tantear el terreno. Un enlace a un artículo sobre la demolición del gimnasio del Boston College, apodado con cariño el Plex, con su estrambótico techo de carpa de circo, para dar paso a unas nuevas instalaciones ultramodernas. No era nada personal, lo que me permitía asegurarle sin quedar mal que el mensaje no iba dirigido a él si no respondía, que fue lo que pasó. Dos horas más tarde no soporté la idea de que el mensaje se quedara flotando en el éter y envié una excusa más que evidente: «Lo siento, era para otra persona».

Sé que nuestra pelea es ridícula. A estas alturas estoy más cabreada con él por el hecho de que siga cabreado conmigo. Es como las discusiones que tenía con Brooke cuando éramos niñas y me pillaba escuchando a escondidas sus llamadas o le cogía prestado su top preferido del catálogo de dELiA*s sin pedirle permiso. Al final, mi madre decía: «Esta casa es demasiado pequeña para que la mitad de sus residentes estén peleados» y nos obligaba a decir una cosa buena de la otra, a abrazarnos y a hacer las paces. Pero Finn y yo no tenemos padres que intervengan.

Y, de las personas que tenemos al lado, Priya es demasiado amable para echarnos la bronca y Theo mantiene las distancias.

Aunque espero que hoy acabemos enterrando el hacha de guerra, me aterra la posibilidad de que solo empeore las cosas y quememos el puente para siempre.

Diez minutos más tarde Finn dobla la esquina del Bowery arrastrando una maleta con ruedas con una mano y llevando a Jeremy de la otra. No tenía ni idea de que seguían juntos. Me cabreo un segundo con Priya por no decirme que Jeremy iba a venir y por dejar que alguien nuevo se sume a nuestra tradición sin consultar. Controlo el enfado porque ya tengo bastantes frentes abiertos con las personas que van a estar aquí, pero no consigo zafarme de la sensación de que me están arrebatando esta Navidad.

—¡Jere, has venido! —chilla Priya.

Otro ramalazo de irritación, mezclado con envidia en esta ocasión, por el hecho de que Priya haya pasado tanto tiempo con Finn y Jeremy como para dirigirse a él con un diminutivo.

—Siento llegar tarde —dice Finn—. Cogimos el bus de vuelta de Scranton después del desayuno y de intercambiar regalos con la familia de Jeremy y había mucho tráfico.

—Mentí y dije que teníais que llegar antes de lo necesario. —Priya pone los ojos en blanco y a Jeremy se le escapa una carcajada nerviosa. Sigue tan raro como de costumbre, según veo.

—Hannah, ¿te acuerdas de Jeremy?

Jeremy se aparta el pelo rubio de la frente y le sonríe a la acera en vez de a mí. Finn me mira fijamente, y quiero soltar un millón de disculpas y suplicarle que me perdone, pero no parece ni el momento ni el lugar adecuados. No con Jeremy delante. Me pregunto qué le habrá contado a él sobre el motivo de que no nos hablemos. No puede ser la verdad. No creo que siguieran juntos si Finn le hubiese dicho que le comí los morros al hombre del que está enamorado y se le fue la pinza.

Me ahorro tener que pensar qué decir cuando un Escalade negro se detiene en la calle y deja a Theo en la acera.

—¡Creía que al menos llegaría antes que Finn! —exclama mientras le echa a Finn un brazo por encima de los hombros.

Se me encoge el estómago todavía más. Parece que el desastre de la última Navidad no ha tenido consecuencias para Theo; se les ve tan unidos como siempre.

—Bueno, ¿vas a decirnos qué vamos a hacer? —pregunto ahora que ya está todo el grupo al completo.

Priya empieza a dar botes sobre las puntas de los pies mientras nos mira a todos, estirando la gran revelación.

—Es una *escape room* de temática navideña —dice por fin.

Se oye un coro de gruñidos procedente de todos.

—¿Qué pasa? —pregunta, como si no viera nada malo en encerrarnos en una habitación durante hora y media. O está en la inopia, o es un genio del mal. A juzgar por el brillo belicoso de su mirada, me inclino por lo de genio del mal—. Salió en la revista *New York* en octubre. Las entradas llevan meses agotadas. ¿Sabéis todos los hilos que he tenido que mover para conseguirlas? Vamos a hacerlo. —Su voz no deja lugar a discusiones.

—¿Hay equipos? —pregunta Finn mientras se acerca a Jeremy.

—No. ¿Por qué iba a haber equipos? La cosa es pasar la Navidad juntos. —Definitivamente, un genio del mal. Al menos contamos con una actividad en la que concentrarnos.

Un cuarto de hora después Brian, un hombre con una perilla con cuatro pelos y una camiseta de Zelda que se presentó como nuestro «narrador de puzles» sin el menor rastro de ironía, nos conduce a nuestra cárcel roja y verde.

Nuestra sala, una de las tres en el edificio según el letrero de plástico del mostrador de recepción, se ambienta en «Navidad de una abuela setentera». La sala tiene el tamaño del apartamento que compartimos Priya y yo, lo que quiere decir que es pequeña. Da la sensación de que Brian compró los objetos en la venta del contenido de una casa de una abuela hortera de Long Island y lo plantó todo aquí, en las antiguas dependencias de una startup ya difunta. En un rincón hay un sofá de estampado floral con una colcha roja y verde de ganchillo por encima, y en otro hay un árbol de Navidad plateado, decorado hasta arriba con luces parpadeantes. Ya siento el dolor de cabeza que me empieza detrás de los ojos.

Si hasta huele a señora mayor, un olor agobiante y floral con un tufillo a moho, como si el perfume de los dueños anteriores hubiera empapado el sofá a lo largo de los años y sus olores se hubieran fundido o, peor, hubieran muerto en el sofá.

—Tenéis noventa minutos —explica Brian—, pero, si necesitáis salir por cualquier cosa, hay una cámara que manda la señal al mostrador de recepción. Así que solo tenéis que agitar una mano y decírmelo. Por motivos relacionados con el seguro, tengo que decirlo, pero no vais a querer iros. ¡Esta sala es brutal! Es la más difícil. La preparé yo mismo.

Toso para ocultar una carcajada, avergonzada por la sincera emoción que le produce esta sala tan espantosa. Me doy cuenta de que Finn también está conteniendo una sonrisilla en el otro extremo.

Cualquiera diría que estar encerrado en una habitación con alguien con quien no te hablas te daría motivos de sobra para ponerte a buscar pistas como un loco y salir de allí, pero, en cuanto Brian se va, Finn empieza un monólogo dirigido a todos sobre la Nochebuena con la familia de Jeremy en Pennsylvania aunque nadie le ha preguntado. Se tira cinco minutos enteros hablando única y exclusivamente del ponche de huevo. Entretanto un rubor intenso empieza a subirle a Jeremy por un lado del cuello, y se va intensificando con cada minuto que pasa. Supongo que no soy la única que capta el tenso ambiente.

Deambulo por la sala pasando las manos por las paredes, que están cubiertas por diferentes tipos de papel de regalo, con la vana esperanza de encontrar una palanca oculta que abra la puerta y acabe con nuestro suplicio.

La única persona que muestra entusiasmo o aptitud para la aventura es Theo, que se lo está tomando demasiado en serio.

—He encontrado un mapa del Polo Norte, pero está roto. —Levanta la página que parece arrancada del libro de colorear de un niño—. Creo que necesito un decodificador, ¿no? O a lo mejor hay más trozos en alguna parte. ¡Buscad más páginas del mapa! —nos dice con la seriedad de un hombre que ejerce el papel de acompañante en el parto de su mujer.

—¡He encontrado una llave! —exclama Priya—. Estaba en el árbol de Navidad, como si fuera un adorno. —Enseña una enorme llave antigua que parece la de la puerta de una mansión en ruinas en las Highlands escocesas.

—¿Abre la puerta principal? —pregunta Finn entre dientes—. ¿Eso quiere decir que podemos irnos?

Se me escapa una carcajada sarcástica antes de poder contenerla. Ojalá fuera tan fácil.

Justo entonces toco con los dedos un botón en la pared que está cubierto por papel y resulta indetectable a simple vista. Lo pulso y un Papá Noel espantoso sale como un resorte de un imponente reloj de pared que hay al otro lado de la habitación mientras grita: «¡Jo, jo, jo!».

—Joder, casi me cago de miedo —digo. Aunque he sido yo la que ha pulsado el botón, el corazón se me va a salir del pecho—. ¿Es una pista? ¿Cómo hacemos que pare?

La respuesta es… que no podemos. El reloj de cuco con el Papá Noel desquiciado constituye otra capa más del infierno que es la sala de tortura de Brian. Tres minutos después el Papá Noel sale del reloj y grita: «¡Jo, jo, jo!», y el corazón se me sube a la garganta otra vez.

—Mierda, otra vez me ha pillado. ¿Puede pararlo alguien? ¿O cargárselo?

—Priya, dame la llave que has encontrado. ¿Encaja en el reloj? —pregunta Finn. Es lo más cerca que hemos estado de hablar desde que llegamos.

Finn intenta meter la llave en la parte delantera del reloj aunque salta a la vista que es demasiado grande y casi resulta cómico.

—¡Jo, jo, jo! —grita Papá Noel, que reaparece justo delante de la cara de Finn como si supiera que él tiene las de ganar.

—Debemos parar este chisme. ¡No voy a soportar —dice y mira la cuenta atrás que hay sobre la puerta— otra hora y veinte minutos de esto!

¿Cómo es posible que solo llevemos aquí diez minutos?

—¿Esto encaja con tu mapa, Theo? —pregunta Jeremy con voz chillona mientras sostiene en alto otra página de un libro infantil para colorear con el pulgar y el índice como si fuera un delicado objeto que hay que manejar con cuidado, no como lo que seguramente sea: algo sacado de un paquete de diez comprado en Amazon.

—¡Un trabajo fantástico! —exclama Theo, que agita un puño por encima de la cabeza. Los dos se inclinan sobre la mesa en un intento por encajar las dos piezas o comprobar si una decodifica la otra.

—A Jeremy se le dan muy bien los rompecabezas —anuncia Finn en general—. Se hace todas las mañanas el crucigrama del *Times*. —No queda claro si está alardeando de Jeremy por mí o por Theo. Si nuestra relación fuera mejor, le diría que David también hace el crucigrama todas las mañanas.

Empieza a sonar el móvil de alguien.

—¡Nada de móviles! —protesta Theo—. ¡Y nada de hacer trampas!

—Por favor, no pensaba contestar —dice Finn—. ¿Y cómo iba a hacer trampas? No creo que haya trucos para esto en Reddit.

—¿Quién era? —le pregunta Jeremy por encima del hombro.

—Nadie, solo mi hermana —contesta Finn.

—Oh, es verdad, que esta mañana no pudiste hablar con Amanda. Tenemos que acordarnos de llamarla luego. —No se me escapa que Jeremy habla en plural. Seguro que ha conocido a Amanda en su visita anual durante las vacaciones de primavera, y siento otro aguijonazo de celos porque Jeremy estuviera allí y yo no. Me pregunto qué más me habré perdido de la vida de Finn en el último año.

—Creo que nos faltan dos piezas más del mapa que encajan en la parte inferior —murmura Theo para sí mismo.

El móvil de Finn empieza a sonar de nuevo.

—¡Jo, jo, jo! —grita el Papá Noel del reloj.

Está poseído… Ya está, ya lo he dicho.

—¿Ve alguien una cerradura en la que encaje esto? —Priya levanta de nuevo la llave.

—¡He encontrado una linterna de luz negra! —anuncia Jeremy.

—¡Puede que funcione con el mapa! —Theo está obsesionado con el dichoso mapa.

Jeremy nos rodea a Priya y a mí, que estamos en el centro de la atestada sala, y pasa la luz por encima del mapa.

—No creo que funcione con el mapa —le dice a Theo después de unos segundos.

—Seguro que puedes usarlo con las paredes. —Priya pulsa el interruptor de la luz y deja la habitación a oscuras.

—¡Oye! Enciende de nuevo la luz, ¡estaba mirando el mapa! —protesta Theo.

—¡Jo, jo, jo! —suelta de nuevo Papá Noel.

El móvil de Finn vuelve a sonar.

—¿Puedes contestar? ¿O ponerlo en silencio? O lo que sea —le digo de malos modos, olvidando por un instante que no nos hablamos. Creo que voy a tener un ataque de pánico como siga encerrada en esta habitación un segundo más.

Finn pone los ojos en blanco y contesta.

—¡Hola! Oye, ¿te importa que te llame dentro de…? —Se queda callado de repente y se vuelve hacia un rincón mientras se tapa el oído libre con un dedo para oír mejor—. Habla más despacio, no te entiendo —dice. Al cabo de unos segundos añade—: Espera, ¿qué? —Después de eso se pone a golpear la puerta—. ¡Déjame salir ahora mismo, joder! —grita Finn.

—¡Jo, jo, jo! —exclama Papá Noel en respuesta.

—Venga, Finn, no hagas eso. Tenemos que terminar —dice Theo desde donde está inclinado sobre su querido mapa.

—Brian, no lo dejes salir —le dice Priya a la cámara del rincón.

—No estoy de coña, Brian. ¡Déjame salir! —grita Finn, que golpea la puerta de nuevo. Retrocede un paso y mira hacia la cámara. Está llorando. Oh, esto no es por la horrible *escape room*. Esto es de verdad.

Jeremy corre a su lado y le rodea los hombros con un brazo.

—¿Qué pasa? ¿Qué te ha dicho?

Finn abre y cierra la boca como un pez mientras las lágrimas siguen resbalando por sus mejillas, pero no dice nada. Por primera vez desde que hemos entrado, la sala está en silencio.

Cuando por fin encuentra las palabras, las pronuncia en voz tan baja que casi no se le oye.

—Mi padre ha muerto.

17

Hannah

Este año, 25 de diciembre

El día amanece gris plomizo y promete nieve. Quizá sea una Navidad blanca. Pese a mis esfuerzos por dormir hasta tarde, me rindo pasadas las siete y salgo al salón a leer a la luz del árbol de Navidad.

El árbol ha pasado de sencillo a estrafalario, ya que David y yo llevamos un mes intentando superarnos mutuamente con los originales adornos que vamos encontrando. Él ha comprado un David Bowie y yo, un Papá Noel montado en un unicornio. Yo, un busto de Ruth Bader Ginsburg (lo más parecido que he encontrado a un adorno de estilo «abogado»), y él, un pepinillo con purpurina.

Cualquier otra mañana estaría revisando los mensajes de correo electrónico, pero he guardado el portátil en el bolso del trabajo hasta el año que viene. Alejarme del trabajo supone un alivio, siete días de descanso en mi batalla perdida con Mitch sobre el lanzamiento del pódcast. La semana pasada cedí y escuché un episodio de *Pornostacho*, y es incluso más asqueroso de lo que imaginaba. No porque tenga un problema con el porno, sino porque es un ejemplo de misoginia de principio a fin. Sesenta minutos de cosificación de los cuerpos de las mujeres con pausas publicitarias intercaladas para vender suplementos y servicios de entrega de comida preparada. Si llega el caso, buscaré un nuevo empleo en enero. Pero de momento he desterrado el trabajo de la cabeza.

Me vibra el cuerpo por la emoción. Estoy deseando ver la reacción de Finn al día que hemos planeado para él. Ojalá la vida tuviera un botón para reducir la velocidad, igual que mi app de pódcast, y así poder disfrutar de este día y saborearlo el mayor tiempo posible, sobre todo porque puede ser el último año de nuestra tradición navideña.

También estoy deseando darle a David su regalo. He tirado la casa por la ventana y he comprado un vale de regalo para cenar en Blue Hill, en Stone Barns, a las afueras de la ciudad, después de verlo en un episodio de *Chef's Table*, su serie preferida de Netflix. Todavía me resulta increíble haberme gastado ese pastizal en una sola comida. Por trescientos cincuenta dólares por persona (sin contar la propina), podríamos comer sesenta y seis hamburguesas Shake Shack cada uno u ochenta y ocho porciones cuadradas, maravillosamente cargadas de queso, de Prince Street Pizza, pero sé que esta experiencia va a hacerlo muy feliz. Lo admito, me he excedido con la esperanza de que eso me ayude a aplacar la tensión de no pasar la Navidad con su familia. Ayer por la tarde hasta me escapé a su panadería favorita a por cruasanes, con la excusa de que tenía que llamar a Finn. Al menos podemos disfrutar de una mañana de Navidad perfecta.

Ni siquiera he llegado a la página cinco cuando David sale del dormitorio, estirando los brazos por encima de la cabeza mientras camina en piloto automático hacia la cafetera.

—¡Feliz Navidad! —le digo desde el sofá.

—Buenos días —murmura. Está monísimo cuando tiene sueño, como un niño pequeño gruñón. Y no es persona hasta haberse bebido la primera taza de café.

Leo dos páginas más mientras él trajina con la cafetera. Cuando termina, vuelve al dormitorio con la taza en la mano. Le echo un vistazo a la cafetera y veo que solo ha preparado suficiente para él.

Mierda. Está muy cabreado. Anoche discutimos otra vez. Por algo que ya es un clásico.

«¿Así que de verdad no vienes mañana?», me preguntó mientras me vestía para ir a casa de Theo.

«No sé qué más quieres que te diga. —Llevamos hablando de lo mismo una vez a la semana desde hace un mes y no puedo ser más clara: no voy a pasar la Navidad con su familia. Este año es imposible, porque es el último de Finn. Pero él se ha mantenido en sus trece y no ha dejado de preguntarme una y otra vez, como si la respuesta pudiera cambiar de repente—. Pero, por favor, ven a casa de Theo esta noche, a todos les encantaría verte. O, si lo prefieres, me quedo en casa y así pedimos comida y vemos películas de Navidad». ¿No ve que de verdad lo estoy intentando?

«Seré el que sobra», contestó. No parecía cabreado, solo resignado.

Por más que me emocione el día de hoy, una pequeña parte de mí también está deseando que llegue mañana para que podamos dejar atrás esta discusión y volver a la normalidad.

Sigo a David al dormitorio, donde lo encuentro en el cuarto de baño adyacente, poniéndose crema de afeitar en la cara.

—¿Estás bien?

—Sí —contesta, pero sin mirarme. Está concentrado en su tarea mientras coge la cuchilla y empieza a pasársela.

—He pensado que podríamos darnos los regalos y desayunar antes de que te vayas —digo, intentándolo de nuevo.

—Llevo retraso.

—¿El niño es mío? —le pregunto, intentando aliviar su mal humor. Ni siquiera esboza una sonrisa. Miro por encima del hombro el reloj digital de la mesita de noche, fijándome en la cama todavía deshecha—. Solo son las ocho menos cuarto —añado.

—Mi madre va a preparar un desayuno tardío, quieren comer a las diez.

—Ah —digo, intentando disimular mi decepción—. Entonces a lo mejor podemos darnos los regalos esta noche, cuando vuelvas. Nosotros hemos planeado un almuerzo, así que no llegaré tarde. ¿A qué hora crees que estarás en casa?

—No lo sé. Puede que me quede a dormir.

Es la primera vez que lo oigo hablar de este plan.

—Ah, no lo sabía.

—Necesito aclararme las ideas —dice, pasándose la cuchilla con más brusquedad por la barbilla. Se hace un corte y veo que brota una gota de sangre—. ¡Joder!

—¿Qué es lo que te tiene tan confuso? —le pregunto.

—Nosotros.

—¿Nosotros? —Se me encoge el estómago—. ¿Qué pasa con nosotros?

—Creo que deberíamos hablar cuando no vaya con prisas.

Suenan las alarmas en mi cabeza. Cuando alguien anuncia que «deberíamos hablar», nunca se dice nada bueno. Hablar significa «cortar». Pero no podemos cortar. Tenemos un contrato de alquiler en común, tenemos entradas para un concierto de Maggie Rogers en marzo y un viaje a Charleston planeado para mayo. Pero lo más importante es que lo quiero. Confío en él. Hace que me sienta segura. Recuerdo las confidencias que intercambiamos en la oscuridad, acurrucada entre sus brazos en nuestra cama. Le he dicho que tengo miedo de no ser una buena madre después de haber pasado tanto tiempo sin padres. Él me ha dicho que tiene miedo de estar malgastando su vida en un trabajo que ni siquiera le gusta, solo porque le pagan bien. No podría soportar perderlo. Le he hablado de mis padres, y, aunque los recuerdos no son gran cosa, para mí fue algo enorme. Porque no hablo de mis padres con nadie, ni siquiera con Finn.

Siento que se me acelera el corazón. Sé que le molesta que no celebre la Navidad con su familia, pero en ningún momento se me ha pasado por la cabeza que esto pueda dejarnos al borde de la ruptura.

—Vamos a hablar ahora —insisto.

—Ya te lo he dicho, voy con retraso.

—No puedes soltarme esa bomba e irte. —Debe de ser consciente de que esto va a arruinarme el día, quizá varios días si no piensa volver a casa esta noche—. ¿Estás intentando cortar conmigo?

—No lo sé, Hannah. Es que no sé qué clase de futuro podemos tener si no te tomas esto en serio. Lo nuestro.

—Claro que lo tomo en serio —protesto—. Tenemos una cuenta corriente conjunta para los gastos de la casa, somos copropietarios de una vajilla, he compartido contigo anécdotas sobre mis padres, sobre mi pasado. Lo eres todo para mí. ¿Cómo es posible que eso no sea tomárselo en serio?

David suelta la cuchilla, apoya las manos en el borde de la encimera y me mira a través del espejo con los ojos rebosantes de dolor.

—Entonces ¿por qué pasamos la Navidad separados? ¿Eres consciente de que, cuando te negaste a celebrarla con mi familia, ni siquiera me invitaste a que yo la celebre con vosotros? ¿No habría sido ese el término medio más obvio?

Su comentario me pilla desprevenida. He estado tan atrapada con la planificación y mis preocupaciones por la pelea de Acción de Gracias que ni siquiera me he dado cuenta de que se ha pasado todo este mes esperando una invitación.

—A ver, si fuera un año normal, pues sí. Pero este es el último año de nuestra tradición…

—Vale. Que soy plato de segunda mesa, ¿no? —Resopla exasperado—. Sinceramente, no estoy seguro de que me necesites ni de que me quieras ahora que tienes a Finn de vuelta.

—¡Eso no es verdad! —exclamo casi a voz en grito. ¿Cómo es posible que piense eso?

—Ya te he dicho que creo que esta conversación va a ser

larga. —Mete una mano en la ducha y abre el grifo—. ¿Puedes cerrar la puerta? Voy a ducharme —me dice como si yo fuera una desconocida que no quiere que lo vea desnudo.

Después de cerrar la puerta, corro casi sin aliento hacia el cajón de sus calcetines. Cuando lo abro, dentro solo hay calcetines. Rebusco con manos temblorosas, por si la cajita del anillo está escondida debajo o en el fondo del cajón, pero no está.

Me doy media vuelta y regreso al salón. Cojo el sobre beis grisáceo que contiene el vale regalo de Blue Hills del cojín del sofá y lo guardo en mi bolso del trabajo. Sabía que las cosas no iban bien entre nosotros, pero no me había dado cuenta de que estuvieran tan mal. Tengo la sensación de que todos mis seres queridos se alejan.

18

Finn

Este año, 25 de diciembre

Alguien llama con suavidad a la puerta.

—¿Finn? —me pregunta Theo desde el pasillo—. ¿Estás despierto? Es Navidad.

—Estoy despierto —respondo, con la voz aún ronca porque no la he usado todavía. Llevo horas despierto, demasiado nervioso para dormir. Ojalá pudiera decir alguna palabra para que el día de hoy salga perfecto, como la tradición esa de cuando el primer día del mes se dice «conejo, conejo» para atraer a la buena suerte. Después de dos Navidades horribles seguidas, siento que llevo esperando el triple de tiempo a que llegue este día.

—¿Quieres café? —me pregunta Theo desde el pasillo.

—Sí, por favor.

Veo girar el pomo de la puerta y después entra con una taza en la mano. No me había dado cuenta de que se refería a ahora mismo. Busco en la cama la camiseta que me quité cuando entré en calor en mitad de la noche y me la pongo mientras él me mira desde la puerta.

Una vez vestido, me ofrece una taza de porcelana Spode

con un árbol de Navidad en el lateral. Reconozco el diseño porque son las que hay en casa de la abuela Everett, pero nunca las había visto aquí. Theo debe de haberlas comprado especialmente para hoy.

—¿Llegamos tarde? —pregunto.

—Entramos en escena a la diez.

—¿Entramos en escena? —repito al percatarme de la extraña elección de palabras que hace que parezcamos actores presentándonos en el plató—. ¿Vamos a rodar una película de Navidad? Porque, si es así, espero que aparezca un hombre rudo y sencillo con un corazón de oro que me enseñe el verdadero significado de la Navidad. Ojalá sea un ebanista, pero me conformaría con un farero si eso es lo único que puedes encontrar con poca antelación.

—¿Tu idea es casarte y mudarte a una ciudad pequeña? —me pregunta Theo—. Porque siento darte malas noticias, pero recuerda que todas tus pertenencias van camino de Los Ángeles.

—Quizá el ebanista de mis sueños tenga que mudarse al oeste. A Aiden Shaw le fue bien tallando sillas en *Sexo en Nueva York* —le digo mientras aparto el nórdico. Juraría que sus ojos me recorren de arriba abajo mientras lo hago—. En fin, tengo que ducharme. Quiero estar lo mejor posible por si me encuentro con un viudo cascarrabias que necesita que le devuelvan el espíritu navideño —bromeo mientras salgo al pasillo.

Estamos en un atasco en Times Square, las cinco peores manzanas de Manhattan en lo referente al tráfico. La luz cegadora de las vallas publicitarias de quince metros con el cartel de *Aquaman* y los anuncios de los relojes Swatch me hacen desear unas gafas de sol, aunque la mañana esté nublada.

Theo no ha dicho ni mu sobre nuestro destino e incluso ha girado su teléfono para que yo no pudiera ver la chincheta del mapa cuando pedía un coche. Sin embargo, todos los sitios por los que pasamos están cerrados, desde la tienda de M&M's hasta el Olive Garden de tres pisos y la taquilla de TKTS.

Un cuarto de hora y seis manzanas más tarde, llegamos a un edificio de ladrillo visto de la calle Cuarenta y cuatro. Habríamos llegado antes andando.

—Sígueme —me dice Theo mientras se dirige a una puerta metálica sin ningún letrero. Voy tras él a través de un laberinto de pasillos con paredes formadas por bloques de hormigón hasta que llegamos a otra puerta metálica, esta decorada con una estrella dorada que alguien ha pintado con purpurina y que tiene mi nombre escrito en el centro con la letra torcida de Hannah—. ¡Tachán! —exclama Theo con una floritura mientras abre la puerta y vemos a Hannah y a Priya sentadas en sillas plegables de loneta delante de unos tocadores con espejos. Una mujer con el pelo canoso recogido con un par de palillos chinos le está colocando piedrecitas de estrás a Hannah en los párpados, donde ya lleva un maquillaje bastante intenso.

—¿Es Finn? —pregunta Hannah con los ojos cerrados, alargando una mano que abre y cierra en el aire, a su lado.

—Ni se te ocurra abrir los ojos —le advierte la maquilladora mientras la apunta a la cara con unas pinzas que sujetan un brillante.

—¡Bueno, pues feliz Navidad, quienquiera que seas! —exclama Hannah, y se gana una mirada fulminante de la maquilladora.

—Finn, esta es Paula —dice Theo—. Si hubiera un Tony para maquillaje teatral, lo habría ganado por *Hello, Dolly* el año pasado.

Extiendo la mano, asombrado porque estoy a punto de tocar a alguien que ha tocado a Bette Midler. Paula me mira la mano con desagrado y me saluda con las pinzas. Supongo que no.

—Y este es Anton —sigue Theo y señala a un hombre menudito vestido con un quimono de estampado de leopardo que está en cuclillas en un rincón, planchando con vapor el bajo de un vestido de seda roja—. Fue el ayudante del diseñador de vestuario de *Hamilton*.

Anton levanta la mirada de su labor y dice con un ronco acento de Europa del Este:

—Encantado.

—¿Qué estamos haciendo aquí? —pregunto mientras intento comprender qué está ocurriendo, y cómo y por qué Theo ha convencido a esta gente con tanto talento de que pase la mañana de Navidad con nosotros.

—¡Vamos a recrear nuestra primera Navidad! —anuncia Hannah, extendiendo un brazo hacia un lado de manera que casi tira la paleta de Paula.

—¡Pero mejor, obviamente! —añade Theo—. No se nos ocurría nada que hacer este año hasta que nos dimos cuenta de que ¿qué mejor manera de pasar tu última Navidad que rindiéndole un homenaje a la primera?

—Esto tiene cierto tufillo de fondo a la fundación Pide un Deseo. Sabes que no me estoy muriendo, ¿verdad? —Que crean que esta es la última Navidad que voy a pasar con ellos me escuece, aunque yo también he pensado lo mismo esta mañana. Prefiero imaginarme en el futuro como una estrella invitada que vuelve cada Navidad para regocijo de la audiencia del estudio de grabación, o como un estudiante universitario que se toma un descanso de su apretada agenda social para regresar a casa durante las vacaciones.

Paula le pasa un pañuelo de papel a Hannah por los labios, que previamente le ha pintado de un color rojo intenso, y se aleja para examinar su trabajo.

—Eres una obra maestra —afirma—. No comas nada. Ni se te ocurra llorar. Sería mejor que tampoco hablaras —enumera al tiempo que va levantando los dedos para enfatizar sus reglas.

Hannah le hace un gesto con el pulgar hacia arriba y se acerca al espejo para mirarse. Nunca la he visto tan maquillada.

—¿Quién es el siguiente? —pregunta Paula.

—¡Finn, ve tú! —exclama Priya, que sigue al lado de Hannah, vestida con un chándal de terciopelo rosa y con las piernas colgando por el brazo de su silla.

Hace años que no me maquillo para subir al escenario y se me había olvidado lo incómodo que es. Es como si alguien me hubiera rociado la cara con un bote entero de laca. Siento la piel tirante y pegajosa a la vez, y la experiencia me despierta un renovado respeto por las drag queens.

—Ya vale. No estropees mi obra maestra —me regaña Paula mientras abro y cierro la boca, intentando acostumbrarme a la sensación de rigidez mientras ella me ataca los ojos con más maquillaje. Lleva tres cuartos de hora conmigo. La única pista de lo que está haciendo fue una exclamación sorprendida por parte de Priya hace quince minutos.

Cuando termina, media eternidad después, abro los ojos para ver su trabajo. Me ha hecho un ahumado de arcoíris, pero solo en un ojo. El maquillaje se extiende desde el ojo hasta la frente y la mejilla, como un guiño colorido a la máscara del Fantasma. Es lo más bonito y espectacular que he visto en la vida.

—¿Te gusta? —me pregunta con timidez, olvidada por completo la actitud autoritaria de antes—. Me han dicho que eres el invitado de honor, así que quería hacerte algo especial.

—Me encanta —respondo y me sobresalto al ver las pestañas postizas revoloteando como murciélagos en mi visión periférica.

Una vez maquillado, Anton me pone unos pantalones entallados y una prístina camisa blanca. La capa se parece más a la del musical *Joseph and the Amazing Technicolor Dreamcoat* que a la elegante capa negra del Fantasma, y pesa más que la baratucha del departamento de arte dramático que me puse durante nuestra primera Navidad.

Mientras Priya y Theo se sientan para que los maquillen, yo me dirijo al escenario. Supongo que si se nos ha permitido disponer del local durante todo el día es porque Theo ha hecho un generoso donativo.

Cuando salgo por el bastidor, me sorprende encontrar a Hannah ya sentada con las piernas colgando sobre el borde del escenario, comiendo un *bagel* con queso crema. Se me acelera el pulso al pensar que eso está prohibidísimo, aunque aquí no haya nadie para gritarnos.

—Paula te va a matar —le digo.

Se sobresalta y me mira.

—Si no me delatas, te dejo que le des un bocado. —Me ofrece la mitad del *bagel*—. He ido a la tienda gourmet de la Séptima Avenida mientras te maquillaban. Me miraron raro por la calle. ¿Quién se supone que soy?

Lleva un vestido rojo hasta el suelo, el que Anton estaba planchando con tanto cuidado, y un tocado de plumas rojas.

—Eres Dolly Levi de *Hello, Dolly* —contesto.

—No lo he visto. —Se encoge de hombros—. Solo había dos opciones con vestidos rojos, o este o Annie la huérfana... Demasiado realista, tú ya me entiendes.

—¿Eso convertiría a David en Papaíto Warbucks? —le pregunto mientras me siento a su lado.

—No controlo el tema ni mucho menos, pero estoy bastante segura de que no hubo ninguna relación sexual entre Annie y Papaíto Warbucks.

—Ah, así que no has visto Annie 2. Es mucho más sórdida.

Me mira con los ojos entrecerrados, intentando saber si estoy bromeando.

—Si existiera, seguramente me habría presentado a la audición —le digo—. Claro que no me habrían dado el papel. —«Como siempre», añado en mis pensamientos. En mi época de audiciones tenía un cuaderno Moleskine de bolsillo que llevaba a todas partes. En él anotaba todas las pruebas a las que iba, los directores que las llevaban a cabo y los resultados: algunas llamadas posteriores, pero casi siempre silencio absoluto. Me dije que si no había conseguido ningún papel cuando llegara a las cien audiciones, me buscaría otro trabajo. «Un trabajo de verdad»; podía oír el deje de desaprobación de mi padre en la cabeza.

Después de la audición noventa y nueve recibí una llamada. Era mi momento. La noche anterior, ensayé en la cama cómo contaría mi historia de perseverancia cuando aceptara el premio Tony que sin duda acabaría ganando, aunque el papel era para un miembro anónimo del reparto.

No conseguí el papel, y en la audición número cien se me quebró la voz durante la canción y supe nada más suceder que no me elegirían. Tiré el cuaderno a la papelera del teatro y desde entonces no he vuelto a pisar un escenario. Ni siquiera he ido apenas al teatro. Cuando Theo me llevó el año pasado a ver *Hamilton* por mi cumpleaños, me asaltaron las náuseas desde la primera canción. Fingí una migraña en el intermedio para poder irnos.

—Desde mi punto de vista, creo que te has librado de una buena —dice Hannah mientras contemplamos las filas de asientos de terciopelo carmesí—. A mí me aterrorizaría hacer algo con tanta gente mirando.

Recorro con la mirada el entresuelo y luego los palcos. Actuar delante de tanta gente habría sido mi sueño.

Me limpio los ojos, avergonzado porque se me saltan las lágrimas. Creía que esta iba a ser mi vida; actuar delante de un público entregado. Me pregunto cuál fue mi momento *Dos vidas en un instante* en el que giré a la izquierda en vez de hacerlo hacia la derecha y todo empezó a ir cuesta abajo.

Hannah me ofrece unas cuantas servilletas.

—Como no pares, Paula acabará detenida por un doble homicidio —dice con la boca llena.

—Me he dejado los cuernos intentando conseguirlo —confieso.

—Lo dices como si tu vida en Nueva York hubiera sido horrible. No ha sido tan mala, ¿verdad? —me pregunta.

—Nada ha salido como pensaba. —Me limpio las lágrimas, y la servilleta acaba manchada de naranja y morado.

—No creo que la vida funcione así, Finn. Si la vida funcionara como yo creía que iba a funcionar, habría sido profesora-bailarina-astronauta, y sabes que cualquiera de esas cosas se me habría dado fatal.

Me río al imaginármela vestida con tutú y un casco espacial intentando controlar una clase de niños de ocho años que no dejan de gritar a pleno pulmón.

—Pero eso es distinto. Es lo que dices que quieres ser cuando te preguntan de pequeño. Yo nunca he dejado de desearlo, pero... no me han dado ninguna oportunidad.

—¿Recuerdas la noche que nos conocimos? Me dijiste que ibas a ser famoso.

—¡Ay, madre, qué repelente era! —Agacho la cabeza y me avergüenzo de mi yo de diecinueve años, tan seguro de que ese sería su futuro. ¿Qué pensaría ahora de mí?—. Tengo la impresión de que he malgastado toda mi vida en Nueva York volcándome en sueños que no se han hecho realidad.

—¿Y qué? Nunca te han dado un papel. A mí me parece una vida horrible, la verdad. ¿Ocho funciones a la semana? ¿Sin fines de semana libres? ¿Sin vida social? ¿Y sirviendo mesas entre papeles por dinero? Y... ¿para qué? ¿Para luego viajar por todo el país en un autobús y representar la obra en Des Moines y Phoenix? Conociéndote, lo detestarías.

—¿Cómo sabes todo eso?

—Lo busqué en Google cuando renunciaste. Quería estar preparada para poner de vuelta y media el camino que habías abandonado.

Le doy un empujón con el hombro, emocionado por su disposición a odiar a mis enemigos, reales o imaginarios.

—Pero no es solo eso. —Me levanto y camino de un lado a otro del escenario para quemar parte de la ansiedad que me está provocando esta conversación.

—Pues explícamelo.

—Es el teatro, es Jeremy… —La oigo resoplar cuando menciono su nombre—. Joder, también es Theo. He perdido muchísimo tiempo.

—Creo que te estás centrando en las cosas equivocadas —replica, poniéndose a la defensiva—. Nos lo hemos pasado bien, ¿verdad? Para mí, Nueva York es aquel día que fuimos a un partido de los Yankees antes de recordar que el béisbol nos la trae floja y acabamos comprando unas gorras y unos perritos calientes y nos fuimos. Son las porciones de pizza de Artichoke en el Village a las cuatro de la mañana y cruzar en bici el puente hasta Dumbo los fines de semana en verano para poder ver Nueva York desde el otro lado del río. Son los ocho millones de cenas, almuerzos y salidas nocturnas, incluso las reguleras, porque eran las mejores para reírse de ellas a la mañana siguiente desayunando unos *bagels*. Por no hablar de las Navidades. Bueno, solo las buenas. Para mí, Nueva York somos nosotros, y no ha sido un tiempo perdido. Yo por lo menos no creo haberlo perdido.

—Lo siento, ¿has visto a mi mejor amiga? Creo que la han abducido los extraterrestres porque eso ha sido muy ñoño. —Sin embargo, le apoyo la cabeza en el hombro porque tiene razón; también ha habido muchas partes buenas. Ella apoya la cabeza en la mía y nos quedamos mirando el teatro.

—Estoy orgullosa de ti, ¿sabes? —dice al cabo de un minuto, y yo asiento con la cabeza—. Pero también estoy triste. Tengo la impresión de que acabo de recuperarte, pero soy consciente de que tienes que irte.

La entiendo porque yo siento justo lo mismo.

—Creo que me vendrá bien un nuevo comienzo. Pero podemos hacer videollamadas…, ¿quizá una noche al mes de cine virtual los cuatro? Y ahora tienes a David. Estarás bien.

Levanta la cabeza y se queda mirando los restos del *bagel* en el envoltorio de papel de aluminio que tiene en el regazo.

—No sé yo. Ahora mismo está bastante enfadado conmigo. —Lo dice con despreocupación, pero, cuando me vuelvo para mirarla, veo que tiene los dientes apretados, como si se estuviera esforzando para no llorar.

Le aprieto el brazo e intento hablar con voz alegre, disimulando el daño que me ha hecho esta conversación, y digo:

—Volvamos con los demás antes de que Paula nos mate por tanto comer y llorar. —Mientras nos levantamos, añado—: Sabes que siempre puedes contar conmigo si necesitas hablar, ¿verdad? Incluso cuando no esté físicamente aquí.

Tras un corto trayecto desde el teatro, nuestro taxi se detiene en medio de un tramo de tiendas de lujo de la calle Cincuenta y cinco, todas cerradas por vacaciones. Al salir, parecemos la *troupe* de un circo: Hannah con su vestido rojo; yo con la capa multicolor; Theo con el traje rojo y dorado del rey Jorge, una peluca empolvada, una corona y una esclavina con manchas de dálmata; y Priya con un vestido negro estilo años veinte con flecos y abalorios en plan Velma Kelly. Al otro lado de la calle, una familia de turistas con abrigos azules a juego se detiene para mirarnos. El padre saca el teléfono para hacer una foto del espectáculo.

Theo nos conduce hasta una puerta dorada que tiene una jardinera con setos al lado. Priya se queda en la retaguardia, caminando a trompicones sobre los finos tacones de aguja. Su libertad de movimiento se ve limitada por el vestido, que es ajustado hasta las rodillas, donde se abre y forma una cortina de abalorios y flecos.

Cuando entramos, el jefe de sala, que lleva una americana de cuadros, levanta la mirada de su iPad.

—¡Ah! Señor Benson, ¡perfecto! Bienvenido al Polo Bar. —Le estrecha la mano a Theo y le da una palmada en el hombro como si fueran viejos amigos—. ¿Les apetece un cóctel antes de bajar? —sugiere.

Tras una ronda de martinis sucios servidos con unos cuencos de plata llenos de patatas fritas en su punto justo de sal, frutos secos variados y bolitas fritas que resultan ser aceitunas rellenas de trocitos de salchicha, el jefe de sala nos conduce escaleras abajo. El comedor sin ventanas parece el búnker de un aristócrata obsesionado con la hípica. Nos sentamos en un reservado con un banco corrido de cuero de color coñac. Cada asiento tiene un cojín de cuadros escoceses, no sé si como decoración o como apoyo lumbar. Mientras observo el comedor con sus paneles de madera, no puedo evitar sonreír al ver que hemos mejorado con respecto a las tortitas del comedor del campus de nuestra primera Navidad.

En cuanto nos acomodamos, un camarero con pajarita y chaleco de cuadros nos trae una botella de champán. El sonido del corcho al abrirse resuena en el comedor desierto.

—Me gustaría hacer un brindis —anuncia Theo, mientras golpea su copa con el cuchillo—. Finn, ¿sabes que creo que la noche que te conocí fue una de las mejores de mi vida?

Aunque mis recuerdos de la velada son borrosos, en el mejor de los casos, me arden las mejillas al oírlo mencionar aquella noche. La única noche que hemos sido más que amigos.

—Porque esa noche os trajo a todos a mi vida, y os habéis convertido en más familia que mi propia familia. —La noche es importante para los dos por motivos diferentes, está claro. Siento que me desinflo, como un globo que chirría para ofrecer un sonoro y flatulento estertor—. Sé que hoy puede ser el final de una tradición, pero no es el final del amor que siento por cada uno de vosotros. Llevo nuestro parentesco tatuado en el corazón. No de forma literal, obviamente, pero, si nos bebemos unas cuantas botellas más —añade, señalando la botella de Perrier-Jouët que hay en la cubitera junto a la mesa—, es posible que me decida a hacerlo. —Se oye un coro de carcajadas en torno a la mesa—. Soy un desastre hablando de mis sentimientos, pero quería que supierais lo mucho que ha significado para mí formar parte de este grupo. Así que brindemos por Finn y por posiblemente nuestra última Navidad, aunque espero que sea la mejor de todas.

—¡Eso! ¡Eso! —Priya levanta su copa.

—¡Chinchín! —exclama Hannah, que acerca la suya.

Yo levanto la mía sin decir ni mu para brindar. Theo me guiña un ojo desde el otro lado de la mesa. Todos bebemos un sorbo de champán para sellar el brindis.

No hay carta para el almuerzo. El camarero de la pajarita vuelve con una bandeja de pastas de té de dos pisos. La parte inferior está llena de tortitas en miniatura y en la superior hay una lata de caviar y un tarro de crema fresca. Al caviar le sigue una bandeja de perritos calientes de hojaldre, en versión carnívora con salchichas de ternera, y en versión vegetariana para Priya, ambas envueltas en una tortita. A continuación, llegan sándwiches de desayuno en miniatura: un huevo frito, una minihamburguesa y queso fundido, pero en vez de llevar pan, van entre dos tortitas. Luego aparecen cuatro camareros cada uno con una fuente tapada. En cuanto las destapan con una precisión coreográfica, aparecen unas esponjosas tortitas de estilo japonés colocadas en tres montoncitos, el primero bañado con una compota de frutas del bosque, el segundo salpicado de trocitos de chocolate y coronado con una nube de nata montada, y el tercero adornado con *chutney* de manzana.

Suelto una carcajada cuando por fin tenemos todos los platos delante.

—Un momento, ¿has conseguido que un restaurante nos prepare una comida consistente exclusivamente en tortitas? —El personal, los ocho camareros que han servido los platos, debe de estar muy confundido por nuestra extraña comida navideña.

—El rigor histórico es importante —responde Theo con una inclinación de cabeza que hace que se le ladee la corona.

—Créeme, yo estuve allí, y no hubo caviar en nuestra primera Navidad —le digo.

—Tampoco había champán —añade Hannah—, pero ¡no veo que te quejes de eso!

—Bueno, lo hemos actualizado un poco —replica Theo con un alegre encogimiento de hombros.

Estamos tan llenos que casi ni tocamos las tortitas de chocolate del postre, que saben igual que un volcán de chocolate, pero aplastado. Cuando terminamos el quinto y último plato, nos sirven café en tazas de porcelana y apuramos el champán.

—¿Y ahora qué? —pregunto.

—Bueno —titubea Hannah—, esto es más o menos lo único que hemos planeado.

—Sinceramente, pensé que tardaríamos más —dice Theo, mirando su reloj.

—¿Y si cruzamos la calle y vamos al King Cole Bar para otra ronda? —sugiere Priya.

—Como me meta algo más en el estómago, exploto —contesta Hannah, que enfatiza sus palabras bebiendo un sorbo de champán. Ya vamos por la segunda botella—. Además, si seguimos bebiendo, al atardecer estaremos borrachos y tristes. Y David y yo a lo mejor nos damos los regalos esta noche.

Al mencionar el nombre de David, Priya la mira con una sonrisa de aprobación.

—Tengo una idea —digo—. Estamos justo al lado del Rockefeller Center y nunca he ido a patinar. Parece un rito navideño neoyorquino. ¿Vamos? Así mezclamos lo nuevo con lo viejo.

—Sus deseos son órdenes para nosotros —replica Theo mientras Priya y Hannah asienten con la cabeza—. Adelante.

Es posible que mi sugerencia haya sido un error. La fila de niños con subidón de azúcar que saltan al lado de sus agotados padres empieza en la acera de la Quinta Avenida y serpentea sobre sí misma hasta donde alcanza la vista. Es posible que todos sean turistas.

—¿Y si estamos en la fila equivocada? —pregunta Hannah—. A lo mejor esta es la fila para Papá Noel. O igual Al Roker está regalando algo en la plaza.

—Perdone —dice Priya, al tiempo que le da un golpecito en el hombro al hombre que tenemos delante—. ¿Esta es la fila para patinar?

—Os toca esperar vuestro turno como los demás, bichos raros —responde con sorna.

—Madre mía, vale. Solo era una pregunta.

Tardamos una hora en llegar a la entrada, alquilar los patines y ponérnoslos, lo que requiere algunas maniobras, porque durante la espera los dedos se me han convertido en carámbanos.

—No sé si es una buena idea. —Priya se endereza de forma inestable con un par de patines de alquiler de color naranja brillante—. Apenas puedo andar con este vestido, no digamos patinar.

—¿Y si te lo subes por encima de las rodillas para tener más amplitud de movimiento? —le sugiero.

—O agárrate a la barandilla y ya está —añade Theo.

—Hemos aguantado una cola enorme. Vamos a patinar. Todos —sentencia Hannah silenciando las protestas de Priya.

Salimos al hielo los cuatro juntos. El famoso árbol del Rockefeller se alza sobre la pista y por los altavoces suena música pop. Cuando la canción cambia a «Merry Christmas, Happy Holidays» de *NSYNC, me doy media vuelta para mirar al grupo y poder cantarles la letra mientras patino hacia atrás.

—Esta canción me gustaba cuando era pequeño.

—Oh, ¿te crees el único capaz de hacer giros? —se burla Hannah—. Que sepas que fui a clase de patinaje cuando era pequeña. Mira esto. —Levanta un pie del hielo y echa la pierna hacia atrás para hacer un arabesco bajo. Sin embargo, se tambalea sobre la pierna de apoyo y vuelve a bajar el otro pie. Todo esto dura unos tres segundos—. Antes era más flexible y recuerdo que me salía muchísimo mejor —admite.

Desde mi nuevo ángulo patinando hacia atrás, de cara al grupo, veo que Priya está abrazada a la pared unos metros detrás de nosotros. Me siento en parte responsable de haberla forzado a hacer esto, porque lo está pasando mal. Me acerco a ella patinando y le ofrezco mi brazo.

—Agárrate a mí —le digo—. Me aseguraré de que no te caigas.

—Creo que lo dejaré después de esta vuelta.

—¡Qué va! En serio, tranquila. Soy un gran patinador. —Acelero delante de ella y trazo un círculo rápido, haciendo los cruces con los patines que aprendí yo solo en la pista de patinaje cuando era pequeño—. ¿Lo ves?

Regreso a su lado y la cojo del brazo, tras lo cual aumento la velocidad para alcanzar al grupo. La canción cambia a «Mistletoe», de Justin Bieber, y tengo que hacer una maniobra rápida para evitar a un grupo de chavales que están avanzando por la pista arrastrando conos de tráfico para mantener el equilibrio y están a punto de golpear a Priya.

—Vas demasiado rápido —protesta ella.

—Tú aguanta y confía en mí.

—Finn, voy a…

Antes de que pueda terminar la frase, se le engancha el patín en una grieta del hielo y da un paso intentando recuperar el equilibrio. En ese momento se oye el sonido de una tela al rasgarse y un montón de abalorios plateados rebotan sobre el hielo.

—¡Me cago en la puta! —exclama Priya en voz baja, pero al menos ha recuperado el equilibrio.

—No digas palabrotas —le dice una niña con coletas y abrigo rosa, que se detiene a su lado para regañarla.

El tiempo se ralentiza cuando Priya choca con la repelente niña. Siento que me suelta el brazo y veo espantado que se cae. Con fuerza.

19

Hannah

«Mi padre ha muerto».

En cuanto Finn dice esas cuatro palabras, nuestra pelea queda olvidada. Corro hacia él y lo rodeo con los brazos. Me entierra la cara en el pelo, y siento que sus lágrimas me lo empapan mientras Theo grita hacia la cámara de vídeo del rincón.

—¡Brian, esto es una emergencia de verdad! —Agita los brazos por encima de la cabeza como si estuviera haciéndole señales a un avión en una isla desierta—. Venga ya, Brian, déjate de gilipolleces. —Lo intenta de nuevo al tiempo que golpea la puerta con la palma de la mano para enfatizar. Nunca he visto a Theo perder los papeles, pero me da que le falta poco para hacerlo.

Después de los dos minutos más largos de mi vida, Brian abre la puerta.

—¡Lo siento! —Le falta el aliento y tiene la cara roja—. Estaba en el baño y no os he visto. No creía que me necesitarais. Nadie termina en menos de una hora. Es nuestra habitación más difícil.

Los cinco pasamos a su lado y entramos en el estrecho vestíbulo ignorando por completo sus disculpas.

—Por favor, no nos dejéis una mala crítica —suplica mientras revolotea en torno al círculo que hemos formado alrededor de Finn, que se ha desplomado en un destartalado sofá de color verde aceituna con la cabeza entre las manos.

Jeremy se agacha delante de él y le coloca las manos sobre las rodillas.

—¿Qué necesitas? —pregunta con impotencia.

Los demás no esperamos a que nos diga lo que necesita y entramos en acción. Estoy desesperada por hacer algo para aliviar su dolor, lo que sea, pero no sé el qué, así que me conformo con darle un vaso de agua mientras Priya le trae una caja de pañuelos del mostrador de facturación.

—Hay un vuelo a las cinco en JFK —anuncia Theo, que está buscando vuelos en su teléfono—. Y uno a las seis de la tarde desde LaGuardia.

—Espera un segundo —lo interrumpo. Cuatro pares de ojos se vuelven hacia mí, incluso los de Finn—. ¿De verdad quieres ir? —pregunto, dirigiéndome a Finn, las primeras palabras que le dirijo en un año—. No tienes por qué hacerlo, ¿eh?

—No lo sé —responde. Sus ojos recorren el círculo como si alguno de nosotros tuviera la respuesta—. Seguramente debería, ¿verdad?

—A la mierda con las obligaciones. —Me siento en el sofá a su lado y pego un hombro al suyo—. Te he preguntado si quieres hacerlo, porque no estás obligado.

Finn se toma un tiempo para pensárselo. Se me parte el corazón al verlo así. Su padre lo ha puesto en una situación imposible. Si no estuviera muerto, ahora mismo le dejaría un mensaje poniéndolo de vuelta y media. ¿Cómo se atreve a dejar a su hijo (su maravilloso, cariñoso y afectuoso hijo) en esta tesitura, para obligarlo a hacer «lo correcto»? ¿Cómo se atreve a dejar este mundo sin haber arreglado las cosas con él?

—Creo que quiero ir —dice al final—. Bueno, no es tanto que quiera ir como que me parece que luego me arrepentiré si no lo hago.

—¿Eso es un sí? —pregunta Theo, que saca la tarjeta de crédito y se dispone a introducir el número en la app de viajes que está usando. Me mira en busca de aprobación.

Finn asiente con la cabeza mientras me mira.

—Es un sí —confirmo con la seriedad de un general dirigiendo una operación militar.

—¿Cuatro asientos o cinco? —pregunta Theo—. Jeremy, ¿vienes?

El aludido levanta la mirada de donde está en cuclillas frente a Finn. Parece un ciervo sorprendido por los faros de un coche.

—¿Yo? No puedo… —le dice a Theo en vez de a Finn, como si fuera consciente de que debe avergonzarse de su negativa.

—¿Estás de coña, Jeremy? —pregunto con brusquedad.

—Mañana trabajo. Debo alimentar a mis anémonas de mar o tendré que volver a empezar el experimento. —Sin duda es la excusa más ridícula de todos los tiempos.

Theo, Priya y yo ocupamos los asientos del medio en el vuelo de las seis de la tarde que sale de LaGuardia. Cuando la aerolínea cambió a Theo a primera clase por su condición de viajero frecuente, él insistió en que Finn ocupara su asiento.

Antes del vuelo, Theo y Priya se fueron corriendo a sus casas para hacer el equipaje, mientras yo me iba con Finn a su estudio para ayudarlo con el suyo. No me di cuenta de que Jeremy se había escabullido hasta que el taxi se alejó de la acera de la *escape room* y nos quedamos los dos solos en la parte posterior, con Finn agarrándome con fuerza la mano sobre el trozo de asiento agrietado que quedaba entre nosotros. Me planteé decirle al taxista que parase para poder volver y echarle la bronca a

Jeremy por su cobardía, pero seguramente sea mejor así, los cuatro solos.

Finn entró en estado catatónico al llegar a su estudio y se quedó sentado en el sofá mientras yo abría cajones, armarios y vitrinas haciendo un esfuerzo por reunir todo lo que pudiera necesitar durante los próximos días. Calzoncillos, maquinilla de afeitar, cepillo de dientes, pijama. También cogí un ejemplar gastado de *Los magos* de su estantería por si no podía dormir en el avión. Sé que es su preferido y se me ocurrió que le vendría bien un poco de consuelo en estos momentos.

—¿Tienes alguna bolsa portatrajes? —le pregunté.

Negó con la cabeza, y volvieron a llenársele los ojos de lágrimas, a punto de echarse a llorar.

—No hay problema, yo me encargo —lo tranquilicé.

Una hora más tarde, me coloqué en la cola de embarque con el traje de Finn envuelto en una bolsa de basura del revés como equipaje de mano. Cuando el hombre que nos precedía miró de reojo mi equipaje, le devolví la mirada con abierta repugnancia hasta que fue el primero en apartar la vista. No era el mejor día para interponerse en mi camino.

En cuanto se apaga la señal del cinturón de seguridad, Finn aparece en la parte trasera del avión y le da un golpecito en el hombro al hombre que está sentado junto a Theo. No alcanzo a oír lo que dice desde mi asiento, que es el último de la fila, pero lo veo señalar hacia la parte delantera del avión. El hombre recoge sus pertenencias a toda prisa, antes de que Finn se arrepienta de su oferta.

Cuando voy al baño en pleno vuelo —al que está en el centro de la cabina en vez del que hay al lado de mi asiento—, me alivia encontrar a Finn durmiendo con la cabeza apoyada en el hombro de Theo, que me mira con una sonrisa triste cuando paso a su lado. Me alegro de que Finn no esté solo.

Una vez en Atlanta encontramos un cartel escrito a mano en el mostrador de Alamo. El mensaje, escrito con un rotulador en mayúsculas, dice: «FELIZ NAVIDAD, NO NOS QUEDAN COCHES. QUE EL SEÑOR OS BENDIGA». Recorremos la desierta hilera de mostradores de alquiler hasta que encontramos el único abierto.

—Es su día de suerte —nos dice la mujer con un almibarado acento sureño—, nos queda un coche.

Tal vez haya exagerado lo de la suerte, porque el último coche resulta ser un Hummer amarillo chillón. Ya en el aparcamiento, nos alejamos unos metros del vehículo y le damos la espalda, como si pudiera ofenderse si nos oye hablar mal de él.

—¿Quién conduce? —pregunta Theo.

—¿No vas a conducir tú? —replico. Él ha pagado el alquiler y ha escrito su nombre en el formulario del seguro.

—No estoy acostumbrado a conducir por el lado derecho de la carretera. Ni en coches más pequeños. Me temo que acabaríamos en la cuneta —dice sin quitarle los ojos de encima a la monstruosidad de vehículo.

—Yo no tengo carnet de conducir —digo. Lo dejé caducar después de cuatro años en la ciudad. Me parecía demasiado engorroso ir al Departamento de Vehículos Motorizados a por un carnet que solo iba a usar para entrar en los bares, y para eso podía usar el pasaporte. Hasta hoy, no había sido un problema.

Nadie mira a Finn.

—Vale, lo haré yo —dice Priya. Theo le lanza las llaves y ella intenta cogerlas, pero se le caen. Acaban debajo del coche y tiene que ponerse de rodillas sobre el asfalto para recuperarlas. No es un buen augurio para el viaje.

Una vez dentro, Priya parece una niña, empequeñecida por el enorme asiento de cuero rojo del conductor. Lo ajusta todo lo que puede antes de girar la llave de contacto. Cuando lo hace, suena a todo volumen por los altavoces «I Did It All for the Nookie». Golpeo los botones del salpicadero para que pare. Este no es el momento, Fred Durst.

El Hummer ruge hasta que nos detenemos en la acera frente a la casa de la infancia de Finn poco después de las once.

—Ha llegado a su destino —anuncia la señora del GPS.

Priya pisa el freno y el coche se sacude antes de detenerse en la tranquila calle sin salida. Una vez que aparca, Priya suspira aliviada y relaja los hombros, que ha tenido pegados a las orejas durante los tres cuartos de hora que ha durado el trayecto por una autopista de cinco carriles hasta Peachtree City, una frondosa urbanización al sur de Atlanta.

Miro la casa por la ventanilla del acompañante. Nunca me había parado a imaginar en qué tipo de casa se había criado Finn. Siempre pensé que éramos iguales —sin padres, sin hogar, desarraigados—, pero la majestuosa casa colonial de ladrillo blanco de dos plantas que tenemos delante es la prueba de que Finn sí tiene una familia. Y de que lo han rechazado. Aprieto las manos en mi regazo mientras observo la casa. Hay una luz encendida en el salón.

—No sé si puedo entrar —dice Finn desde el asiento trasero. Le tiembla la voz—. Tal vez esto haya sido un error.

—¿Quieres que dé una vuelta por el barrio mientras lo decides? —sugiere Priya, que tensa de nuevo los hombros ante la idea de volver a arrancar el coche.

—¿Podemos sentarnos aquí un minuto? —pregunta Finn.

—Podemos sentarnos aquí toda la noche si quieres —contesta Theo—. No estás obligado a hacer nada.

20

Finn

Navidad n.º 10, 2017

Me despierto con la cabeza apoyada en el hombro de Theo. Tengo una costra de baba en la barbilla y me duele el cuello por haber dormido en un ángulo extraño.

Según mi teléfono son las 6.04. No pretendía quedarme fuera toda la noche; solo quería unos minutos para tranquilizarme, porque, en cuanto entrara, todo se haría realidad. Mi padre habría muerto y me vería cara a cara con mi madre por primera vez en nueve años.

Abro y cierro la puerta del coche lo más despacio que puedo para no despertar a nadie. Delante, Priya está acurrucada en el asiento del conductor, usando su arrugado abrigo morado como manta, y Hannah tiene la cara aplastada contra la ventanilla del acompañante. Me invade la gratitud. Pase lo que pase dentro, estas personas, las que están durmiendo de forma tan incómoda en esta monstruosidad de coche, son mi verdadera familia.

Por un momento me quedo mirando la casa. A la derecha del camino de entrada está el dichoso sauce. Los sauces solo lloran cerca del agua, así que el nuestro crece a lo alto y a lo ancho, proyectando sobre la fachada una agradable sombra contra el sofocante sol de Georgia. El árbol siempre era la base cuando jugaba al pilla-pilla con los otros niños del vecindario. Ha ganado altura desde que me fui.

Me quedo congelado en la puerta. No tengo llave. Abandoné la mía en el cajón de los trastos hace dos apartamentos. No se me ocurrió guardarla porque nunca esperé volver. No es racional, pero nunca he considerado la posibilidad de que mi padre muriera. Supuse que viviría para siempre; los malos siempre lo hacen. Cuando yo vivía aquí, mi padre corría ocho kilómetros todas las mañanas de lunes a viernes, incluso durante los días más calurosos del verano, y no tocaba el pan desde que se puso de moda la dieta Atkins en los años noventa.

No quiero despertar a nadie con el timbre, así que pruebo a girar el pomo de la puerta. Para mi sorpresa, está abierta. Entro en el vestíbulo y capto el olor del limpiador de pino y de las velas blancas de gardenia que tanto le gustan a mi madre. Huele a mi hogar.

—Finn, ¿eres tú? —pregunta mi madre desde más cerca de lo que esperaba. Está en el salón, el que solo usamos cuando hay visita, tumbada en el sofá blanco protegido con una funda y arropada con una manta de punto tejida por su propia madre, que murió cuando yo tenía once años. El de mi abuela fue el primer y único funeral al que he asistido. Hasta ahora, supongo.

—Hola, soy yo. —Me detengo en el vano de la puerta del salón para observarla. Me fijo en sus canas. Me sorprende que no se tiña el pelo. Siempre le han importado mucho las apariencias. Me pregunto si debería darle un abrazo. Ya es demasiado tarde, pero caigo en la cuenta de que, cuando Amanda llamó para darme la noticia, no me invitó a venir. He aparecido sin más. Tal vez mi madre no me quiera aquí.

Al verme, las lágrimas le caen por las mejillas. No conozco el protocolo para esta situación.

—Siento lo de papá —le digo. Esta pérdida parece más suya que mía.

—No estoy llorando por tu padre. Todavía no me parece real. Lloro porque por fin estás en casa, donde perteneces. Ven aquí. —Me hace señas para que me acerque al sofá—. Necesito abrazar a mi niño.

Me siento a su lado y ella me rodea con sus brazos. Le apoyo automáticamente la cabeza en un hombro. Huelo su perfume. Jo Malone, el mismo de siempre.

—¿Qué haces aquí abajo? —le pregunto.

—Yo podría preguntarte lo mismo. Anoche te oí llegar en ese monstruoso coche y llevo esperando que entres desde entonces.

—Necesitaba un minuto. Y supongo que me he quedado dormido.

—Yo también —dice, y no estoy seguro de si se refiere a que necesitaba un minuto o a que se quedó dormida—. ¿Qué te parece si preparo café? —sugiere.

Estoy sentado en un taburete de la isla de la cocina con mi segunda taza de café mientras mi madre me dicta una lista con los nombres de todas las personas a las que tenemos que llamar para darles la noticia. La hora para empezar a llamar es un dilema de etiqueta para el que no tiene respuesta. Después de las diez, decide. La gente duerme hasta tarde después de un día festivo, y no quiere molestar a nadie con la noticia de la muerte prematura de su marido.

La lista ocupa tres páginas: compañeros de trabajo, compañeros de golf, parientes lejanos, compañeros de universidad, compañías de tarjetas de crédito y el corredor de seguros. No sabía que la muerte requiriera tanta administración. Ingenuo de mí, creía que uno ponía una esquela y la funeraria se encargaba del resto. Se me parte el corazón por Hannah, que tuvo que hacer esto de adolescente, no una, sino dos veces.

—¿Qué digo si me preguntan cómo murió? —Amanda no me ofreció detalles entre los sollozos cuando me llamó para darme la noticia.

—Corazón navideño —contesta, como si yo pudiera entenderlo. Parece el nombre de una película de sobremesa que seguramente le gustaría.

—¿Qué es eso?

—El médico dijo que es algo común, el quinto que veía ayer.

—Esa es una manera bastante cruel de dar la noticia —replico.

—Dijo que la gente come y bebe más de lo habitual durante las fiestas, que sus corazones no pueden soportarlo y que eso provoca infartos. Amanda lo buscó en Google en el coche. El día de Navidad y el de Año Nuevo tienen la mayor incidencia de ataques al corazón de todo el año. —Parece aturdida, como si estuviera relatando la trama de un episodio de *Anatomía de Grey* y no hablando de algo que le ha sucedido al que ha sido su marido durante treinta y cinco años. Al ver su falta de emoción, me pregunto cómo fue su matrimonio durante los diez años de mi exilio. Me pregunto si lo echará de menos o si, como yo, se sentirá un poco aliviada de haberse librado de él.

—Pero papá tenía muy buena salud —comento.

—Se estaba haciendo mayor. —Coge su móvil y busca una foto de mi padre con Amanda—. Esto fue en Acción de Gracias.

Acerco el teléfono para ver la foto. Su polo de Georgia Tech se tensa sobre una abultada barriga y ha perdido pelo. Se lo peina de forma que disimule un poco la calvicie. Este hombre, que obviamente es mi padre, no se parece en nada a la imagen que guardo en la cabeza. Claro que él no tenía cuenta de Facebook, y nadie me ha enviado nunca una foto familiar para actualizar mi imagen mental. Parece viejo, exactamente el tipo de persona que podría morir de un ataque al corazón.

Unos golpes en la puerta interrumpen nuestra conversación.

—Creo que es uno de mis amigos. —Llevo dentro más de una hora y todavía no le he dicho que no he venido solo.

—No estoy preparada para recibir visitas. —Se acaricia el pelo, intentando alisarlo, y se ciñe aún más la bata sobre su ya recatado camisón.

—No te preocupes, se alojan en un hotel. Probablemente solo quieren asegurarse de que estoy bien antes de marcharse. No se quedarán ni un minuto.

Hannah está en la puerta de la casa de mi madre, con el rímel corrido debajo de los ojos y todavía con la ropa de ayer.

—Hola —me dice con voz ronca cuando abro la puerta—. Necesito hacer pis.

La acompaño al tocador de la planta baja y espero junto a la puerta mientras hace sus necesidades. Aunque las cosas han ido bien con mi madre, noto que se me deshace un nudo en el estómago al saber que Hannah está aquí como apoyo.

—¿Theo y Priya quieren entrar también? —le pregunto cuando sale, secándose las manos mojadas en sus vaqueros viejos.

—La idea es ir al hotel para reservar habitaciones y así poder ducharnos y cambiarnos. —Por supuesto, perdieron la reserva de anoche porque los he hecho dormir en el coche.

Pasando por alto los deseos de mi madre, pregunto:

—¿Y si os... quedarais? —No sé hasta cuándo nos va a durar a mi madre y a mí el tema de la muerte. Y después ¿qué?

—Pues claro —contesta Hannah—. Voy a buscar a Theo y Priya.

Amanda se levanta a las diez y media, y oigo que baja la escalera despacio. Se queja en la cocina de que no queda café. Al ver que nadie contesta, va a la sala de estar.

—Mamá, ¿me has oído? No hay café.

Cuando ve a Theo sentado en el mullido sofá de cuero marrón, endereza la espalda y levanta una mano para quitarse la redecilla de seda del pelo, aunque intenta disimular el gesto haciendo como que se atusa los rizos.

—No sabía que estabas aquí —me dice con deje acusador.

—Vaya, qué cálida bienvenida —le contesto.

Me levanto para ir a preparar café de modo que mi madre no tenga que hacerlo. Cuando paso por su lado, Amanda se abalanza sobre mí y me abraza tan fuerte que no puedo respirar.

—Me alegro de que hayas venido —me susurra al oído, con la voz cargada de emoción—. No estaba segura de que fueras a hacerlo. Pero lo esperaba.

Cuando empezamos a hacer llamadas, debe de correrse la voz por el vecindario, porque a las dos de la tarde la casa está llena de visitas. Un ejército de mujeres mayores con pantalones de color pastel y blusas de flores toma la casa por asalto, cargadas de guisos gratinados y dulces. Me pregunto si tienen los congeladores llenos, listos y esperando por si alguien muere o si han tenido que dejarlo todo esta mañana para preparar un bizcocho con el que acompañar el café. O, en el caso de la señora que ha traído un áspic de lima con frambuesas y malvaviscos en el interior, si nos están sometiendo a lo peor de sus sobras navideñas.

Cuando me ofrezco a preparar la que debe de ser la décima cafetera del día, mi madre me echa de la cocina.

—No vas a hacerlo bien —aduce, y comprendo que sigue viéndome como el chico de diecinueve años que vivió por última vez bajo este techo.

—Mamá, llevo una década preparándome el café. Créeme, sé hacerlo —digo con deje enfadado. Le quito el filtro de café de la mano antes de que pueda objetar, pero enseguida me siento culpable por haberla regañado—. ¿Por qué no te sientas un rato?

A última hora de la tarde el flujo de visitantes se reduce a un goteo, y para la cena conseguimos meter a la tía Carolyn y a la tía Ruthie en sus respectivos coches. Mi madre se desploma en un taburete de la isla de la cocina como un juguete al que se le han acabado las pilas mientras los demás comemos porciones de la pizza de Partners Pizza que ha pedido Theo.

—Estoy agotada, pero dudo que pueda dormir esta noche —dice ella mientras le quita la grasa a la porción de pizza de pepperoni con una servilleta. Cuando termina, la aparta sin probar bocado.

—¿Quieres que te haga una infusión para dormir? —sugiere Amanda.

—No me servirá de nada —contesta mi madre, que le hace señas para que se vaya.

Theo sale al pasillo y vuelve con un frasco de pastillas naranjas que le ofrece a mi madre.

—A lo mejor le sirven.

—¿¡Qué clase de pastillas le estás dando a mi madre!? —pregunto. La última vez que Theo le ofreció pastillas a alguien, Hannah y yo estuvimos un año sin hablarnos. Todavía no hemos aclarado las cosas, simplemente hemos retomado la normalidad.

—Es zolpidem, para dormir, pero a lo mejor con la mitad de una pastilla tiene de sobra.

No espero que mi madre las acepte, pero la veo guardarse el frasco de pastillas en el bolsillo de sus pantalones negros de lino.

—No me harán daño —dice.

Después de que suba a su dormitorio, los demás limpiamos la cocina.

—¿Necesitas algo antes de que nos vayamos al hotel? —me pregunta Priya mientras termina de limpiar las encimeras. Todavía no se ha quitado el jersey plateado con adornos de espumillón que se puso para ir a la *escape room*. Fue ayer, pero parece que fue hace toda una eternidad. Lleva el pelo recogido en una coleta grasienta.

—A menos que quieras que nos quedemos —añade Theo.

Debería dejar que se fueran. Ya me han ayudado un montón. Primero el vuelo, que me recuerda que le debo dinero a Theo por el billete, luego el coche y después pasar el día conversando educadamente en una casa llena de desconocidos. Sería injusto pedirles que se quedaran.

—Porque nos encantará quedarnos —tercia Hannah.

—¿En serio? —pregunto en un intento por dejarles una salida si la quieren.

—Pues claro que sí —insiste Hannah, y suelto un suspiro que no sabía que estaba conteniendo.

—Es bastante incómodo —me disculpo mientras le pongo sábanas limpias al sofá cama—. Quien duerma en él se levantará con la espalda dolorida. El colchón de aire seguramente sea más cómodo, pero es posible que se desinfle durante la noche. — Mientras les preparo las camas en el sótano, voy explicándoles lo peor que van a encontrarse a la hora de dormir. La última vez que me quedé a dormir con amigos fue en la fiesta de pijamas del equipo de atletismo que organicé durante el penúltimo año del instituto. Debería haberlos dejado que se fueran al hotel.

—No nos importa —contesta Theo, que me pone una mano en la espalda—. Estamos aquí por ti, no por lo que ofrece el alojamiento. No vamos a dejarte una crítica en Tripadvisor.

Media hora después, no paro de dar vueltas en la cama. Debería estar agotado después de las últimas veinticuatro horas, pero no tengo sueño. Es extraño volver a la habitación de mi infancia después de tanto tiempo.

Justo cuando encuentro una postura cómoda y empiezo a quedarme dormido, me despiertan unos pasos en la escalera. Seguramente sea mi madre. He oído anécdotas de gente que camina dormida y hace todo tipo de cosas lamentables después de tomar zolpidem. Debería asegurarme de que no sale a pasear en camisón por el vecindario ni se compra todo lo que hay en la página web de Neiman Marcus desde el ordenador de sobremesa de la sala de estar.

Antes de que pueda levantarme de la cama, llaman a la puerta y veo que el pomo gira.

—¿Mamá? —digo al tiempo que me incorporo para ver qué necesita.

—Lo siento, soy yo. —«Yo» resulta ser Hannah. Lleva un pijama de Priya consistente en unos pantalones cortos y una camisa con unicornios estampados. Estoy a punto de bromear diciéndole que parece de mercadillo cuando recuerdo que no pudo hacer el equipaje porque estaba haciendo el mío, incluso después de no hablarnos en un año.

—¿Necesitáis algo? —Les he enseñado dónde está el termostato por si tienen calor y les he dejado toallas suficientes para que todos se duchen. Mi cerebro da vueltas tratando de averiguar qué se me ha olvidado.

—No, solo quería comprobar cómo estás. Te has pasado el día cuidando de tu madre y de tu hermana. Quería asegurarme de que alguien cuida de ti. —Se queda en la puerta—. Así que ¿cómo te sientes?

—Creo que todavía no lo he asimilado. —Retiro las sábanas a modo de invitación. Ella atraviesa el dormitorio sin vacilar y se acuesta a mi lado. Los mechones todavía húmedos de su pelo me hacen cosquillas en el brazo mientras se acomoda. Nos colocamos cara a cara automáticamente, como tantas veces hicimos en el apartamento de Orchard Street.

—¿Qué has sentido al volver a ver a tu madre?

—Algo raro. ¿Es para siempre o un permiso de fin de semana? No hemos hablado de nada excepto de logística. La verdad, estoy más aliviado de volver a hablar contigo que con ella.

Hannah me toca el brazo con vacilación.

—Lo siento. Nada de lo que dije fue en serio. Lo hice porque estaba enfadada.

—Lo sé —respondo—. Yo también lo siento. No debimos alargarlo tanto tiempo.

Por irónico que parezca, cuando me enteré de la muerte de mi padre, no me arrepentí de lo que quedó sin decir entre nosotros. Que le den. Si estoy aquí es por mi madre y por Amanda.

Claro que me sorprendió la noticia, pero el peso que sentía en el estómago era por Hannah. ¿Y si le pasaba algo y nunca podíamos reconciliarnos? Ella al menos intentó acercarse; recuerdo el mensaje que me mandó en primavera y que dejé en leído. ¿Cómo he podido ser tan arrogante y desperdiciar todo este año sin hablarme con ella, dando por sentado que tendríamos una ristra interminable de años por delante para arreglar las cosas? ¿Cómo he podido dar por sentada una de las relaciones más especiales de mi vida? Ella fue la única que me ofreció su amor cuando las personas que me criaron no estuvieron a la altura.

—No es necesario que hablemos de nuestra discusión ahora si no quieres. Ya tienes bastante —dice. Nos quedamos en silencio durante un minuto, y es más cómodo que incómodo—. ¿Puedo confesar algo vergonzoso? —me pregunta de repente.

—Claro.

—Cada vez que tenía algo que decirte e iba a llamarte y me daba cuenta de que no podía, grababa una nota de voz en mi teléfono.

—Ay, madre —replico con una carcajada ronca.

—Lo sé, es ridículo.

—No me río por eso. Me río porque empecé un diario donde escribía todo lo que quería decirte, pero no podía porque estábamos peleados. Fui a McNally Jackson y compré un cuaderno nuevo solo para eso.

A estas alturas nos reímos los dos.

—Vale, pues ya es oficial que somos los dos bichos raros más grandes del mundo —afirma.

—Quiero oír esas notas de voz, ¿sabes? —le digo—. Necesito ponerme al día con todo lo que me he perdido.

—Vale, porque quiero leer ese diario.

—Voy a morirme de la vergüenza.

—No te preocupes, seguro que no entiendo ni la mitad, porque tienes una letra horrible.

Le doy un manotazo en el hombro.

—¿Sabes que David te llama mi amigo invisible porque hablo mucho de ti, pero nunca te ha visto?

—El infame David.

—¿Es infame?

—Para mí lo es. O más bien misterioso. Priya me prohibió que le preguntara sobre él. Me dijo que, si quería saber algo más, hablara contigo.

—Conmigo hizo lo mismo. Me dijo que la molestaba con mis preguntas. —La cama tiembla con nuestras risillas.

Me reconforta saber que sintió mi ausencia tan intensamente como yo sentí la suya. Empezaba a preguntarme si me había olvidado y había seguido con su vida. O si ya no me necesita ahora que tiene una relación.

—No me puedo creer que te echaras novio cuando no nos hablábamos. —En la universidad tuvo algunos rollos y con algunos quedó un par de veces, pero nunca la he visto enamorada en serio de un chico.

—Tenía mucho tiempo libre.

—Ah, ¿así que vas a dejarlo ahora que volvemos a hablarnos?

—¡No! —responde a la defensiva y añade ya con voz más tranquila—: Quiere que nos vayamos a vivir juntos. La cosa va en serio. —Frunce la nariz ante su propia franqueza.

—¿Qué dices? ¡Eso es muy fuerte!

—Estoy cagada de miedo.

—¿Me caerá bien?

—Sí, creo que sí. Es buena gente. Es abogado. Odia casi toda mi música…

—Lo mismo digo —la interrumpo, y ella me aparta la mano cuando se la pongo en la cara para chocar los cinco.

—Sabe cocinar, lo que está bien. —Hace una pausa—. Y no sé. Es que… lo quiero, ya está. —Se tapa la cara con las manos como si le diera vergüenza.

Lo quiere, vaya. Nunca la había visto enamorada y siento una punzada de pesar por haberme perdido tantos cambios en su vida. Parece segura de lo que siente. La verdad, parece más segura de como yo me siento respecto a Jeremy después de un año y medio juntos. Me duele que Hannah, que ayer no me dirigía la palabra, esté aquí, y Jeremy, en cuya cama me desperté ayer por la mañana, no.

Aunque quizá no me sorprenda tanto. Mi relación con Jeremy se construyó sobre la base del alivio. Alivio de encontrar a alguien que me quisiera. Alivio de no tener que salir más. Alivio de no seguir rezagado en la lista de hitos que cumplir en la vida. Además, había compatibilidad sexual, tal vez incluso pasión, pero nunca se convirtió en necesidad. No de la misma manera que necesito a Hannah o a Theo. No me imagino comprando un diario para anotar todo lo que quisiera decirle a Jeremy si estuviera en un viaje largo sin cobertura para el móvil. Quizá no sea una buena señal.

—Tal vez podamos tener una cita doble antes de que deje a Jeremy —sugiero.

—¡Ah, es verdad! Ni siquiera lo hemos hablado. Ayer se cubrió de gloria.

Doy un respingo al oírla, avergonzado de que mi novio eligiera a sus plantas marinas antes que a mí.

—¡Menuda excusa! —sigue Hannah—. Te mereces algo mejor. Te lo mereces todo — añade mientras me busca una mano para darme un apretón.

—Sí… —No añado más y dejo que crea que voy a cortar con él por lo de ayer y no porque tuviera razón en lo que dijo cuando nos peleamos. No lo quiero, y no sé si lo he querido en algún momento.

Después de eso nos quedamos en silencio. Hannah no hace ademán de irse y yo no intento obligarla. Unos minutos más tarde, su respiración se ralentiza. Aunque me gusta que me hayan recibido de nuevo en la casa de mi infancia y la nostálgica comodidad que me provoca el dormitorio en el que crecí, mi verdadera fuente de consuelo es Hannah. La persona que ha estado a mi lado y que ha sido testigo de mi vida cuando mi familia biológica no lo hizo. Y, aunque creía que no podría dormir, con ella a mi lado se me cierran los ojos.

21

Hannah

—¿Está segura de que quiere ir al hospital, señora? Hoy es un zoológico —se burla con un marcado acento de Long Island el técnico sanitario, que ni siquiera parece mayor de edad, como si después de pensárselo bien Priya prefiriera curarse ella misma la pierna, que tiene doblada en un ángulo extraño, con aceites esenciales y rezando.

—Segurísima —contesta ella, con una voz cargada de sarcasmo. Al menos, la multitud de espectadores ha desaparecido. Durante un rato un enjambre de turistas ha estado observando mientras los sanitarios aseguraban a Priya en una camilla, como si eso fuera una parte vital de la experiencia turística de Nueva York.

—Bueno, pues prepárese para esperar, se lo advierto. —El sanitario se despide antes de cerrar de golpe las puertas dobles de la ambulancia y dar dos porrazos con la palma de la mano a modo de señal para su compañero, que ya está en el asiento del conductor.

Finn intentó acompañar a Priya, pero ella le dijo que ni hablar, así que soy yo quien va con ella.

—No digo que sea culpa tuya, Finn, pero, si me hubieras hecho caso, esto no habría ocurrido —señaló Priya mirando hacia el techo, con la cabeza inmovilizada por si había lesiones medulares.

La sala de urgencias del hospital NYU Langone está hasta la bandera, como si fuera un espectáculo con todas las entradas agotadas en el Irving Plaza, y la vigilancia en la puerta es el doble de estricta. Una enfermera se lleva a Priya para hacerle unas radiografías antes de dejarnos en un box con cortinas a la espera de que un médico nos diga lo que ya sabemos: que tiene la pierna rota.

—¿Alguien quiere más café? —pregunto desde mi posición a los pies de la cama de Priya. La mesita con ruedas con forma de ce que tenemos al lado se ha convertido en un cementerio de vasos de café para llevar. Si tomo más café, puede que yo también necesite una cama de hospital, pero por lo menos hago algo mientras voy hasta la máquina expendedora del vestíbulo para sacarlo.

—No, a menos que tengas una petaca para aderezarlo —responde Theo—. Finn habría tenido una petaca si esto hubiera sucedido en 2014.

—El Finn de 2014 también habría tenido resaca —señalo. Theo suelta una carcajada cómplice.

Finn pasa de nosotros y repite de nuevo una escena que en las últimas horas se ha convertido en algo familiar.

—¿Te duele? —le pregunta a Priya.

—Sí —responde ella apretando los dientes, aunque supongo que su tono áspero es más de fastidio que de dolor.

—¿Puedo hacer algo?

Las primeras veces que le preguntó, ella se limitó a decir que no, que no podía hacer nada, pero en esta ocasión le contesta con brusquedad:

—No, a menos que tengas una máquina del tiempo y puedas retroceder y estudiar Medicina.

Esto se está poniendo incómodo. Me esfuerzo por decir algo que aligere el ambiente.

—Finn suspendió Introducción a la Biología dos veces —suelto—. Así que tuvo que elegir Geología para su crédito de ciencias. La han simplificado tanto que la llaman «Rocas para deportistas». Es la asignatura que eligen todos los jugadores de fútbol americano para cumplir con el mínimo. Hazme caso, es mejor que Finn no sea tu médico.

Priya asiente muy seria.

—Sí, paso mucho.

—Así que supongo que es el día de «todos contra Finn». Creía que normalmente lo celebrábamos en abril. —A Finn no parece haberle hecho gracia mi comentario. Se pasa una mano por el pelo—. Además, no es por ser un capullo, pero se supone que esta era una última Navidad especial antes de irme a Los Ángeles.

—Ni se te ocurra hacerte la víctima ahora —le advierte Priya.

Antes de que las cosas vayan a más, un médico guapísimo, con barba de un día y el pelo castaño alborotado, aparta la cortina de nuestro box. Parece sacado del casting de una serie médica.

—¿Priya Patel? —lee en el historial que tiene en las manos.

Priya se pasa una mano por el pelo. Paula ha utilizado tanta gomina para fijarle los rizos que no tiene ni un mechón fuera de su sitio pese a la caída, el viaje en ambulancia y las dos horas en la cama. No puedo culparla por su vanidad; el médico mide casi dos metros y observa la escena con unos ojos azules como el hielo.

—¿Ben? —pregunta Priya, abriendo de par en par los ojos delineados con kohl.

«¿Ben? ¿Ben... Ben?».

¿El Ben de Priya? ¿Su exloquefuera?

Es cierto lo que a veces dicen de que Nueva York es como un pueblo pequeño, pero, si hay que reencontrarse con un ex, hacerlo con peluquería y maquillaje profesional tal vez sea la mejor opción posible.

—¿Priya? —Él mira el historial y luego vuelve a mirarla a ella, igual de sorprendido, como si despertara del modo piloto automático y no hubiera registrado su nombre al leerlo—. Hum... —murmura antes de guardar silencio.

Theo, Finn y yo no paramos de mirarlos, primero a él y luego a ella.

—Puedo conseguirte otro médico si quieres —dice Ben al final—, pero seguramente tendrías que esperar.

—No, tranquilo —responde ella—. No hay nada que no hayas visto antes.

—¿Podrían salir tus amigos un momento para que pueda examinarte?

Miro con gesto interrogante a Priya por encima del hombro de Ben y ella asiente con disimulo.

—Estaremos en la sala de espera —les digo.

Tenemos suerte de encontrar tres asientos juntos, seguramente porque todos los que están en la sala de espera de urgencias quieren evitar al hombre sentado a mi lado, que lleva un dedo envuelto en un paño de cocina manchado de sangre. Cuando me pilla mirando, me confiesa:

—Accidente de mandolina. Esa Ina hace que todo parezca facilísimo en su programa de cocina, pero creo que a partir de ahora voy a vivir como Jeffrey, su marido.

Veinte minutos después, una enfermera se lanza en picado hacia nosotros. Mi cuerpo se tensa al ver su expresión de pánico. ¿Lo de Priya es más grave de lo que pensábamos? El técnico sanitario de la ambulancia insistió en que el inmovilizador de cabeza solo era por precaución ya que no sospechaban que tuviera lesiones medulares.

—¿Qué hacéis aquí fuera? —pregunta la enfermera, que cruza los brazos por delante del pecho mientras espera nuestra respuesta.

Miro a un lado y a otro para ver si hay alguien más con quien pueda estar hablando. Como no se mueve, me señalo a mí misma.

—¿Yo? ¿Nosotros?

—Sí, tú. ¿Con quién voy a hablar si no? —Pone un brazo en jarras, como si fuera una maestra severa—. Teníais que estar aquí a las seis. Llegáis tarde.

—¿Cómo dice? —A menos que tenga poderes psíquicos, es imposible que nos estuviera esperando.

—Sois de la compañía de teatro, ¿no? —pregunta con irritación—. Se supone que vais a actuar en el ala infantil, no aquí abajo. El espectáculo debía empezar después de la cena. El horario de los niños es estricto y tienen que empezar a prepararse para irse a la cama.

—¿Qué? —pregunto, confusa.

A mi lado, Finn y Theo tienen las cabezas juntas y se están riendo a carcajadas. Cuando los miro, lo entiendo. He olvidado por completo lo que llevamos puesto. Finn con el arcoíris en la cara y la capa a juego; Theo con la peluca empolvada y la corona en el regazo; y yo con mi vestido de época rojo. Suelto una carcajada al imaginar lo que deben de estar pensando de nosotros las personas que están esperando en la sala.

—Al contrario de lo que nuestra vestimenta pueda sugerir, no somos de ninguna compañía de teatro. Solo gente con estilo —dice Theo, que se levanta de un brinco para explicarlo. Se inclina para hacerle una reverencia teatral y se le cae la peluca.

—A ver, podríamos ser de la compañía de teatro… —sugiere Finn.

Le doy un codazo en el costado.

—Estamos esperando el diagnóstico de Priya.

—Vale, pues no somos de la compañía de teatro —se corrige.

La enfermera nos mira con los ojos entrecerrados, intentando averiguar si esto es un extraño gag cómico. Antes de que pueda decidirse, Ben aparece de repente y se ofrece a acompañarnos para que veamos a Priya. Theo se despide de la confundida enfermera al pasar por su lado mientras abandonamos la sala de espera detrás de Ben.

—La tengo rota —anuncia Priya cuando entramos en el box—. Debemos esperar a que el traumatólogo me escayole y luego podremos irnos. Me toca llevarla por lo menos ocho semanas.

—Vaya mierda —replico.

—A lo mejor el doctor Ben puede atenderte en casa para que recuperes la salud —sugiere Theo, moviendo las cejas.

—Eso, ¿qué pasa con el doctor Ben? No sabía que había vuelto a la ciudad. —Finn se deja caer a los pies de la cama, listo para el cotilleo.

—Lo que pasa es que cortó conmigo hace dos semanas. Otra vez. Eso es lo que pasa.

—Espera, ¿qué? ¿Por qué no nos hemos enterado de eso? —pregunto—. No sabía que habíais vuelto ni que habíais cortado. —Si no sabemos nada es porque no iban muy en serio. Vale que haberse encontrado con él dadas las circunstancias debe de haberle resultado bochornoso, pero tampoco es nada del otro mundo si lo suyo no iba en serio.

—¡No os habéis enterado porque ninguno de vosotros me pregunta nunca por mi vida! —estalla Priya con la cara roja mientras levanta los brazos para enfatizar sus palabras, tumbando sin querer los vasos de café de la mesita, que caen como si fueran una cascada.

—Eso no es cierto —protesto. Pese a todo lo que ahora mismo está en el aire en mi vida (mi relación con David, mi trabajo, tal vez incluso mi piso), hay una cosa de la que estoy segura, y es que soy una gran amiga. ¡Esta es mi gente y me enorgullezco de apoyarlos cuando me necesitan! Según David, en detrimento de nuestra relación. ¿Cómo se atreve Priya a acusarme de ser una mala amiga?

—¡Ni se te ocurra! Llevas todo el mes que si la Navidad esto, que si la Navidad aquello. ¿Cómo podemos conseguir que este ridículo día sea perfecto para Finn? —Priya mira al aludido, que sigue sentado a los pies de la cama—. ¡Y tú!

—¿Yo? —pregunta él en voz baja. Tiene razón al asustarse. Es como si dentro de Priya se hubiera roto una presa y la ira acumulada por todos los años de amistad se estuviera filtrando por la grieta.

—Eres tan malo como ella. «¿Está enfadada Hannah conmigo porque me mudo?». «No quiero dejar a Hannah sola en Navidad». Estáis todos obsesionados con esta ridícula celebración.

—¡No es ridícula! —Estoy tan sorprendida por este ataque que el cerebro no me funciona con la rapidez necesaria y solo alcanzo a refutar la última acusación, la menos seria.

Se hace el silencio en el box.

—¿Se puede saber qué estamos haciendo aquí? —pregunta Priya al cabo de un minuto.

Theo corre a su lado.

—Te has caído, ¿no te acuerdas? —Me mira con una expresión de pánico en los ojos—. ¿Debería llamar al doctor Ben? Lo he buscado en Google en el taxi y la pérdida de memoria puede ser un signo de conmoción cerebral. ¿Te golpeaste la cabeza al caerte?

—¡Madre mía, relájate! —exclama Priya, apartándole las manos de su hombro—. No tengo pérdida de memoria. Me refiero a que no deberíamos haber celebrado la Navidad este año.

Me pregunto si tiene razón. Es el tercer año consecutivo que las Navidades acaban en desastre. Pero mi cerebro sigue dándole vueltas a algo que dijo hace un minuto.

—¿Nunca nos interesamos por tu vida?

—Nunca, literal —contesta.

—Si eso es verdad, que todavía no me lo creo, es solo porque siempre pareces tan normal y tan… feliz… —Finn añade la última palabra como si le supiera rara en la boca.

—¡Eso no significa que no tenga problemas! Siento no poder competir contigo en las olimpiadas del trauma, pero a veces mi vida también es una mierda. Ben me dejó por millonésima vez, y…, ah, sí, fíjate, la semana pasada me despidieron.

—¿Te han despedido? —Estoy sorprendida. Priya no ha parado de hablar de su trabajo en Glossier desde que empezó en abril. ¿Quién no iba a querer en su equipo a una persona tan apasionada y experimentada como Priya? Siento una oleada de rabia por ella.

—Sí. Un mes de mierda en todos los sentidos. —Apoya la cabeza en la almohada y se queda mirando el techo. El fuego de su interior se ha extinguido después de soltar lo que ha soltado. Parece exhausta y resignada, y muy fuera de lugar en este entorno, con su vestido de flecos y abalorios estilo años veinte.

—¿Por qué no nos has dicho nada? —le pregunto.

—Porque no me preguntasteis. Y me da vergüenza. ¿Cómo saco el tema? «Ah, por cierto, chicos. ¿El trabajo este del que no paro de presumir? ¿El que me encanta? Sí, pues resulta que ellos no opinan lo mismo de mí».

Theo se sienta en la cama a su lado y le da un apretón en la mano.

—Lo siento —le digo sin moverme, ya que estoy petrificada—. Finn tiene razón, siempre pareces muy feliz. Supongo que a veces nos olvidamos de preguntar cómo estás.

—Pues vaya gilipollez —suelta, cabreada de nuevo—. Parezco «feliz». Lo dices como si fuera una isla mítica a la que no estás invitada. No quieres ser feliz. Es como si fueras alérgica a la felicidad. ¿Por qué no estás con David ahora mismo? ¿O por qué no está él aquí? ¡A ver, cómo se atreve a tener una familia que lo quiere! ¡Y que también te quiere a ti!

Su acusación me ofende.

—No estoy con David porque esta es nuestra tradición y es importante para mí. Vosotros sois mi familia elegida. Eso significa mucho para mí. Pero al parecer para ti no significa nada.

—Hannah, estamos juntos todo el año. Celebrar un día que hemos convertido en tradición no es lo que nos convierte en una familia —se burla—. Solo es una manera de pasar el tiempo durante una festividad que de otro modo sería un verdadero fastidio para los tres. —Hace una pausa—. Lo siento, sé que estoy siendo dura, pero…

—En cierto modo tiene razón —dice Finn.

Lo miro fijamente. No lo entienden. Ninguno lo entiende.

—Voy a dar un paseo. Necesito un minuto. —Aparto la cortina y salgo furiosa.

22

Hannah

Navidad n.º 3, 2010

—¿Patatas fritas? —pregunta Finn cuando pasamos por delante del luminoso naranja del escaparate manchado de grasa de una cafetería.

—Patatas fritas —le confirmo.

En Boston todo cierra temprano. Resulta milagroso tropezarse con un restaurante abierto a las once de la noche el día de Navidad, sobre todo cuando aún nos queda una hora para coger el autobús de Chinatown a medianoche. Brooke nos invitó a pasar la noche en su casa, pero la idea de compartir el sofá cama de su salón, que a esas alturas olía a jamón chamuscado, no nos apetecía. Y, si nos quedábamos, nos esperaba otra comida incómoda con Brooke y Spencer por la mañana, aunque al menos para eso ya no estaría su familia política.

Cuando mi hermana nos invitó a que nos quedáramos, le hice a Finn la señal que usábamos en las fiestas cuando uno de los dos quería marcharse e incliné la oreja derecha hacia el hombro como si estuviera estirando el cuello.

—Es que debo volver esta noche, ¿sabes? Se me ha olvidado darle de comer a mi tortuga antes de irme y seguro que está hambrienta —mintió.

—¿Tienes una tortuga como mascota? —le preguntó Brooke.

—Sí, de esas grandotas —respondió él como si tal cosa.

Una vez fuera, me burlé de él por lo de la tortuga.

—La primera regla de la improvisación es seguir la corriente con un «sí, y...» —me soltó—. Si me hubieras dicho «sí, y...», ahora mismo tú también tendrías una mascota exótica ficticia.

—¿Las tortugas son exóticas? No creo que cuenten como tal.

—Lo que te estoy diciendo es que has perdido la oportunidad de tener un loro como mascota.

Ya dentro de la cafetería, dejo la mochila en el asiento de vinilo rojo del reservado antes de sentarme y quitarme el abrigo. Una camarera sesentona con una camisa rosa con su nombre bordado nos toma la comanda. Martha lleva el pelo rubio de bote cardado y desprende un fuerte olor a laca.

—Vaya mierda de comida, ¿verdad? —le pregunto a Finn después de que Martha se aleje hacia la cocina para entregar nuestra comanda y tentar a la suerte acercándose a una llama tal y como lleva el pelo.

—Ojalá que Brooke no espere que le den una estrella Michelin.

No es que Brooke haya quemado el jamón, que lo ha hecho, es que además ha fulminado por completo cualquier rastro de las tradiciones navideñas de nuestra familia. Se ha pasado todo el rato sonriendo como una desquiciada mientras se esforzaba por adular a la familia de Spencer, que ha venido desde Maine para pasar el día.

En primer lugar, ¿jamón? Siempre comíamos lasaña en Navidad. Luego el intercambio de regalos ese tan raro que ha insistido en hacer, dejándolo todo a la suerte, tras el cual tres personas han acabado con caramelos masticables, que por lo visto es una broma absurda de la familia de Spencer. A la abuela Betty no le ha hecho mucha gracia que le tocara mi regalo, un cojín serigrafiado con un Nicolas Cage con el torso desnudo y la parte inferior envuelta en una cáscara de plátano por pudor. Lo compré en una tienda de bromas de Newbury Street con la esperanza de que le tocara a Finn.

El clavo en el ataúd navideño fue cuando Spencer sugirió que quitáramos *El Grinch* y pusiéramos *Qué bello es vivir*, y Brooke le dio la razón.

Martha nos coloca delante un plato de patatas fritas con salsa de queso y dos batidos de chocolate.

—Deberíamos habernos quedado en el campus. —Bebo un buen sorbo de batido para ahogar mis penas.

—Podríamos haber celebrado la Navidad con Reginald Tiddlywinks —se lamenta Finn. Reginald Tiddlywinks III (el heredero del inventor del juego infantil) es el lujoso *alter ego* que Finn se inventó la Navidad pasada. Estuvimos ahorrando durante todo el semestre de otoño para reservar una habitación en el hotel Copley Plaza el fin de semana. El día de Navidad bajamos al elegante bar con sus paredes forradas de madera y bebimos martinis con bastones de caramelo, vestidos con trajes prestados por el departamento de arte dramático del Boston College fingiendo ser Reginald Tiddlywinks y su amante, la señorita Scarlett Oglethorpe.

El cóctel navideño característico del bar era peligroso, sabía a helado de menta derretido sin nada de alcohol. Cuanto más bebíamos, mejor le salía el acento británico a Finn —lo estaba perfeccionando para una próxima audición en la que interpretaría a Henry Higgins en la producción de primavera de *My Fair Lady* que representaría el departamento de arte dramático—, no como a mí, que estaba intentando imitarlo y solo conseguía una mezcla entre *El Padrino* y *Elegidos para el triunfo*. No engañamos a nadie con nuestras historias falsas, pero nos dio igual. Nos pasamos la noche en una burbuja, compartiendo nuestras bromas privadas y riéndonos tanto que Finn acabó llorando de verdad.

—Reginald está invitado para el año que viene, porque no pienso volver a celebrar la Navidad con mi hermana. Quizá no vuelva nunca. Todavía no lo sé.

—Me parece bien —contesta Finn, que acerca su batido hacia el mío para sellar la promesa con un brindis.

Me siento afortunada de que Finn haya estado conmigo hoy, como apoyo moral, pero también como testigo del esfuerzo titánico de mi hermana por cambiar nuestra familia por una nueva y reluciente. Ya me queda claro que nos invitó por lástima. No tener una familia (de verdad) no será tan malo. De todos modos, lo que tenemos Finn y yo es mejor que una familia, porque lo hemos elegido nosotros.

—Además, seguro que el año que viene tendremos planes mucho más chulos —dice Finn—. El año que viene viviremos aquí.

Ese es el plan. Después de graduarnos en mayo nos mudaremos a Nueva York. Finn se convertirá en una gran estrella de Broadway. Tiene un plan para ir subiendo entre los aspirantes, conseguir papeles principales en dos años y ganar un Tony a los veinticinco. Yo, en cambio, no tengo tan claro el futuro. El orientador del campus me dio un ejemplar desgastado de *¿De qué color es tu paracaídas?* para que lo leyera durante las vacaciones.

Esta mañana, antes de ir a casa de Brooke, dimos una vuelta por Tompkins Square Park señalando en qué edificios viviríamos cuando nos mudáramos a la ciudad.

—Esto es sin duda lo mejor del menú navideño —le digo a Finn mientras arrastro una patata frita por el charco de salsa de queso del plato.

—Aquí hay una quemada —comenta él mientras señala una patata frita de color marrón oscuro. Nuestros gustos complementarios por las patatas fritas (las mías bien hechas, las suyas poco hechas) parecen confirmar la perfección de nuestro maridaje. Miro a Martha, de pie detrás del mostrador rellenando botes de kétchup, y me siento mal por ella. Sola, en Navidad. No tiene un Finn—. Vale, ya basta de hablar de Brooke —añade—. De lo que realmente quiero hablar es de la camisa de Spencer. La camisa azul con los puños blancos. ¿Quién se cree que es, Gordon Gekko?

Su comentario me pilla tan desprevenida que suelto una carcajada. Nadie como Finn para que se me pase el mal humor.

23

Hannah

Este año, 25 de diciembre

Llevo veinte minutos sentada fuera de la sala de animación hospitalaria del ala infantil y ya tengo un enemigo. Un adolescente, con la barbilla marcada por el acné, le ha robado un regalo sorpresa de Navidad a uno de los niños más pequeños. Es un matón. Que sí, que seguramente tenga cáncer, pero no deja de ser un capullo. Además, odiarlo a él es mejor que odiarme a mí misma. ¿Tiene Priya razón y soy una mala amiga?

Después de salir del box, me sentó muy bien golpear la barra de la puerta de la escalera y subir hasta que me quedé sin aliento. Cuando empecé a jadear, salí a la novena planta y me puse a deambular por los pasillos. Pero, incluso después de recuperarme del ejercicio, el corazón me latía a mil y me escocían los ojos por las lágrimas.

A punto de tener un ataque de pánico, entré en el ala infantil. La zona es superalegre y los pasillos están decorados con murales de Candy Land. A través del ventanal que da a la sala de animación, observo a los animadores de la compañía de teatro, aunque es más un grupo de folk, cantarles villancicos a un grupo de niños.

Doy un respingo cuando alguien aparece a mi lado. Vuelvo la cabeza, esperando ver a una enfermera que viene a decirme que no puedo estar aquí, pero es Finn.

—¿Cómo me has encontrado? —quiero saber.

—¿Lo preguntas en serio? Llevas un vestido de época rojo chillón y un tocado de plumas. Somos la comidilla del hospital y nos han tomado por un grupo de tarados. He oído a dos enfermeras diciendo que somos de una secta o algo así. Una de ellas me ha dicho que estabas aquí arriba. Creo que le preocupaba la idea de que estuvieras reclutando a los niños.

Suelto una carcajada a regañadientes, pero en el fondo me decepciona que no me hubiera estado buscando como un loco. Porque necesitaba decirme que Priya se equivocaba en todo, esa sería la razón ideal. Que Priya ha sido muy injusta al decirme eso.

En cambio dice:

—Nuestros disfraces son mejores. —Señala con la cabeza al grupo de animadores que está cantando en la sala—. Además, yo canto mucho mejor que él. —El único hombre del grupo está destrozando «Christmas (Baby Please Come Home)», una canción muy ambiciosa para alguien con una voz tan limitada. Su intento de falsete le sale entrecortado y débil, pero nadie más se da cuenta. Los niños están demasiado colocados por el azúcar y sus padres están casi catatónicos y agradecen cualquier distracción.

—¿Los desafiamos a un duelo? —sugiero.

—Me da a mí que los duelos no están muy bien vistos por aquí. Además, ¿qué haces aquí arriba? ¿No es un poco morboso mirar a todos estos niños enfermos como si fuera una especie de zoo de la tristeza? —Frunce la nariz, asqueado.

—Mierda, ¿eso estaba haciendo? Solo quería un sitio donde pensar.

—¿En qué piensas?

—¿Te acuerdas de la Navidad que fuimos a casa de mi hermana? ¿El último año de universidad?

—Me acuerdo —contesta—. Pero ¿qué haces tú pensando en eso?

Me encojo de hombros. La respuesta sincera es que quería erradicar cualquier pensamiento sobre lo que Priya me había dicho. Si no pienso en eso, no tengo que lidiar con nada. Al menos durante un poquito más.

—¿Te acuerdas de lo horrorosa que fue la noche? —pregunto.

—Madre mía, sí, tu hermana cocina fatal. Claro que a ti no se te da mucho mejor. Quien esté libre de pecado y tal. —Me mira con las cejas levantadas—. El jamón asado que estaba negro por fuera, pero crudo por dentro. ¡Y los bollos! Podríamos haber jugado al hockey con ellos. Si alguno de los dos supiera jugar al hockey, claro.

—Ya. Pero ¿recuerdas lo insoportable que estuvo?

—¿A qué te refieres? —Me mira sin comprender.

—A que borró por completo todo rastro de nuestros padres y pasó página en plan: «¡Listo! ¡Vida nueva!».

Finn se queda callado un minuto mientras sopesa lo que acabo de decir.

—Yo no me acuerdo de eso. Lo que sí recuerdo es lo malo que estaba el jamón y que toda la casa olía a carne quemada. Aunque, ahora que lo pienso, ¿quiénes somos nosotros para quejarnos? Estoy seguro de que nos presentamos con las manos vacías.

—No, seguro que te acuerdas. Estuvo dorándole la píldora a la madre de Spencer y tuvimos ese ridículo reparto de regalos al azar, con todos esos caramelos masticables porque eso es lo que hace la familia de Spencer todos los años, ¿te acuerdas? Ni siquiera vimos *El Grinch*. Lo veíamos todos los años cuando era pequeña, era lo que más nos gustaba de la Navidad.

—Hannah, seguramente no quería ver *El Grinch* porque ya tenías veintiún años, no doce.

Suelto el aire de golpe. ¿Cómo ha podido olvidar lo horrible que fue esa Navidad? Seguro que el tiempo ha hecho que se le olviden detalles. Porque para mí esa Navidad fue dolorosa. No habría sobrevivido sin él.

—Me acuerdo de otra cosa —dice con un dedo en el aire—. Recuerdo que contó su viaje y que fue a todos los sitios del diario de tu madre. Me pareció muy bonito.

—¿Qué? —Si eso era lo que Brooke estaba haciendo en su año sabático, yo me habría enterado—. No. En serio, se dedicó a ir de un albergue a otro siguiendo a Spencer como un patito a su madre.

—Te juro que la recuerdo contando una historia muy bonita sobre lo mucho que significó ese viaje para ella y que usó la lista de tu madre como guía. ¿Estarías en el baño o algo? ¿O hablando con otra persona?

La duda arraiga en mi estómago. Si contó eso, desde luego que yo no estaba delante para oírlo.

—En fin, aunque lo del viaje fuera verdad, eso no compensa que abandonase a nuestra familia.

—Yo no lo diría de esa manera. Puede que... —Deja la frase en el aire, inseguro—. ¿Puede que pasara página?

—¡Eso es! ¡Pasó página! Pasó de mí, de su única familia. ¿Quién hace algo así?

—Te invita todas las Navidades y en Acción de Gracias. ¿No protestaste el año pasado porque te invitó a una barbacoa para el Cuatro de Julio?

—Sí, pero me invita por pena. Se alegra cuando no voy. Tú no abandonas a tu familia de esa manera. Tú nunca me harías algo así.

—Un momento. —Se vuelve para mirarme—. ¿Por eso no has ido a casa de los padres de David a celebrar la Navidad?

—¿De qué hablas? Brooke no tiene nada que ver con eso. —No puedo creer lo desconectados que estamos Finn y yo ahora mismo. Me pregunto si sigue achispado por el champán del almuerzo.

—Claro, a ver, no de forma directa. Pero sabes que no hay nada de malo en celebrar la Navidad con David, ¿verdad? Que no hay nada de malo en pasar página y dejar atrás esta tradición, en madurar como personas. Es incluso saludable.

—¿Y si no quiero pasar página? ¿Y si me gustan las cosas como están ahora mismo?

¿Por qué todo el mundo se siente tan ansioso por pasar a lo siguiente? ¿Qué tal si valoramos lo que tenemos? Porque sé por experiencia que podría desaparecer en un abrir y cerrar de ojos. Por fin he recuperado a Finn, las cosas van bien con David... o iban bien hasta hace un mes. ¿Por qué no basta con eso?

Me pone una mano en la rodilla.

—Hannah, sabes que, por más que nos conociéramos en Navidad, seguirás siendo mi familia aunque no pasemos la Navidad juntos. Podemos celebrar el día del Árbol o Halloween. Ah, y desde ya te digo que quiero celebrar el día nacional del Margarita. O podemos hacer algo especial el día de San Valentín o el día de la Bandera. Lo que digo es que no podrías librarte de mí aunque quisieras. Y da igual la festividad arbitraria que celebremos. Será especial porque estamos juntos, no por la fecha del calendario. Joder, incluso podríamos inventarnos una festividad. ¡El 23 de julio! Siempre he pensado que hay muy pocos festivos en verano.

Me abalanzo sobre él y le echo los brazos al cuello mientras mis lágrimas le empapan la capa arcoíris.

—Ojalá se me ocurriera algo más fuerte que «te quiero» —le digo contra el hombro.

—Yo también eso «más fuerte que te quiero» —me dice contra el cuello. Creo que también está llorando—. Y no pasa nada si también quieres a David. No tienes que elegir entre uno y otro.

De repente, todo encaja. ¿Y si después de la muerte de mis padres reduje mi vida, me dediqué a existir como una urraca, aferrándome a mis amigos como un tesoro encontrado? Convencida de que solo era cuestión de tiempo que me arrebatasen cualquier cosa buena. De que el desastre me esperaba a la vuelta de cada esquina. ¿Y si Brooke hizo lo contrario y amplió su vida? Vivió a tope cada experiencia nueva (viajar, salir con chicos, ser madre) dado que el tiempo del que disponemos no está asegurado.

Madre mía, ¿qué he hecho?

Pienso en el anillo, el que ya no estaba en el cajón de los calcetines de David esta mañana. En mi cabeza resuena lo que me dijo durante la pelea: «No estoy seguro de que me necesites ni de que me quieras ahora que tienes a Finn de vuelta». ¿Y si lo he apartado de mi lado demasiadas veces? ¿Y si es demasiado tarde para tenerlos a los dos?

—Finn, creo que he metido la pata hasta el fondo.

—Priya te perdonará. Pero creo que llevaba un pelín de razón. Puede que algo más que un pelín. Todos hemos estado obsesionados con la Navidad.

—Me parece increíble que no supiéramos lo de Ben ni lo de que la han despedido. Me siento fatal porque haya tenido que pasar sola por todo eso. ¿Cómo he podido estar tan ciega? He metido la pata hasta el fondo. Con Priya, claro; pero también con David. —Le cuento lo del anillo y su desaparición. La discusión que hemos tenido esta mañana.

Mientras espero a que me diga que sí, que yo sola he arruinado mi relación (la única relación seria que he tenido), una mujer con pantalones de pinzas y un jersey carmesí pasa por nuestro lado. La reconozco porque la he visto en la sala de animación.

—Siento lo que sea que estéis pasando. Sé lo durísimo que es —susurra mientras se aleja.

Al principio, creo que se refiere a Priya o a David, y me pregunto cómo lo sabe, pero después miro la cara empapada por las lágrimas de Finn, que seguro que está igual que la mía. Estamos sentados en un banco en el pasillo del ala infantil de un hospital.

—Ah, no, no… —me apresuro a decir.

—Gracias —dice Finn al mismo tiempo. Cuando la mujer llega al final del pasillo y entra en el aseo, nos miramos. A Finn le tiemblan los hombros por la risa contenida.

—No tiene gracia —le digo.

—Oye, que eras tú la que estaba mirando embobada a los niños enfermos. Yo solo te estaba acompañando. Y sí, te estaba siguiendo la corriente. —Se pone derecho y adopta una expresión seria—. Mira, no creo que sea demasiado tarde para arreglar las cosas con David. Debes hablar con él, decirle que has metido la pata. Llámalo y cuéntale todo lo que acabas de decirme. Todavía quedan —dice antes de mirar el móvil que tiene en el regazo— cuatro horas y media de Navidad.

—Vale. Vale, bien. —No estoy «bien» ni mucho menos. Estoy al borde del pánico y sin aliento—. Puedo hacerlo —digo más para convencerme que otra cosa. Me saco el móvil del bolsillo del vestido y pulso el contacto de David de mi lista de favoritos.

El teléfono suena.

Y suena.

Y suena.

Buzón de voz.

Seguramente esté sentado alrededor del árbol de Navidad de su familia, esquivando preguntas sobre por qué no estoy allí. A estas alturas todos han decidido que me odian y le están diciendo que puede encontrar otra mucho mejor. Cuando corto la llamada, tengo la sensación de que pulsar el botón rojo para colgar también marca el final de nuestra relación.

—No ha contestado —digo, aunque es evidente. Lo intento de nuevo, pero con el mismo resultado—. Seguramente deberíamos salir de aquí antes de que alguien más piense que se nos ha muerto un hijo. Y también tengo que hablar con Priya. A lo mejor con ella sí puedo arreglar las cosas.

—Te veo abajo —dice Finn—, debería tratar de localizar a Theo. Creo que sigue buscándote por el hospital. —Me mira con una mueca culpable.

Estoy fuera del que creo que es el box de urgencias donde está Priya. Es el tercero a la derecha pasada la puerta, pero ¿es la puerta correcta? ¿Era el cuarto box en realidad? Como solo hay una cortina y no una puerta de verdad, inspiro hondo y digo:

—¡Toc, toc! —Parezco la vecina cotilla de una comedia de la tele, pero es mejor que entrar sin avisar y encontrarme con un anciano medio desnudo en mitad de un ataque al corazón.

—¿Sí? —La voz de Priya me llega desde el box que tengo delante. Parece drogada.

Aparto la cortina lo suficiente como para entrar, y Priya me mira expectante.

—Si crees que voy a contarte un chiste sobre alguien que llama a la puerta, te vas a llevar un buen chasco.

No se ríe de mi intento de quitarle hierro a la situación. Sigue mirándome fijamente. Tiene los ojos vidriosos. No sé si la he despertado o si ha estado llorando. Hoy la estoy cagando en todos los frentes.

—Aunque no tengo un chiste, sí que tengo una disculpa. Siento ser una imbécil egocéntrica. Tenías razón, he sido una mala amiga contigo.

—Sí, se puede decir que sí —replica ella—. A lo de la imbécil egocéntrica, no a lo de la mala amiga. Eres una amiga increíble, Hannah. De verdad, a veces incluso te pasas de intensita. Eres leal hasta la ridiculez.

—Creo que estás siendo muy generosa. Más bien soy ridícula y ya. No te cortes. He sido una gilipollas narcisista estos últimos meses. —Hago una mueca y me corrijo—. ¿Tal vez estos últimos años?

—No, antes me pasé tres pueblos. Me han dado analgésicos y creo que están haciendo efecto ya. —Se encoge de hombros—. Así que estás en una fase egocéntrica. ¿Qué más da? ¿Te acuerdas de cuando estuve saliendo con Charlie, el dibujante del *New Yorker*, y me convencí de que me estaba poniendo los cuernos y me pasé cuatro meses sin hablar de otra cosa?

—Es que te estaba poniendo los cuernos. Tenías razón.

Cuando lo vi en Hinge, grité y tiré el móvil al suelo. Lo reconocí por mi papel de cómplice de Priya durante numerosas noches de acoso en internet. Ella insistió en que intentase hacer *match* con él para pillarlo engañándola. Coqueteamos unos cuantos días a través de mensajes que Priya redactaba y, la noche de nuestra primera cita, Priya se presentó en mi lugar para enfrentarse a él. Charlie salió por patas, pero yo estaba en la barra y nos quedamos hasta el cierre del restaurante celebrando el éxito de nuestra misión. La emoción de haberlo pillado mitigó el dolor de su traición. Él daba igual, nos teníamos la una a la otra.

—A ver, lo que digo es que todos pasamos por una fase de protagonista de vez en cuando.

Y aquella primavera no hubo quien aguantara a Priya, la verdad.

—Hablando de relaciones…, ¿quieres hablar de lo que ha pasado entre el doctor Ben y tú?

Priya le da unas palmaditas al colchón junto a su pierna buena. Me subo a la cama, encogiéndome todo lo posible contra la barandilla para no hacerle daño en la pierna herida, que descansa sobre un montón de almohadas mientras espera que la escayolen. En algún punto a lo lejos un monitor cardiaco emite un constante pi-pi-pi.

Priya mueve la cabeza para apoyármela en el hombro y así susurrarme la historia al oído, como si las personas del box de al lado pudieran estar escuchando a través de las cortinas. Claro que con el tiempo de espera de esta noche y sin más entretenimiento, a lo mejor es así.

—Soy tonta, Han. Nuestro problema siempre fue la distancia, así que creí que, en cuanto se mudara aquí, se acabaría el problema y estaríamos juntos. Me dijo desde el principio que no buscaba nada serio. Que el primer año de residencia es superintenso y que no tenía tiempo para una relación, pero creí que no lo decía de verdad. Así que yo interpreté que estábamos saliendo mientras él se lo tomaba como una copa después del trabajo y sexo sin ataduras. —Se tapa los ojos con las dos manos—. Me dejó bien claro lo que era, y no lo creí. Ni siquiera sé si se puede considerar una ruptura cuando una de las dos partes no opina que esté en una relación. Cuando le pregunté qué íbamos a hacer en Navidad, se le fue la pinza y cortó por lo sano. Creo que por eso he sido tan dura contigo todo este mes. No parabas de quejarte de que no querías pasar la Navidad con David mientras que yo estaba haciendo hasta el pino con las orejas para conseguir que Ben me invitara a pasar el día con él. Y ahí estabas tú, pisando el freno cuando tienes a un chico estupendo que está coladito por ti y que quiere construir un futuro contigo.

—Pues mira tú por dónde al final Ben se tiene que aguantar, porque vais a pasar la Navidad juntos. Se puede decir que te has salido con la tuya en esto.

—No tiene gracia —dice Priya—. Ni ha sido a propósito.

—Siento haberte restregado todo lo mío con David. No lo sabía. Además, Ben es idiota si no quiere estar contigo. Eres la mujer de los sueños de cualquiera. —La beso en la frente. Ya nos sabemos de memoria el guion de esta conversación por todas las veces que hemos fingido que un sapo era un príncipe y nos hemos llevado un chasco cuando al final resultaba ser un sapo de verdad—. Si hace que te sientas mejor, creo que también me voy a quedar libre dentro de poco. Creo que David va a cortar conmigo. Está cabreadísimo.

Me busca la mano sobre la cama y me da un apretón.

—Normal.

—Guau —digo con sorna—, es genial tener amigos que me apoyan incondicionalmente. Finn me ha dicho lo mismo con otras palabras. ¿Es que os habéis bebido un suero de la verdad mientras yo estaba en el baño o qué?

—Tus amigos tienen la obligación de decirte que estás haciendo el tonto, y es verdad que lo estás haciendo. Bueno, ¿vas a dejar de hacer el tonto y a solucionarlo?

—Lo he intentado. He llamado a David, pero no me lo ha cogido. Seguramente esté pasando de mis llamadas.

—¡Ay, madre! —chilla Priya. Si las personas que ocupan los boxes de alrededor no estaban con la oreja pegada, seguro que ahora sí—. No es una conversación que puedas mantener por teléfono. Tienes que ir a verlo.

—Sí, pero ¿no acabamos de discutir porque soy una mala amiga? Estás en el hospital, así que... creo que debería quedarme.

—Uf —resopla ella—, sé una buena amiga mañana. Esta noche tienes que irte a Connecticut para ver David.

Lleva razón. Tengo que verlo. No es una conversación que se pueda mantener por teléfono. Es una situación de las de postrarte de rodillas y suplicar. Y no sé yo si incluso así voy a conseguir arreglar las cosas.

—¿Seguro que no te importa? Finn y Theo pueden quedarse. Y, si necesitas algo, llámame y volveré enseguida.

—No voy a necesitar nada. Esta noche me quedo aquí. No consiguen hablar con el traumatólogo de guardia. Y llévate a Finn y a Theo, creo que los necesitas más que yo. Ben se ha ofrecido a quedarse conmigo cuando termine su turno a las once. —Lo dice con expresión inescrutable. No sé si espera que lo suyo no esté tan roto como creía.

—No vas a volver con él, ¿verdad? —le pregunto.

—No, pero tenemos que hablar de todas formas. Creo que necesito cerrar esta etapa. Todavía no lo he superado, pero ya lo haré. Esta vez es la definitiva.

—¿Y entre nosotras está todo bien?

—Todo bien. Esto es lo que hacen las hermanas, discutir. —Me sonríe y le apoyo la cabeza en un hombro un segundo—. ¡Ay! Te lo digo en serio, Hannah, levántate de la cama y vete a Connecticut ahora mismo.

—Que sí, que ya me voy.

Les mando un mensaje a Finn y a Theo para que se reúnan conmigo en el vestíbulo. Mientras espero, abro la app de Uber y meto la dirección de la casa de los padres de David. El viaje va a costar un riñón, pero me da igual. Es demasiado importante.

No hay coches disponibles.

Abro la de Lyft y meto la dirección.

No hay coches disponibles.

Miro el horario de Metro North, pero todos los trenes se han cancelado durante lo que queda de noche. Las vías deben de estar congeladas.

Salgo por las puertas automáticas a la Primera Avenida. Pasar cuatro horas en un hospital es como estar en un tanque de aislamiento sensorial —vinimos por la tarde, pero ya es noche cerrada—. Parpadeo al ver las luces del edificio que hay en la acera de enfrente mientras intento ubicarme. Reina una calma extraña en la ciudad, como si toda la población de Nueva York estuviera en casa, en el sofá con pantalones de cinturilla elástica después de haber pasado un día en familia, comiendo.

Miro a derecha y a izquierda en busca de un taxi. Pasan unos cuantos, pero ninguno tiene la luz de libre encendida.

Cuando Finn y Theo llegan al vestíbulo, estoy en pleno ataque de pánico, paseando de un lado para otro por delante de la puerta de entrada. Me he descargado todas las aplicaciones de transporte que he encontrado y no he tenido suerte con ninguna. Y sigue sin aparecer un solo taxi libre.

Theo trae un oso de peluche enorme y un ramo de claveles rojos y otros teñidos de verde, y Finn sostiene un globo en el que se lee «¡Es un niño!».

—Nos hemos pasado por la tienda de regalos —explica Theo.

—Theo ha insistido en que no deberías presentarte con las manos vacías para un gran gesto romántico. Estaba emperrado con hacer carteles, como en *Love Actually*, pero no tenían cartulinas en la tienda. Esto es lo mejor que hemos encontrado —dice Finn.

—En fin, no creo que vayamos a ninguna parte. No hay coches. Lo he intentado con todas las apps.

—¿Y si alquilamos un coche? ¿Has probado con Zipcar? —sugiere Finn.

—No tienen nada hasta pasado mañana. Lo mismo con todos los alquileres de coches.

—¿Qué me dices de un coche de cortesía? —pregunta, como si no lo hubiera intentado absolutamente todo.

—También he tirado por ahí. Nada. —Me paro y me apoyo en la fachada del hospital antes de dejarme caer en cuclillas y aferrarme la cabeza con las manos—. He tratado de llamar a David cinco veces más, pero sigue sin contestar.

—¿Le has dejado un mensaje de voz? —me pregunta Finn.

—Sé que solo intentas ayudarme, pero me estás estresando más.

—Además, ¿quién quiere una disculpa en el buzón de voz? Eso suena más a escaqueo —dice Theo sin levantar la vista del móvil. Deja el oso de peluche y las flores junto a mí, y se va al otro lado de la puerta con el teléfono pegado a la oreja.

Desde donde estoy en cuclillas junto a las puertas automáticas, lo oigo pronunciar las palabras «desesperado», «Phillip Benson» y «cliente importante».

Finn y yo nos miramos. Nunca he oído a Theo usar el apellido de su padre para recibir un trato de favor. De hecho, más de una vez lo he oído usar un apellido falso para evitar el jaleo. Pasa muchísimo de todo el rollo de «mi padre es un multimillonario».

Theo corta la llamada y regresa con una sonrisa de oreja a oreja.

—¡Ya viene un coche de camino!

Me pongo en pie de un salto y lo abrazo con fuerza.

—Te lo digo en serio, si David y yo decidimos tener hijos, mi primogénito se va a llamar como tú.

Debería haber hecho más preguntas antes de prometer lo del nombre, porque el coche que se detiene junto a la acera es una limusina blanca oxidada de los ochenta que se parece muchísimo a la que sale en las fotos de graduación de mi madre. Un chófer uniformado sale y rodea la limusina para abrirnos la puerta. Me agacho y entro en la parte trasera, y me fijo en las luces estroboscópicas.

El chófer me ve la cara y se disculpa.

—Por desgracia, es lo único que teníamos disponible esta noche.

—Lo único que me importa es llegar a Connecticut antes de medianoche —replico.

—Eso está hecho —me asegura.

Me siento frustrada, pero ni mucho menos sorprendida, cuando la limusina se avería en la I-95 en Mamaroneck a la media hora de ponernos en marcha. Se oye un estallido fuerte, después una especie de espurreo y por último la limusina se detiene dando unas cuantas sacudidas en el carril derecho. Miro a Theo y a Finn con una cara que espero que exprese un «¿¡Qué cojones es esto!?».

—Eso no es bueno —dice George, nuestro chófer, desde el asiento delantero. Nos mira a través de la partición como si nosotros supiéramos qué hacer. Intenta arrancar de nuevo, pero el motor emite un ruido lastimero, como un gato a punto de vomitar.

De alguna manera, Finn, Theo y yo somos los encargados de bajarnos y empujar la limusina hasta la zona donde deben apartarse los coches averiados, mientras George, que asegura tener una lesión de espalda, pone la limusina en punto muerto y maneja el volante.

—Ojalá te devuelvan el dinero —le digo a Theo con los dientes apretados mientras empujo el parachoques de la limusina con la cadera—. Y ya puedes olvidarte del pequeño Theo o de Theodora.

—No se lo tengas en cuenta al pobre Theo júnior, él es inocente de todo. —Theo hace un puchero exagerado.

Dos horas más tarde estamos tiritando de frío en el asiento trasero mientras esperamos la asistencia en carretera. George llama pidiendo información cada media hora, pero lo más que puede decirle el operador es «Pronto». Ya son las once.

—Es una idiotez —les digo a Finn y a Theo—. No vamos a llegar antes de medianoche.

—No es una idiotez, es un gesto romántico —me asegura Theo.

Nos ciegan los faros de un vehículo que se detiene detrás. Brillan tanto que iluminan el interior de la limusina incluso a través de los cinco centímetros de nieve que se han acumulado en la luneta trasera.

A estas alturas tenemos muy poca confianza en George, así que, cuando sale para hablar con el conductor de la grúa, lo seguimos para enterarnos de todo. Oigo que se cierra de golpe la puerta de la grúa, pero no veo nada porque sigo cegada por las luces. Es raro, porque oigo campanillas que se acercan a nosotros. Me protejo los ojos con una mano para ver mejor, pero no sirve de nada.

—¿Finn? —dice la voz incorpórea de un hombre mayor que nosotros.

—¿A quién conoces aquí en medio? —le pregunto entre dientes. Empiezo a creer que el frío me esté provocando alucinaciones.

—¿Y Liam? ¿Hannah? ¿Sois vosotros? —sigue preguntando la voz.

El hombre aparece por fin, recortado por las luces. Lleva un chaquetón de Papa Noel encima de un mono, además de un cinturón de campanillas colgado de un hombro. Tiene una espesa barba gris. Me suena su cara, pero no recuerdo de qué. Me pregunto si lo conozco de la tele y si estamos en un *reality* como *Cash Cab*, donde tendremos que contestar preguntas de temática navideña para conseguir que nos lleve.

Es Kevin, caigo de repente. ¿O Pete? ¿Richard? El hombre del desfile de hace tantos años.

—¡Keith! —grita Finn.

Sí, eso mismo.

—¿Qué hacéis por estos lares? —pregunta Keith a voz en grito desde unos metros más allá.

—¿Y qué haces tú aquí? —replica Finn—. ¡No me lo puedo creer! ¿Cómo es posible que te acuerdes de nosotros?

—Ah, dejasteis una buena impresión. Un momento, ¿dónde está la otra chica?

—En el hospital —contesta Finn, y Keith se queda de piedra—. Se encuentra bien, es una larga historia. Sigue con lo que estabas diciendo.

—¿Sabéis? En todos los años que llevo participando en el desfile, nadie me ha invitado jamás a los planes que tuvieran después. Menos vosotros cuatro. Normalmente estoy en casa para la hora del almuerzo, me como un sándwich de mantequilla de cacahuete y mermelada, y después hago el turno de noche para que mis chicos puedan pasar la cena de Navidad con sus familias.

Me siento culpable por tener un recuerdo muy vago de él cuando nuestro encuentro lo marcó tanto. Rodeo la cintura de Finn con un brazo.

—En fin, me alegro de que estés aquí —dice Finn—. Tenemos…, hum…, un problemilla con el coche.

—¿Qué hacéis tan lejos de la ciudad? No estaréis huyendo de la ley, ¿verdad? —Keith se ríe de su propia broma.

—La verdad es que intentamos que Hannah llegue a casa de su novio en Fairfield. Han discutido y necesita hablar con él.

—A ver qué podemos hacer —dice Keith—. Me gusta cómo pinta la cosa para vosotros. Tenemos la magia de la Navidad de nuestra parte. Ya veo que la magia funcionó con vosotros dos. —Señala con dos dedos separados a Theo y a Finn—. Me alegra ver que seguís juntos.

—¿Nosotros? —consigue decir Finn—. No, nosotros…, esto…, te has debido de equivocar.

Keith lo mira con cara rara, pero lo deja pasar.

—Bueno, vamos a ver el motor.

Keith se pasa un cuarto de hora trajinando debajo del capó de la limusina con George a su lado sujetando una linterna y ofreciendo teorías nada útiles sobre lo que se ha estropeado. En un momento dado Keith le pide a Finn que intente arrancar, y la cosa promete durante un par de segundos, pero después nada.

—Lo siento —dice Keith—, pero creo que vamos a tener que remolcarla.

—¿Y luego puedes arreglarla en tu taller? —pregunto, esperanzada.

—Claro, con el tiempo. Pero habrá que pedir algunas piezas.

—Pero tenemos que llegar a Fairfield —digo—. Esta noche.

—A lo mejor puedo ayudarte con eso —contesta Keith.

Nos apretujamos en el asiento trasero de la grúa de Keith y nos llevamos una sorpresa cuando nos saluda una mujer vestida de Mamá Noel en el asiento delantero. Keith nos la presenta como Elaine, su nueva mujer. Nos dice que ha cambiado la tradición del desfile por otra cosa este año, pero que ha mantenido los disfraces como recuerdo a su difunta esposa. Al menos una historia de amor navideña ha salido bien.

Una hora más tarde vamos en una vieja pickup destartalada que nos ha prestado Keith. Conduce Finn, y yo voy apretujada entre

Theo y él en el asiento de la camioneta. El reloj del salpicadero marca las 12.34.

—Supongo que al final no voy a poder salvar la Navidad —digo con un suspiro.

—¿Qué quieres decir? —pregunta Finn—. Estaremos allí en una hora según las indicaciones de Keith. —Los móviles de los tres están muertos, así que conducimos al estilo de los noventa, antes de que hubiera GPS. Keith nos ha asegurado que no tendríamos problema para llegar a Fairfield en cuanto volviéramos a la I-95, y hay mapas a porrillo en la guantera si los necesitamos. Estoy segurísima de que recuerdo el camino a casa de David desde la autopista.

—Sí, pero ya no es Navidad.

—Por favor, deja de ser tan literal. Es Navidad hasta que nos acostemos.

Enciende la radio y «Last Christmas» de Wham! suena en la cabina de la camioneta. «La Navidad pasada te entregué mi corazón y al día siguiente tú lo despreciaste». Qué apropiado teniendo en cuenta que seguramente sea nuestra última Navidad juntos y que David va a cortar conmigo el 26 de diciembre. Me siento muy unida a George Michael en este momento.

Una hora y varios desvíos equivocados después, nos detenemos delante de la casa de los padres de David.

—¿Es una mala idea? —pregunto mientras miramos la casa a oscuras, porque seguramente todos los que están dentro hace mucho que se acostaron.

—Creo que eso depende de cómo salga —contesta Finn—, y no sabes cómo va a salir hasta que toques el timbre.

Le doy un codazo a Theo para que me deje salir de la camioneta.

—Allá voy. Deseadme suerte —digo.

—¡Suerte! —dice Finn.

—No la necesitas —me asegura Theo al mismo tiempo—. El amor es más fuerte que la suerte.

24

Finn

Hannah recorre el camino de entrada cubierto de nieve, una figura carmesí contra un fondo de blanco níveo. No sé si el simbolismo es sombrío (la primera gota de sangre que mancha un campo de batalla nevado en una peli de la Segunda Guerra Mundial) o esperanzador (una solitaria flor que se abre paso desde el suelo después de un largo y frío invierno). En mi cabeza una banda sonora en estéreo acompaña la escena, y la música va ganando en intensidad con cada paso que da hacia la puerta.

—No puedo mirar —dice Theo, aunque tiene los ojos clavados en ella a través de la ventanilla del acompañante. Extiende un brazo y me coge la mano desde el otro lado del asiento como si el suspense lo estuviera matando.

Hannah se queda un minuto entero delante de la puerta, sin hacer nada. Mi banda sonora mental chirría, como un disco rayado.

¿Va a echarse atrás? Si lo hace, estoy preparado para meterle la marcha a la camioneta y dejarla plantada en el porche de los padres de David. Luego volvería, pero de entrada no me cortaría a la hora de obligarla a actuar. No voy a permitir que arruine este momento. Sería por su propio bien. Lo suyo con David es de verdad, solo está asustada. Y, de forma egoísta, me gusta saber que tendrá a alguien a su lado después de que yo me mude.

Por fin levanta un dedo para tocar el timbre.

—¡síííí! —Agito un puño como si ella fuera mi equipo y acabara de marcar el tanto de la victoria. Theo da un respingo, sorprendido por la vehemencia de mi reacción.

Se enciende una luz en una ventana de la planta superior, y un minuto después una mujer de mediana edad envuelta en una gruesa bata blanca abre la puerta. Lleva la melena corta de punta en un lado de la cabeza y enredada en el otro, de manera que luce un aspecto tipo A Flock of Seagulls sin pretenderlo.

—Baja un poco la ventanilla —le digo a Theo—. A ver si podemos oírlas.

Pulsa el botón para bajar la ventanilla, pero no pasa nada.

—Creo que se ha congelado.

Vemos a Hannah y a la madre de David mantener una corta conversación, pero menos de dos minutos después se abrazan y Hannah se da media vuelta y regresa a la camioneta.

—¿Crees que él no ha querido verla? —pregunta Theo—. Qué crueldad.

—Calla, finge que no estábamos mirando. —Vuelvo la cabeza para mirar al frente, por la luna delantera—. Haz como que te ríes de algo que he dicho para que parezca que hemos estado hablando todo este tiempo. —Theo es un compañero de escena muy poco generoso y me mira con cara de no comprender.

Hannah abre la puerta del acompañante y anuncia por encima del regazo de Theo:

—No está aquí. Ha vuelto a la ciudad.

Theo y yo gemimos. Keith ha tenido la amabilidad de prestarnos la camioneta, pero no tenía un adaptador para el mechero y la camioneta es demasiado vieja como para tener conexión USB. En aquel momento nuestra misión parecía tan crítica que no podíamos pararnos a cargar los móviles, pero eso nos habría ahorrado mucho tiempo y quebraderos de cabeza.

—Bueno, ¿volvemos a la ciudad? —pregunto. Hannah asiente con la cabeza, con una expresión seria y decidida en la cara.

El trayecto de vuelta lo hacemos en silencio. La mezcla de la festividad, la hora que es y la nieve hace que tengamos la autovía para nosotros solos. Dejo la radio puesta muy bajita, con villancicos antiguos. Cerca de New Rochelle, Hannah dice:

—Es posible que sus padres crean que nuestra relación está en las últimas. Primero no aparezco por Navidad y ahora ni siquiera sé dónde está David.

—¿A quién le importa lo que crean? —replico.

—Pues diría que a mí, fíjate —contesta ella.

Me parece que lo mejor es no decirle que siempre le ha importado todo más de lo que deja entrever. Hay un largo silencio mientras le damos vueltas a eso y «I'll Be Home for Christmas» da paso a «Let it Snow».

—¿Qué hago si es demasiado tarde? —pregunta.

—Podríamos marcarnos un *Las chicas de oro* y mudarnos los cuatro a una casa en Miami donde nos hincharíamos a tarta de queso y pondríamos a parir a nuestros ex —sugiero.

—No parece un mal plan —tercia Theo. Antes estaba dormido con la cabeza apoyada en la ventanilla del acompañante. No me había dado cuenta de que estaba atento a la conversación.

Son casi las dos y media de la madrugada cuando llegamos a casa de Hannah y David. Todas las ventanas del edificio, excepto dos, están a oscuras.

—Nos quedaremos por aquí —digo—. Y buscaré un cargador de teléfono. Llámanos o mándanos un mensaje para decirnos que todo va bien. Podemos volver a buscarte si nos necesitas. —Le doy un beso en la sien—. Estoy orgulloso de ti —le susurro contra el pelo.

Aparcamos en un garaje carísimo (sesenta dólares por dos

horas más quince dólares de suplemento por vehículo de gran tamaño) y dejamos las partes más llamativas de nuestros disfraces en la camioneta. Ya me desmaquillé en el aseo del hospital, con jabón de manos y toallitas de papel. Estamos cansados y sucios, pero parecemos casi normales si no te fijas en que Theo lleva unas calzas de lamé dorado en vez de pantalones. Tengo la sensación de haber vivido una semana entera en las dieciocho horas que han pasado desde que me desperté ayer por la mañana.

Lo único que hay abierto a esta hora es una cafetería veinticuatro horas en Greenwich Street.

—¿Qué quieres? —le pregunto a Theo mientras repasamos el enorme cartel con la carta que hay detrás de la barra.

—Solo café.

—¿Me pones un sándwich de carne picada y cebolla caramelizada? —le pregunto al chico que hay detrás de la barra. Seguramente vaya a la universidad, y me pregunto si está aquí porque es otro abandonado en Navidad o porque el dinero que se saca trabajando en festivo es demasiado goloso como para dejarlo escapar. Ojalá sea eso último.

Veo que Theo me mira de reojo por lo que he pedido.

—¿Qué? —pregunto—. No hemos cenado, ¿no tienes hambre?

—Estoy demasiado nervioso como para comer.

Nos sentamos a una mesa de madera rayada junto al ventanal.

—¿No crees que la vaya a perdonar?

Yo había supuesto que Hannah y David estarían haciéndolo a estas alturas en la entrada del piso. Seguro que él se alegra de que por fin haya entrado en razón.

—No sé. —Theo bebe un sorbo de café del vaso de papel mientras se lo piensa—. Pero creo que ella es valiente.

—¿Por decirle a su novio que ha sido una imbécil cabezota todo este mes? Creo que «cabezota» es la versión tranquila de Hannah. No sé si a eso lo llamaría ser valiente.

—No, me refiero a exponerse por amor. A estar dispuesta a hacer algo que de entrada le cuesta. Eso la expone a quedar vulnerable, y creo que es valiente.

Me pregunto, y no por primera vez, si seguimos hablando de Hannah o si hemos empezado a hablar de nosotros. Siempre me he preguntado si Theo sabe lo que siento; si sabe que el motivo de mi pelea con Hannah no tuvo que ver con Jeremy. Sus palabras parecen un desafío: si yo fuera valiente, se lo diría. Nos miramos fijamente, mientras el chisporroteo de la carne de mi sándwich en la plancha llena el silencio.

A la mierda. Se acabó lo de ser un cobarde. Se acabó lo de sentir que no soy lo suficiente. Estoy agotado y la cabeza me da vueltas por el hambre, y en mi estado medio delirante no me parece tan mala idea decírselo. Un movimiento a la desesperada antes de irme de Nueva York.

—En ese caso —empiezo—, tengo que decirte una cosa.

Clava esos ojos verdes en los míos, y el estómago se me encoge como si estuviéramos en la parte más alta de una montaña rusa.

—Siento algo por ti. Algo romántico, no solo como amigos. Siempre lo he sentido, y quería que lo supieras. —No me explayo, así no me doy tiempo a echarme a atrás. Mejor quitarse la tirita de golpe.

Me mira parpadeando. Tiene la cara inexpresiva. Siento la piel translúcida bajo las luces fluorescentes y me pregunto si es capaz de ver a través de mi camisa y de mi pecho, hasta el corazón que me late frenético.

—¿Es una buena idea? —pregunta.

La chispita de esperanza que he estado alimentando todos estos años se aferra al hecho de que no me haya rechazado de plano y centellea un poquito.

—Pues claro que no es buena idea. Por muchos motivos. —Empiezo a contar con los dedos—. Me voy y somos amigos, y puede que la liemos mucho. Es una idea espantosa. —Parece una de esas figuritas que menean la cabeza, asintiendo como un loco a todo lo que digo—. Pero te quiero, y a veces el amor es un lío inconveniente.

—Yo también te quiero… —dice. Su voz deja claro que esa declaración va seguida de una coma, no de un punto, así que me preparo para el «pero». Me destrozará si el resto de la frase es «pero solo como amigo» y puede que lo abofetee si es un «pero no estoy enamorado de ti».

Sin embargo, parece que no hay más. Se queda atascado en eso. Quiero agarrarlo del cuello de la camisa y sacudirlo hasta que salga el resto de la frase. No saber cómo termina me está matando.

Esta vez no estoy dispuesto a retroceder en el último momento. Ya he llegado hasta aquí.

—No te he oído decir que no sientes nada por mí. ¿Eso es que sientes algo?

El momento está cargado de electricidad estática.

—Creo que es una mala idea —repite Theo.

—Ya lo has dicho. Bueno, ¿sientes algo? ¿Sientes algo por mí además de amistad? Porque, si es así, creo que deberíamos explorarlo.

Con el rabillo del ojo veo que el chico de la barra nos mira boquiabierto. Cuando se da cuenta de que lo he pillado, agacha la cabeza a toda prisa y empieza a prepararme el sándwich, que ya no me apetece comerme.

—Vas a irte de Nueva York, así que ¿qué más da?

—Pero no te dejo a ti, solo me voy a Los Ángeles. Podrías acompañarme. O venir a verme.

Él murmura algo para rechazar la idea.

—No trabajas. Tu padre es el dueño de una puñetera compañía aérea. Es un inconveniente mínimo como mucho. No es un obstáculo insalvable y no voy a fingir que lo es. Contéstame: ¿sientes algo por mí o no? —Estoy jugando a algo muy peligroso. Esta noche voy a obtener la respuesta.

—Yo... —La palabra queda flotando en el espacio entre los dos durante un interminable y angustioso momento antes de que Theo tome aire para terminar—. No.

Me busca la mano por encima de la mesa, y la aparto como si me hubiera quemado.

—Oh —digo.

No le daba miedo admitir que sentía algo por mí. Lo que intentaba era no herir mis sentimientos al decirme que no sentía nada. Me sube la bilis a la garganta y me escuecen los ojos por las lágrimas. Me siento como un globo de agua con una fuga a punto de estallar.

El chico está junto a la caja registradora con mi sándwich en un plato de papel a la espera del momento adecuado para traerlo. No puedo fingir que no lo ha oído todo, hay un silencio sepulcral en este sitio y no hemos estado susurrando. Estoy tan perdido como él sobre qué hacer ahora.

—Pues ya lo sé —digo mientras intento no hundirme. Estoy a puntito de echarme a llorar, y no quiero que Theo me vea—. ¿Sabes qué? —sigo antes de que él pueda decir nada—: Seguramente debería ver cómo le va a Hannah. No he cargado el móvil como le dije y no quiero que se preocupe. —Me levanto de la silla, saco la cartera del bolsillo delantero y dejo todo el suelto que llevo encima: tres billetes de un dólar. No basta, pero ahora no es el momento de preocuparme por ser justo con Theo. La vida no es justa. Si lo fuera, correspondería a mis sentimientos.

—Finn —dice—, esto no tiene por qué cambiar nada.

¿De verdad es tan tonto para creerlo? Esto lo cambia todo.

Mientras salgo por patas hacia la puerta, el chico levanta el plato con mi sándwich y pregunta a voz en grito:

—¿Lo quieres para llevar?

No puedo contestar que claro que no lo quiero, porque, si se lo digo, me temblará la voz y me niego a llorar hasta que Theo ya no pueda verme.

Atravieso la puerta y paso por delante del ventanal a toda prisa. Theo se levanta de la silla y, por un segundo, me pregunto si va a salir a buscarme. En cambio, se queda petrificado y me mira a través del ventanal con expresión angustiada. Como si supiera que se lo ha cargado todo.

Y lo ha hecho.

Lo dejo atrás mientras la nieve se me pega a las pestañas, y, en cuanto ya no me ve, me echo a llorar.

25

Hannah

Este año, 26 de diciembre

Siempre he pensado que el pasillo de nuestro bloque parece el de un hotel, no el de un edificio residencial. Cuando llego a nuestra puerta, me tanteo los bolsillos en busca de las llaves. Nada.

Sujeto el móvil entre la barbilla y el pecho para volver los bolsillos del revés en busca de las llaves y, como no las encuentro, miro si tengo algún agujero. Ay, madre, ¿y si se han colado en alguna de las muchas capas de entretela que tiene el vestido? Pero mi búsqueda no encuentra ni llaves ni agujeros. Se me han debido de caer en la camioneta o puede que me las dejara en el hospital con la ropa normal.

La parte más pesimista de mi cerebro se pregunta si voy a necesitarlas después de esta noche. David se quedaría con el piso si cortamos. Es que no puedo ni permitirme mi parte del alquiler ahora mismo.

Doy unos toquecitos en la puerta.

¿Y si David no está en casa? ¿Y si se ha ido a un hotel o está durmiendo en el sofá de su hermano mientras se le pasa el cabreo? Estoy a punto de bajar al vestíbulo para que el portero me dé una llave de repuesto cuando David abre la puerta. Lleva los chinos de esta mañana y la camisa blanca por fuera de los pantalones. Parece bien despierto pese a la hora. Tiene el pelo de punta como si se lo hubiera estado mesando sin parar.

Me dejo llevar por el instinto y me abalanzo sobre él, estrechándolo en un abrazo sofocante. Me aferro a él como si al sujetarlo físicamente no pudiera dejarme. Aunque cortáramos, tendría que cargar conmigo como si fuera un percebe, pegada a él hasta el fin de sus días. El alivio me inunda cuando me devuelve el abrazo y me deja un reguero de besos en el nacimiento del pelo.

—¿Dónde has estado? —me pregunta—. Me tenías preocupadísimo. Me has llamado quince veces, no has dejado mensaje y luego no has contestado al móvil. Creía que habías tenido una emergencia o algo.

—Se me ha muerto el móvil. —Lo suelto para levantar el teléfono y que compruebe la veracidad de lo que digo.

—¿Estás bien? —Su voz está cargada de preocupación.

—Estoy bien. Todos estamos bien —contesto antes de recordar que no es del todo cierto—. Bueno, Priya está en el hospital...

—¡Madre mía! ¿Qué ha pasado?

—Se cayó patinando sobre hielo. Se ha roto la pierna, pero se recuperará.

—¿Ahí es donde estabas metida?

—Estaba en Connecticut.

—¿En Connecticut? ¿Y qué hacías allí? Yo llevo aquí desde las siete y media. No vi tus llamadas porque me quedé dormido en el sofá.

Contengo las ganas de echarme a reír. David ha estado aquí todo el tiempo. Volvió a casa incluso antes de que nosotros saliéramos del hospital. Lo de esta noche ha sido para nada.

—He ido a casa de tus padres. Necesitaba verte, hablar contigo en persona, para disculparme. David, lo siento muchísimo, siento haber sido una idiota. No solo esta mañana, sino durante meses. Y te mereces a alguien mucho mejor que yo, pero te quiero y quiero amarte mejor si me dejas. Debería haber estado contigo hoy. Si pasar la Navidad con tu familia es importante para ti, también es importante para mí. Debería haberme dado cuenta antes, pero te prometo que estaré allí el año que viene.

—Hannah —empieza, pero después suelta un largo suspiro—. No quiero ser plato de segunda mesa. No quiero que pasar la Navidad conmigo sea el premio de consolación después de que Finn se vaya y no tengas nada mejor que hacer. —No parece enfadado, sino triste.

—No es… —digo, antes de darme cuenta de que es justo lo que parece desde fuera.

De repente, el miedo de que nuestra discusión haya ido demasiado lejos me golpea en el pecho. Me pregunto dónde está la línea roja en nuestra relación, la que marca el paso que hace imposible que me perdone. Y lo peor es que me pregunto si ya la he traspasado estos meses sin darme cuenta siquiera, cegada por mi terquedad.

Al pensar todo eso se me olvida cómo respirar. Empiezo a jadear de forma superficial. David me pega contra su pecho. Me acaricia el pelo y me tranquiliza hablando en voz baja.

—Respira —me dice—. No pasa nada. No te pasa nada.

—Sí que me pasa, soy imbécil —protesto con un gemido desdichado.

Se echa a reír junto a mi oreja.

Una carcajada es algo bueno. La gente no suele reírse cuando va a cortar con su pareja.

Me aparto de él, y nos quedamos mirándonos en el pasillo. Creo que es vital que entienda lo en serio que voy. Con él, con nosotros.

—No eres un premio de consolación. Ni mucho menos. Hoy me he dado cuenta de que creo que me aferraba a la Navidad por Brooke…

—¿Brooke? Llevas años sin pasar la Navidad con ella.

—Exacto. Siempre he creído que Brooke abandonó nuestra familia. Que se largó en cuanto apareció algo mejor en su camino y nos dejó a mis padres y a mí en el pasado. Al menos, eso creía que había hecho. Ha aparecido nueva información al respecto, pero solo soy capaz de enfrentar las disculpas de una en una. El asunto es que supongo que eso me hizo querer no abandonar a Finn, a Theo, a Priya y a nuestras tradiciones. Sé que no lo entiendes, pero también son mi familia.

Me busca una mano y entrelaza nuestros dedos. Mira nuestras manos unidas mientras habla.

—Sé que lo son, y no te pido que renuncies a ellos. Sé lo mucho que te importan. Y me encanta lo apasionada y leal que eres con tus amigos. —Me mira con expresión sincera y vulnerable—. Solo te pido que me pongas en primer lugar. No siempre, pero sí a veces. No es por la Navidad, en serio. Me da igual dónde pasemos la Navidad. Podemos pasarla en un bar cochambroso, en el desierto o en la luna. Siempre que estemos juntos. —Me da un apretón en la mano para enfatizar sus palabras antes de añadir—: A menos que tengamos hijos. En ese caso, me temo que vamos a tener que pasar la Navidad con mi familia, porque si no a mi madre le daría algo.

—Podemos hacerlo —respondo—. Quiero pasar la Navidad contigo. No lo digo por decir. —Ahora entiendo por qué existen los grandes gestos. Quiero que comprenda que no es solo de boquilla. No es una promesa vacía de la que pienso olvidarme en los próximos trescientos sesenta y cuatro días. Es de verdad. Ojalá dispusiera de una avioneta para escribirle un mensaje en el cielo o de un espectáculo de fuegos artificiales con forma de corazón o un pícnic con su comida preferida para demostrarle hasta qué punto lo quiero.

Me fijo en la bolsa de pan de masa madre que hay en un cuenco de cerámica en la isla de la cocina.

Echo a andar hacia ella tirando de David y quito la tira de plástico que cierra la bolsa.

—¿Qué haces? —pregunta David, desconcertado por el corte en la conversación y mi repentina y abrumadora necesidad de una tostada.

Me vuelvo hacia él e hinco una rodilla en el suelo. No he pensado en lo que estoy haciendo, pero me parece lo correcto. Mi brillante vestido rojo se arremolina en el suelo a mi alrededor. Lo miro e intento transmitirle todo el amor que siento por él.

—¿David? —pregunto.

—Sí... —Esboza una sonrisa sorprendida.

—Quiero que sepas que me tomo lo nuestro muy en serio. Quiero pasar los sábados en el mercado y los domingos por la mañana haciendo crucigramas juntos. Quiero pedir tu ramen preferido la víspera de que hagas una presentación importante en el trabajo y quiero saber qué será lo siguiente cuando por fin domines la receta de la pizza casera. Y quiero ir a Italia. Pero, sobre todo, te quiero a ti. Quiero que tú también seas mi familia. ¿Quieres casarte conmigo?

—Sí, ya te he dicho que sí. —Me mira con lágrimas en los ojos mientras le pongo la tira de plástico a modo de anillo en el anular. Tira de mí para levantarme y me estrecha entre sus brazos. Después se apodera de mis labios. Es un beso que alberga la promesa de una vida de futuros besos, un beso que lleva a un destino concreto. Se aparta un segundo para decir—: Joder, no sabes cuánto te quiero, Hannah.

Después me pega a la isla de la cocina. Le chupo el labio inferior y le doy un mordisquito juguetón. Me coloca las manos en el culo y me sube a la encimera. Le rodeo la cintura con las piernas mientras me mete la lengua en la boca.

—No tengo ni idea de cómo quitarte el vestido —me dice contra la boca.

—Va a ser una pesadilla, tiene un montón de botoncillos.

Me pasa una mano por la espalda y empieza a trastear con el primero.

—¿Puedo romperlo?

—No es mío. Tengo que devolverlo. A ser posible de una pieza.

Ya ha conseguido desabrochar la mitad (va lento porque lo hace a ciegas, ya que seguimos besándonos como locos) cuando alguien llama a la puerta.

Dejamos de besarnos y nos miramos. Casi sugiero que pasemos, pero luego recuerdo que le dije a Finn que le haría saber que todo va bien y no lo he hecho.

—Creo que es Finn —le digo a David—. Solo será un segundo.

Cuando abro la puerta, me encuentro a Finn con una expresión desolada en la cara. Tiene las mejillas mojadas, pero no sé si por la nieve o por las lágrimas.

—¿Qué pasa?

—¿Puedo entrar? —pregunta.

Miro por encima del hombro a David, que sigue de pie junto a la isla de la cocina, y recuerdo que le he prometido que intentaría ponerlo en primer lugar. Esto parece una prueba del destino. Miro entre uno y otro, sin saber qué hacer en esta situación imposible. Casi me mata, pero le digo a Finn:

—No es un buen momento. ¿Podemos hablar mañana?

David se pone detrás de mí y ve la expresión desolada de Finn. Se inclina hacia delante y me dice al oído:

—Este no es el momento en el que tengo que ser el primero. A veces no pasa nada si soy el segundo.

—Gracias —le digo antes de tirar de Finn para que entre en el piso.

—¿Queréis que os prepare un té? —pregunta David—. Son las tres y media, supongo que podría hacer unos sándwiches o unas tostadas francesas antes de que el pan se ponga malo —dice mientras mira la bolsa abierta sobre la encimera.

—¿Tenéis tequila? —pregunta Finn.

—Una de esas noches, ¿no? —replica David, que asiente con la cabeza.

Llevo a Finn al sofá mientras David se dirige al armarito de la cocina donde guardamos los licores.

En cuanto nos sentamos, Finn estalla en sollozos.

—Se lo he dicho —dice.

No hace falta que añada más información.

—¿No? —le pregunto.

Menea la cabeza para confirmarlo.

Lo estrecho entre mis brazos y le acaricio la espalda mientras llora.

26

Finn

Este año, 26 de diciembre

Me despierto solo en la habitación de invitados de Hannah y David. Me quedé dormido acurrucado contra Hannah, pero ella debió de irse en algún momento de la noche. Voy al baño del pasillo, donde sé que tienen ibuprofeno. Tengo el cuerpo como si estuviera de resaca, aunque no es así. David no encontró tequila y, después de que se me pasara la llorera, solo me apetecía acostarme y dejar atrás otra Navidad desastrosa. Me siento como un cascarón vacío y seco. Me duele la cabeza y tengo la garganta irritada de llorar.

Después de hacer pis y de tomarme tres ibuprofenos, vuelvo al dormitorio, donde tengo el móvil en la mesita de noche. Miro la hora: 9.05. Cinco horas de sueño. Y también cinco mensajes de Theo, uno cada hora, como si se hubiera estado conteniendo para no parecer desesperado.

4.45: Me vuelvo a casa. Estaré allí cuando regreses si quieres hablar.

5.34: Todavía no has vuelto. Llámame para decirme que estás bien. Me tienes preocupado.

6.19: Podemos hablar? Siento que lo he estropeado todo.

7.54: Lo siento.

8.42: Por favor, no me des de lado.

Me invade la rabia. Hago ademán de borrar los mensajes para no tener que verlos jamás, pero al final decido borrar todo el historial de mensajes con Theo para que no me tiente la idea de repasar nuestros viejos mensajes en un intento por averiguar en qué punto lo entendí mal. En qué punto malinterpreté tanto las cosas hasta creer que le gustaba como algo más que un amigo.

En cuanto lo hago, me siento vacío. Miro el hilo en blanco, cinco años de recuerdos eliminados con solo pulsar un botón. Se me pasa por la cabeza googlear cómo recuperarlos, pero meto el móvil debajo de la almohada. Necesito cortar por lo sano.

A lo largo de los siguientes días Hannah y yo nos ponemos a hacer un maratón tranquilo de las pelis de Nancy Meyers en su sofá. Los protagonistas de mediana edad le dan una excusa para contarme que nunca es demasiado tarde para encontrar el amor al menos una vez por película o, en el caso de *No es tan fácil*, que quizá no se haya acabado del todo con Theo, lo que hace que le tire un cojín a la cara, porque se ha acabado por completo.

—¿Te importa no hablar de él? —le pregunto.

Es como si estuviéramos de nuevo en la universidad. Existimos en un plano fuera del tiempo (yo, desempleado; Hannah, de vacaciones hasta después de Año Nuevo), así que dormimos hasta las once, desayunamos con vino y nos acercamos a la tienda del barrio que hay en la esquina para pedir sándwiches de desayuno a las seis de la tarde. A veces David ve pelis con nosotros.

Un día preparó una fuente enorme de pasta rellena que nos sirvió en platos hondos, cubierta con parmesano.

—Comida reconfortante —dice.

Hannah tarda tres días en admitir que David y ella se comprometieron en Navidad. En realidad, no lo admite, sino que la obligo a contármelo cuando aparece de forma misteriosa un anillo de diamante de aspecto antiguo en su mano izquierda. Resulta que el anillo solo había desaparecido del cajón de los calcetines de David porque se había dado cuenta de que el primero que compró, con la ayuda de Jen, su cuñada, no encajaba con ella. En su lugar, le preguntó a Brooke si podía utilizar el anillo de su madre, ya que ella no lo usa; tiene una monstruosidad de cinco quilates que le regaló su vulgar marido. Hannah acaricia con cariño el anillo de su madre mientras me cuenta la historia.

Le ofrezco irme a un hotel, pero se niega. Al menos consigo negociar que David y ella salgan a cenar sin mí para celebrarlo, algo que ella acepta a regañadientes.

Mientras están fuera, encuentro metido en su estantería el diario que escribí para ella durante el año que no nos hablamos. Hay una mancha de café en la cubierta y tiene las páginas dobladas como si lo hubieran releído a menudo. El descubrimiento me entristece todavía más por dejarla.

Theo deja mensajes de voz que no escucho, solo leo la transcripción antes de borrarlos. No soporto oír su voz.

Después de los mensajes de voz vienen las entregas. El primer día me manda un festín con los manjares de Zabar's. Al día siguiente mis galletas preferidas de Levain. Al tercero envía un mensajero con las maletas que me dejé en su ático. Todos vienen con una nota que dice: POR FAVOR, LLÁMAME BS.

El cuarto día manda a Clementine.

David está rojo como un tomate después de abrir la puerta y llevarla al sofá, donde estamos a mitad de *The Holiday (Vacaciones)*.

—Ha venido alguien a veros —balbucea.

Lo primero que pienso es: «Guau, otro golpe más». Theo me rechaza y luego manda a su ex a hacer el trabajo sucio. Lo segundo que pienso es que está estupenda. Lleva un jersey fucsia con mangas de globo gigantescas y unos vaqueros rectos desteñidos. Es un conjunto que nadie podría ponerse salvo para salir en una revista de moda, pero a ella le queda genial, cómo no.

—¡Oooh, me encanta esta película! —exclama a modo de saludo.

Antes de que se me ocurra una réplica mordaz para decirle lo que pienso por haberse presentado sin que nadie la invitara, ya se está sentando en el sofá entre Hannah y yo, con las piernas cruzadas como si fuera lo más normal del mundo y estuviera allí para una noche de pelis.

—Clementine…, a ver…, ¿qué haces aquí? —pregunta Hannah antes de que pueda hacerse con una de nuestras mantas.

—Theo me ha dicho que tenías una emergencia con un pódcast y he venido para ayudar.

—¿Quieres salir en mi pódcast? —pregunta Hannah, con voz de no dar crédito.

—Claro. Siempre que tú quieras —contesta Clementine.

Hannah nos mira a Clementine y a mí como si no supiera qué hacer.

—¿Y ese es el único motivo de que estés aquí? —pregunto, convencido de que Theo tiene un motivo oculto.

Clementine parece un pelín culpable.

—Si quieres saber si he oído de lo tuyo, no pensaba decir nada, pero me he enterado de los detalles más importantes. La verdad, intenta no tomártelo demasiado a pecho. Ya conoces a Theo, es incapaz de lidiar con nada real. Ese muchacho es la personificación de Peter Pan. Le dije que estoy de tu parte.

—Esto…, gracias —digo mientras la cabeza me da vueltas por el giro de los acontecimientos.

—Por cierto, bienvenido al club. El de las personas a las que Theo les ha dado la patada, quiero decir. Creo que podríamos hacer un club de fútbol a estas alturas. Es más, puede que haya algún que otro futbolista profesional entre las filas si los rumores son ciertos.

A Hannah se le escapa una carcajada nerviosa.

—Bueno, ¿os importa si terminamos la peli antes de ponernos con lo del pódcast? —pregunta Clementine.

—Por mí bien —contesto.

La celebración de Año Nuevo es un poco tristona. David prepara más pasta (esta vez con langosta y una salsa de vino blanco y mantequilla con mucho ajo y tomates cherry partidos) y abre una botella de Krug, pero el champán me hace pensar en Theo, lo que a su vez hace que la pasta se me quede pegada en la garganta. A medianoche Hannah y David se besan mientras yo miro fijamente la tele y veo a Ryan Seacrest anunciar el amanecer de 2019.

—Ahora se empieza de cero. —Hannah me da un apretón en el muslo y asiento con la cabeza a modo de respuesta, ya que no quiero corregirla y decirle que yo no empiezo de cero, sino de números negativos.

El 2 de enero nos despedimos en el vestíbulo del bloque. Despedirme de Hannah me parece inconcebible. ¿Cómo se le dice adiós a una parte de ti mismo? Es absurdo imaginar que te despides de tu codo y lo dejas en casa mientras sales al mundo a comprar comida, vivir una primera cita o ir al Taj Mahal. Hannah es mi codo, esa parte puntiaguda y rara que me resulta imposible dejar atrás. No en el plano mental, sino en uno muy físico.

Todavía no he aceptado que no aparecerá detrás de un quiosco de revistas mientras yo me bajo del avión en el aeropuerto de Los Ángeles, para gritar: «¡Era broma!».

Sin embargo, al mismo tiempo es un alivio marcharme. He sido como un nubarrón que oscurecía su casa en un momento que debería haber sido de celebración para ellos.

—¿Me mandas mensaje cuando aterrices? —pregunta Hannah.

—Te lo prometo.

—Y ya sabes que puedes llamar cuando quieras. Te veré en febrero. —La otra noche compró por impulso un vuelo a Los Ángeles el primer fin de semana de febrero, fecha en la que David se va con sus hermanos a su excursión anual de esquí.

—Lo sé. —La abrazo con fuerza—. Y gracias por dejar que me alojara aquí esta semana.

—No tienes que dármelas —replica—. Para eso está la familia.

Nos quedamos el uno frente al otro, y no sé muy bien cómo dejarla.

—Te quiero —le digo.

—Yo también te quiero. Para siempre. —Me ofrece el meñique para que hagamos la promesa, como los niños. Entrelazamos los dedos y nos turnamos para besarnos el puño y así sellar la promesa.

Mi deseo de dejar atrás Nueva York me ha convertido en una de esas personas espantosas que deambulan por la puerta de embarque antes de que les toque, como si así pudieran llegar antes a su destino. Lo único bueno que tengo a la vista es el muffin con trocitos de chocolate que llevo en la mochila y que estoy reservando para el avión.

Un hombre aparece corriendo por el vestíbulo y todos nos volvemos a mirarlo porque correr en un aeropuerto es algo bastante alarmante. Que sí, que podría estar corriendo para llegar a un trasbordo ajustado, pero también podría estar corriendo para huir de algo espantoso o de camino a hacer algo espantoso. Los aeropuertos siempre me ponen de los nervios.

No puedo ver bien lo que pasa porque estoy enterrado en la multitud de personas que se congregan junto a la puerta de embarque. Estiro el cuello para comprobar si es una amenaza potencial y atisbo a un hombre doblado por la cintura en el quiosco de Jamba Juice que hay al lado. Solo veo una mata de pelo oscuro y rizado. Tiene las manos en las rodillas mientras jadea con fuerza en su intento por recuperar el aliento.

Cuando se endereza y empieza a escudriñar la zona, veo sus ojos verdes.

¿Theo?

Lleva una camiseta gris jaspeado y unos vaqueros, y tiene el aspecto más desaliñado que le he visto en la vida.

Cuando me detecta, el alivio le demuda la cara.

—¡Finn! —exclama.

Me asalta el impulso de subirme el cuello del abrigo y esconderme. Fingir que no soy yo. Se abre paso a empujones hasta donde estoy en esa especie de cola a la espera de que terminen de embarcar los pasajeros de la clase superior y pasar a los de la cabina principal. El hombre que tengo detrás le masculla a su mujer que Theo se está colando, pero ella le dice que se calle.

—Hola —dice Theo—, ¿podemos hablar?

No quiero hablar. Estoy a cinco minutos de subirme a ese avión y cerrar el capítulo de mi vida en Nueva York. Un fracaso en casi todos los aspectos. Lo último que me apetece es repetir la escena de mi rechazo en un sitio tan público y lleno de gente.

La persona a cargo de la puerta de embarque anuncia:

—Cabina principal uno. —Y esa cola que no es tal avanza de golpe.

—¿Qué haces aquí? —Solo necesito hacer un poco de tiempo para que las quince personas que tengo por delante escaneen sus tarjetas de embarque y después me iré. Decido que me tomaré un Bloody Mary en cuanto despeguemos para eliminar de mi cerebro la conversación que Theo intenta mantener. Creo que voy a pedir una minibotella de vodka extra.

—Llevo mandándote mensajes y llamándote toda la semana. Necesito hablar contigo antes de que te vayas —dice. Se mantiene a mi lado mientras la cola avanza.

—No, me refiero a que por qué estás aquí. Creía que después de lo del 11S ya no permiten a nadie sin billete pasar del control de seguridad.

—Tengo un billete de cortesía. Pero no he venido a hablar de eso. —Se masajea las sienes con los dedos.

—¿Adónde? —Ya solo me quedan diez pasajeros por delante antes de subir al avión.

—No lo sé, da igual. No voy a usarlo. —Me quedo callado hasta que él mira el billete de papel que aferra en las manos—. Supongo que a Bogotá. ¿Podemos hablar un momento, por favor? —Me da un tirón del brazo en un intento por sacarme de la cola, pero no me muevo.

—Mi grupo está embarcando. Así que, si quieres decirme algo, puedes hacerlo aquí mismo. —Es cruel, pero estoy cabreado por que no se le haya pasado por la cabeza que no le cojo el teléfono ni le contesto los mensajes porque no quiero hablar con él.

Toma una honda bocanada de aire y calcula la distancia que nos separa del primero de la cola.

—Finn, me asusté. La otra noche, cuando me dijiste lo que sentías, me entró el pánico. No tengo muchos amigos…

—Menuda tontería, tienes más amigos que cualquier otra persona que conozco. —No pienso quedarme aquí y dejar que retuerza la verdad de esta manera. ¿Cómo se atreve a intentar hacer que me sienta culpable después de destrozarme el corazón en Navidad?

—Tengo amigos de sábados por la noche, pero no de martes por la tarde. No tengo a nadie más con quien ver películas entre semana o que me acompañe a hacer recados. No tengo otros amigos que quieran hablar a las dos de la madrugada cuando no puedo dormir. Mis otros amigos no están ahí cuando no hay entradas o fiestas, o cuando no pueden hacer contactos. Y no quiero volver a no tener amigos de los martes.

—¿Así que no te gusto en plan sentimental, pero quieres que hagamos recados juntos? —Esto es mil veces peor de lo que imaginaba. Ni siquiera soy un amigo, soy un criado. O en el mejor de los casos puede que un sustituto humano para la app Calm.

—No… Me estoy explicando mal… Yo… ¿Puedes salirte de la cola para que hablemos? Finn, pues claro que me gustas. ¿Es que no te has visto cantar? Nadie podría verte cantar y no enamorarse un poquito de ti. Pero no es solo eso, son tus manos tan fuertes, y tu forma de andar (tan elegante, como si el mundo entero fuera tu escenario), y tus preciosos ojos castaños, y las arruguitas que se te forman alrededor cuando te ríes. Y tu corazón, no nos olvidemos de tu enorme y maravilloso corazón. Nunca pensé que podría conseguir las dos cosas.

Ya estoy el primero de la cola y tengo el móvil en la mano, preparado para pasar el código QR, pero eso último me hace titubear.

—O lo escaneas o te sales de la cola —me dice el dictador de colas que tengo detrás.

—Un minuto —mascula Theo, a un paso de gritar—. ¿Te importa? —Señala el ventanal que tiene detrás el encargado de la puerta de embarque, donde hay una fila de asientos abandonados. Todos los pasajeros de mi vuelo están en la cola.

—Vale —cedo.

—¿Has oído lo que te he dicho antes? —intenta de nuevo en cuanto estamos apartados—. En Navidad me pasé muchísimo. Pues claro que te quiero, pero estaba asustado y me puse nervioso. Y sé que te hice daño y no sé ni cómo decirte lo mucho que lo siento, pero me gustaría intentar…

—¿Me quieres? ¿Te gusto? —lo interrumpo porque necesito oír las palabras por segunda vez. Me cambio el café con hielo a la otra mano y me paso la mano fría y húmeda por la nuca para despertarme, por si esto es un sueño o un espejismo. Nunca me imaginé que mantendría una de las conversaciones más importantes de mi vida con un café con hielo del Dunkin en la mano. Seguro que esto es lo que se siente al ser Ben Affleck.

—Finn, por el amor de Dios, que me fui a casa contigo la primera noche. Podrías haberme tenido entonces. No creí que me desearas. Y tú…, vosotros, Hannah y Priya incluidas, os convertisteis en personas muy importantes para mí muy deprisa. Creí que había demasiado peligro de perderte. Así que decidí que podría ser tu amigo. Creía que sería lo mejor… para los dos.

Siento que me sube por la garganta una carcajada histérica. Empieza como una risilla hasta convertirse en una risotada.

—A ver, para que nos entendamos y quede claro que estamos hablando de exactamente lo mismo… —consigo decir entre carcajadas que me dejan sin aliento.

—Exactamente, lo que se dice exactamente, no. Que yo al menos soy bi —me corrige Theo. De repente, esboza una sonrisilla ladina que hace que me suba la temperatura varios grados.

—¿Los dos deseábamos estar juntos todo este tiempo?

Asiente con la cabeza.

—Todo este tiempo —confirma.

—¿Y has esperado hasta ahora, literalmente un minuto antes de irme, para decírmelo?

—Eso lo resume bastante bien. —Echa un vistazo por la zona de embarque y la cada vez más reducida cola de pasajeros como si no supiera bien qué hacer ahora—. Finn, ¿puedes quedarte, por favor?

«¿Quedarme?».

Es como si hubiera pinchado con un alfiler mi burbuja de felicidad.

¿Cómo puede pedirme que haga eso? La rabia me consume, y me ciega tanto su petición que solo atino a mascullar:

—¡No voy a ser tu Andie Anderson!

—¿Quién? —Lo pregunta con un deje aterrado y el ceño fruncido por el desconcierto—. No te pido que seas él. ¡Ni siquiera sé quién es!

—¡Él no! Ella. De *Cómo perder a un chico en diez días*. —Sigue con cara de no entender nada—. Ya sabes, cuando Matthew McConaughey cruza como un loco con su moto el puente de Manhattan en busca de Kate Hudson, que va de camino a una entrevista en Washington D.C. porque es el único sitio donde puede perseguir su sueño de ser una periodista seria. Que, a ver, claro que no es el único sitio en el que puede perseguir su sueño, pero ¿cómo puede él pasar por alto su determinación y pedirle que se quede en Nueva York por él?

Theo parece más desconcertado que antes de que le vomitara toda esa información. Los dos trabajadores que están en la puerta de embarque, como han terminado con los pasajeros, se han vuelto para observar boquiabiertos la escena que estoy montando.

—Finn, no te pido que renuncies a nada —dice al tiempo que me pone una mano en el brazo para tranquilizarme—, solo te pido que te subas a otro avión.

Siempre que he imaginado que pasaba esto, que acabábamos juntos, la fantasía terminaba con la declaración de amor. Nunca me he parado a pensar lo que venía detrás, y ahora me entra el pánico.

—¿Cómo va a funcionar? —quiero saber.

—Creo que ya hemos dejado claro que mi padre es el dueño de una compañía aérea, seguro que se nos ocurre algo.

—No me refiero al vuelo. Me refiero a nosotros.

—En fin, tú mismo lo dijiste. No trabajo. Estoy seguro de que se me pueden ocurrir un sinfín de motivos para estar en Los Ángeles si necesito una excusa. Estaba pensando en que podríamos probar lo de *Las chicas de oro*, viviendo juntos, siendo los mejores amigos y comiendo mucha tarta de queso de madrugada, pero con la diferencia de que estamos enamorados. Aunque creo que es lo último que debe preocuparnos.

—Vale, ¿y qué es lo primero de tu lista? —pregunto.

Me sonríe con timidez.

—Que todavía no nos hemos besado por segunda vez.

Me derrito por dentro cuando se inclina hacia mí y me toma la barbilla con una mano. Veo que se le cierran los ojos antes de inclinarme hacia él. Y después nuestros labios se rozan. Al principio es una caricia titubeante, pero luego me rodea con los brazos y me pega a él. En el último momento saco la mano en la que llevo el vaso de café con hielo para que no quede aplastado entre los dos.

Me quedo de piedra al darme cuenta de que no recuerdo nuestro primer beso. ¿Cómo podría olvidar un beso tan increíble? Me siento electrizado, como si unas efervescentes partículas de energía brotaran de sus manos, sus labios, su lengua y todos los puntos donde nos estamos tocando para meterse en mi cuerpo y rebotar como las bolas de un pinball. Levanto el brazo libre y le rodeo el cuello antes de enterrarle los dedos en el pelo.

Nos besamos durante cinco minutos que bien podrían haber sido cinco horas. Cuando nos separamos, uno de los trabajadores de la puerta de embarque silba, y recuerdo dónde estamos. Nos inclinamos el uno hacia el otro, sin separar las frentes, mientras nos recuperamos.

—Sí, me iré en otro vuelo —le digo.

SIETE MESES DESPUÉS

EPÍLOGO

Hannah

Me estoy untando el cuerpo con protector SPF 70 —del mineral, que cuesta la misma vida extenderlo y aun así deja una capa blanca— cuando llaman a la puerta.

Al abrir me encuentro a Finn de pie, sin camiseta y con unas bermudas a rayas rojas y verdes con unas gafas tipo aviador con montura dorada en la cabeza. Tiene el delgado torso moreno después de llevar tres días al sol.

—¿Qué haces aquí? —me pregunta.

—Hemos cambiado de habitación. Las paredes no son tan gruesas como Theo y tú creéis. —Theo ha alquilado las doce habitaciones del hotel boutique, así que tenemos el sitio solo para nosotros, y con solo tres habitaciones ocupadas no hay motivos para quedarnos en la contigua a Finn y a Theo, oyendo su maratón de sexo al estar de nuevo juntos.

—¡Huy! —exclama, aunque no parece muy arrepentido—. Llevamos un mes sin vernos. —Llevan la relación a distancia desde que se fue de Nueva York. Después de la cena de nuestra primera noche en la isla de Holbox, tras un par de margaritas con mezcal, Theo dejó caer que está mirando casas en Los Ángeles, pero me hizo jurarle que no se lo diría a Finn. Quiere pedirle que se mude con él durante el cumpleaños de Finn el mes que viene.

—¿Querías algo? —le pregunto.

—Quería ver si te apetecía una aventura. Según parece, se puede ir andando por el banco de arena hasta el extremo de la isla y a veces hay flamencos. Queríamos ir antes de comer.

—Sí, vamos. —Me pongo unos pantalones cortos por encima del bañador y meto la coleta por la parte trasera de una gorra de los Yankees para protegerme del sol. No hace falta ponerse calzado en la isla; no hay carreteras como tales, solo caminos de arena que los carritos de golf recorren a una velocidad de vértigo.

Salimos por la puerta delantera a la terraza de teca que rodea la piscina. El hotel está construido alrededor de una piscina triangular y cada habitación tiene una puerta trasera que da directamente a la pequeña piscina turquesa. Theo hizo que el personal colocara un árbol de Navidad artificial de tres metros y medio en el centro de la terraza. Lo rodea una guirnalda dorada y está decorado con una variedad de adornos, algunos de los cuales reconozco de años anteriores en casa de Theo. El perrito caliente siempre ha sido uno de mis preferidos. Me alegro de que haya llegado hasta aquí.

Desde unos altavoces ocultos suena «Dog Days Are Over» de Florence and the Machine. Al principio Theo les pidió que pusieran «Feliz Navidad» en bucle, pero nos hartamos en menos de una hora. Así que recopilé una lista de reproducción para el viaje, una nada deprimente, al contrario, con las canciones que me recuerdan a los momentos más felices que habíamos pasado como grupo.

Finn y yo salimos por la puerta de recepción y enfilamos el corto sendero hasta la playa.

—Ah, ¡he escuchado tu pódcast esta mañana mientras corría! —me dice. Tuve que echarlos a David y a él del piso mientras Clementine y yo grabábamos. Era demasiada presión tener espectadores—. Ha sido increíble. No tenía ni idea de que la discográfica de Clementine había vendido sus originales y que tuvo que buscarse las vueltas para comprarlos en secreto. Con razón estaba tan cabreada en su último disco.

El lanzamiento de *Historia acústica*, cuyo primer episodio se publicó la semana pasada y se convirtió en número uno tanto en Apple Podcasts como en Spotify, es unas de las cosas que estamos celebrando esta semana en México. La primera serie de Finn en Netflix ha recibido luz verde para empezar la producción y Priya empieza su nuevo trabajo en Estée Lauder la semana que viene, donde va a ayudar a crear contenido vertical nuevo para la marca. Y, por supuesto, es nuestra primera Navidad en julio.

Para las fiestas de verdad, David y yo planeamos pasar la Nochebuena con Brooke y su familia en New Jersey y el día de Navidad con la familia de David en Connecticut.

Cuando llegamos a la playa, David está dormido a la sombra en una hamaca con un ejemplar de *Bon Appétit* abierto sobre el pecho, mientras que Priya y Marcus, el traumatólogo que le puso la escayola la Navidad del año pasado, andan por el agua cristalina, concentrados en su conversación. Acaban de empezar. Él le pidió salir después de quitarle la escayola en marzo y son inseparables desde entonces. Se supone que tenemos que darle el visto bueno, pero ya decidimos por unanimidad que lo queremos con locura antes de que despegara el avión de la pista del JFK. Nunca he visto a Priya más feliz. Pese a todos los desastres, la Navidad del año pasado consiguió obrar su magia para todos.

Cuando Theo nos ve andando por la playa, sonríe de oreja a oreja. Lleva un gorro de Papá Noel y sus bermudas estampadas con bastones de caramelo.

—¿Qué tal la Navidad? —pregunta cuando llegamos a su lado.

—Puede que sea la mejor de todas —contesto.

—Creo que tenemos una nueva tradición entre manos —tercia Finn.

Lo único mejor que una Navidad es tener dos.

Agradecimientos

Siempre leo los agradecimientos en primer lugar, así que es muy emocionante escribir los míos y darles reconocimiento a las numerosas personas que han hecho realidad el libro que estás leyendo.

Gracias a mi increíble agente, Allison Hunter, por ser mi mayor adalid, por responderme los mensajes siempre en dos minutos y por darme los mejores consejos y las mejores palabras de ánimo. Estoy muy agradecida por habernos encontrado y no me imagino una compañera mejor para este desquiciado viaje. Gracias a Allison Malecha, mi increíble agente de derechos en el extranjero, que no ha dejado de sorprenderme al vender este libro a bombo y platillo en todo el mundo y al hacer realidad sueños que ni siquiera sabía que podía tener; y a Maddalena Cavaciuti, mi brillante agente en Reino Unido. Muchas gracias también a Natalie Edwards, a Khalid McCalla y a toda la familia Trellis.

A Marie Michels, mi editora estadounidense: has hecho que este libro sea sin lugar a dudas mejor. Ante todo, gracias por «entenderlo» y por querer a Hannah y Finn tanto como yo. Gracias por tus astutas notas y correcciones, por llevarme a mejorar este libro y por atender mis llamadas de pánico cuando estaba segura de que no podría hacerlo. Me ha encantado construir nuestra relación y ojalá que esto sea solo el principio. A Pam Dorman, gracias por ser el hada madrina de este libro en todos los sentidos y por defendernos a mí y a mis escritos. A Hannah Smith, mi editora en Reino Unido: te agradezco muchísimo tu perspicacia, tu entusiasmo y tus cuidadosas correcciones sobre la forma de hablar de Theo (y también por enseñarme unas cuantas expresiones británicas).

Gracias también a todo el equipo de Pamela Dorman Books y de Penguin, que han trabajado tanto en este libro, y especialmente a Paul Buckley y a Liz Casal Goodhue, a Christine Choi, a Bel Banta, a Nicole Celli, a Janine Barlow, a Matt Giarratano, a Claire Vaccaro, a Alexis Farabaugh y a Clarence Haynes. Y a Patrick Nolan, a Andrea Schulz, a Brian Tart, a Lindsey Brevette, a Kate Stark y al equipo de ventas de Penguin: vuestra confianza en este libro significa muchísimo para mí.

Gracias a mi equipo de UTA. En primer lugar a Shelby Schenkman porque fue la primera en ver algo en mi trabajo y sigue siendo mi mayor animadora. Te estaré eternamente agradecida. Gracias también a Addison Duffy y a Olivia Fanaro. Si este libro se convierte alguna vez en una película (¡imagínate!), será gracias a ellas.

Gracias a Grace Atwood por preguntarme hace tantos años si quería hacer un pódcast. Si no hubiera sido por esa pregunta, no estoy segura de que me hubiera armado de valor para escribir un libro. Gracias por tantos años de amistad y por ser siempre mi mayor apoyo. Y a Olivia Muenter: escribir este libro habría sido mucho más solitario sin ti. ¡Me alegro muchísimo de tenerte en las trincheras conmigo, como copresentadora y como autora novel!

Gracias de tamaño sideral a toda la comunidad de *Bad on Paper*. Gracias por ser el mejor rincón de internet (y a menudo el más raro). Me abruma tanto apoyo y entusiasmo por este libro de vuestra parte. Gracias también a Terrence, porque sí. Ojalá que sigas siendo una broma privada cuando salga este libro; si no, acabo de hacer que se enrarezca un poco el ambiente.

Gracias a mis primeras lectoras —Ashley Mahoney, Ali Miller, Grace Atwood y Lydia Hirt—, por su apoyo entusiasta y por ofrecerme la mezcla perfecta de críticas y elogios que me permitieron seguir adelante. Y gracias especialmente a Rachael King por sus detalladas notas y sus correcciones, que sin duda han mejorado esta historia. Gracias también a Jessica Camerata por compartir sus consejos sobre Peachtree City.

Gracias a los Mangy Ravens —Elizabeth Manley, Molly Hale, Ali Kelly, Ashley Mahoney, Peter Heyer, Kyle McCulloch, Betsy Spang, Julie Crowley y Kate Page— por permitirme aprovechar las bromas privadas de toda una vida, por ser las personas más graciosas que conozco, y por quererme y desquiciarme a partes iguales. Gracias al Boston College por darme a estas personas. Ojalá que la bicicleta de Elizabeth siga enganchada a la señal delante del 24 de Strathmore Road para demostrar que estuvimos allí.

Gracias a Hannah Orenstein, a Kate Spencer, a Kate Kennedy, a Laura Hankin, a Lindsey Kelk y a John Glynn por ofrecerme sus consejos, sus conocimientos y su comprensión a lo largo de este proceso.

Gracias a Aya por hacerme amar la Navidad y por conseguir que muchas de mis Navidades pasadas fueran tan especiales. Al tío Dee, me entristece mucho que no estés aquí para ver esto, pero sé que estarías orgullosísimo de este logro.

Gracias a Bon Bon: sin tus caramelos no sé si este libro habría llegado a terminarse, de verdad.

Y por último, pero no por ello menos importante, gracias a vosotros, mis lectores: sé que leer un libro es una inversión increíble de tiempo y de dinero, y agradezco mucho que hayáis decidido arriesgaros conmigo y con mi libro. Ojalá que os alegréis de haberlo hecho.

«Para viajar lejos no hay mejor nave que un libro».

Emily Dickinson

Gracias por tu lectura de este libro.

En **penguinlibros.club** encontrarás las mejores recomendaciones de lectura.

Únete a nuestra comunidad y viaja con nosotros.

penguinlibros.club